根据 部编版 教材编写

U0577113

书包里的古诗词

SHUBAO LI DE

GUSHICI

小学必背古诗词75首

◎ 详解详析
◎ 考点归纳
◎ 试题模拟
◎ 学生手绘插画 品味稚趣童真
◎ 扫描二维码 趣味解读知识点

《书包里系列丛书》编委会 编

叶山 主编

封面绘画 白赵嘉／赖星璇／李时烨／曾子骄

云南出版集团
云南教育出版社
·昆明·

图书在版编目（CIP）数据

书包里的古诗词 / 《书包里系列丛书》编委会编
. -- 昆明：云南科技出版社，2019.8
ISBN 978-7-5587-2085-7

Ⅰ．①书… Ⅱ．①书… Ⅲ．①古典诗歌－诗集－中国
－少儿读物 Ⅳ．① I222.72

中国版本图书馆 CIP 数据核字（2019）第 072474 号

书包里的古诗词

《书包里系列丛书》编委会 编

叶山　主编

责任编辑：唐坤红
　　　　　洪丽春
助理编辑：张　朝
责任校对：张舒园
责任印制：蒋丽芬

书　号：ISBN 978-7-5587-2085-7
印　刷：云南美嘉美印刷包装有限公司
开　本：787mm×1092mm　1/16
印　张：19.5
字　数：451 千字
版　次：2019 年 8 月第 1 版　2019 年 8 月第 1 次印刷
定　价：48.00 元

出版发行：云南出版集团公司 云南科技出版社
地　　址：昆明市环城西路 609 号
网　　址：http://www.ynkjph.com/
电　　话：0871-64190889

目录

目录

目录

小学必背古诗词

yǒng é
咏 鹅

táng luò bīn wáng
[唐]骆宾王

é é é
鹅， 鹅， 鹅，

qū xiàng xiàng tiān gē
曲① 项 向 天 歌②。

bái máo fú lù shuǐ
白 毛 浮 绿 水 ，

hóng zhǎng bō qīng bō
红 掌③ 拨 清 波 。

绘画／杨芮溪

【词句翻译】

①曲项：弯着脖子。②歌：长鸣。③拨：划动。

【全诗译文】

白天鹅啊白天鹅，脖颈弯弯，向天欢叫，洁白的羽毛，漂浮在碧绿水面；红红的脚掌，拨动着清清的水波。

【作者简介】

骆宾王（约638—684），字观光，汉族，婺州义乌（今浙江义乌）人，唐代诗人。高宗永徽中，为道王李元庆府属，历武功、长安主簿。仪凤三年，入为侍御史，因事下狱，次年遇赦。调露二年，除临海丞，不得志，辞官。徐敬业起兵讨伐武则天时，骆宾王为其代作《为徐敬业讨武曌檄》。檄文罗列了武后的罪状，写得极感人。当武后读到"一抔之土未干，六尺之孤安在"两句时，极为震动，责问宰相为何不早重用此人。徐敬业兵败后，骆宾王下落不明，或说被乱军所杀，或说遁入了空门。骆宾王与王勃、杨炯、卢照邻合称"初唐四杰"。他辞采华丽，格律谨严。长篇如《帝京篇》，五七言参差转换，讽时与自伤兼而有之；小诗如《于易水送人》，二十字中，悲凉慷慨，余情不绝。有《骆宾王文集》遗世。

【创作背景】

小时候的骆宾王，住在义乌县城北的一个小村子里。村外有一口池塘叫骆家塘。每到春天，塘边柳丝飘拂，池水清澈见底，水上鹅儿成群，景色格外迷人。有一天，家中来了一位客人。客人见他面容清秀，聪敏伶俐，就问他几个问题。骆宾王皆对答如流，使客人惊讶不已。骆宾王跟着客人走到骆家塘时，一群白鹅正在池塘里浮游，客人有意试试骆宾王，便指着鹅儿要他以鹅作诗，骆宾王略略思索便创作了此诗。

【思想主题】

这首诗描写了白鹅在水中浮游荡漾，快乐呼唤的情景。写得通俗易懂、色彩明丽、生动形象，不仅写出了鹅的一般特征，而且给我们呈现了一幅"鹅戏清波"图，同时表现了作者欢快的心情。

【写作特色】

　　以清新欢快的语言，抓住事物（鹅）的突出特征来进行描写。写得自然、真切、传神。

【阅读训练】

1. 这首诗中写颜色的词有：（ 白 ）、（ 绿 ）和（ 红 ）。

2. 表示鹅的动作的词有：（ 向 ）、（ 浮 ）和（ 拨 ）。

3. 我会用音节写出后两句诗。

　　bái máo fú lù shuǐ ，hóng zhǎng bō qīng bō

4. 背背这首古诗，想一想，诗句是从哪些方面来描写鹅的？

　　声音、颜色、动作、情态。

5. 填空题。

(1) 写出诗句中带有"氵"的字。　　　(2) 读一读，写拼音。

　　　浮　　　清　　　波　　　　　掌（ zhǎng ）　　　曲（ qū ）

【考试链接】

1. 给下列汉字注音。

（1）鹅（ é ）　（2）歌（ gē ）　（3）红（ hóng ）　（4）绿（ lù ）

2. 照样子，说几个。

歌　歌曲　唱歌（ 歌谣 ）　　向　方向　向阳　（ 向往 ）

清　清水　清风（ 清楚 ）　　拨　拨开　拨动　（ 拨打 ）

3. 选择题。

（1）"曲项向天歌"中"曲"的意思是（ A ）。

A. 弯　　　　　　　　B. 姓

（2）"红掌拨清波"中"清"的意思是（ A ）。

A. 清澈　　　　　　　B. 清楚

4. 判断题。（正确的打"√"，错误的打"✕"）

（1）《咏鹅》的作者是唐代诗人李白。（ ✕ ）

（2）诗中写到的颜色有白、绿、红三种颜色。（ √ ）

5. 传说这首诗是作者七岁时随口吟成的，描写了 鹅在池塘中戏水 的情景。表现了幼年时代的作者天真可爱，善于观察的特点。

3

春晓①
chūn xiǎo

[唐]孟浩然
táng mèng hào rán

春眠不觉晓，②
chūn mián bù jué xiǎo

处处闻啼鸟。③
chù chù wén tí niǎo

夜来风雨声，
yè lái fēng yǔ shēng

花落知多少。④
huā luò zhī duō shǎo

4

绘画／朱俊宇

【词句翻译】

①晓：天刚亮的时候，春晓：春天的早晨。②不觉晓：不知不觉天就亮了。③啼鸟：鸟的啼叫声。④知多少：不知有多少。

【全诗译文】

春日里贪睡不知不觉天已破晓，搅乱我酣眠的是那啁啾的小鸟。昨天夜里风声雨声一直不断，那娇美的春花不知被吹落了多少？

【作者简介】

孟浩然（689—740），名浩，字浩然，号孟山人，襄州襄阳（现湖北襄阳）人，世称孟襄阳。因他未曾入仕，又称之为孟山人，是唐代著名的山水田园派诗人。孟浩然生当盛唐，早年有志用世，在仕途困顿、痛苦失望后，尚能自重，不媚俗世，修道归隐终身。曾隐居鹿门山。40岁时，游长安，应进士举不第。曾在太学赋诗，名动公卿，一座倾服，为之搁笔。开元二十五年（737年）张九龄招致幕府，后隐居。孟诗绝大部分为五言短篇，多写山水田园和隐居的逸兴以及羁旅行役的心情。其中虽不无愤世嫉俗之词，而更多属于诗人的自我表现。孟浩然的诗在艺术上有独特的造诣，后人把孟浩然与盛唐另一山水诗人王维并称为"王孟"，有《孟浩然集》三卷传世。

【创作背景】

孟浩然早年隐居鹿门山，后入长安谋求官职，考进士不中，还归故乡，这首诗即是诗人隐居在鹿门山时所做，意境十分优美。

【思想主题】

诗人抓住春天的早晨刚刚醒来时的一瞬间展开联想，描绘了一幅春天早晨绚丽的图景，抒发了诗人热爱春天、珍惜春光的美好心情。

【写作特色】

《春晓》这首诗，初读似觉平淡无奇，反复读之，便觉诗中别有天地。它的艺术魅力不在于华丽的辞藻，不在于奇绝的艺术手法，而在于它的韵味。整首诗的风格就像行云流水一样平易自然，然而悠远深厚，独臻妙境。千百年来，人们传诵它，探讨它，仿佛在这短短的四行诗里，蕴含着开掘不完的艺术宝藏。

5

【阅读训练】

1.《春晓》的作者是 ___唐___ 代诗人 ___孟浩然___ 。

《春晓》描写了__春__（季节）的美好景象。

诗句中"处处闻啼鸟"中"处"字的拼音是（ __chù__ ），共（ __五__ ）画。

2. 按诗句内容填空。

春眠__不觉晓__，处处__闻啼鸟__。夜来__风雨声__，花落___知多少___。

3. 请你再写出两句描写春天的诗。

_____

【考试链接】

1. 读拼音，写汉字。

duō shǎo   chù chù   fēng yǔ shēng
（ 多少 ）   （ 处处 ）   （ 风雨声 ）

2. 选择题。

（1）诗句"春年不觉晓"中"晓"的意思是（ __A__ ）。

A. 早晨   B. 中午   C. 晚上

（2）诗句"处处闻啼鸟"中"闻"的意思是（ __B__ ）。

A. 鼻子闻到   B. 耳朵听到   C. 眼睛看到

3. 解释一下"处处闻啼鸟"中"啼鸟"的意思。

___鸟的啼叫声。___

4. 翻译诗句。

夜来风雨声，花落知多少。

___昨天夜里风声雨声一直不断，那娇美的春花不知被吹落了多少？___

5. 试着概括一下《春晓》这一首诗的思想主旨。

___诗人抓住春天的早晨刚刚醒来时的一瞬间展开联想，描绘了一幅春天早晨绚丽的图景，抒发了诗人热爱春天、珍惜春光的美好心情。___

小学必背古诗词

jìng yè sī
静 夜 思①

táng lǐ bái
[唐]李白

chuáng qián míng yuè guāng
床 前 明 月 光 ，

yí shì dì shàng shuāng
疑② 是 地 上 霜 。

jǔ tóu wàng míng yuè
举 头③ 望 明 月 ，

dī tóu sī gù xiāng
低 头 思 故 乡 。

7

绘画／刘荼俊

【词句翻译】

①静夜思：安静的夜晚产生的思绪。②疑：好像。③举头：抬头。

【全诗译文】

明亮的月光洒在窗户纸上，好像地上泛起了一层霜。我禁不住抬起头来，看那天窗外空中的一轮明月，不由得低头沉思，想起远方的家乡。

【作者简介】

李白（701－762），字太白，号青莲居士，又号"谪仙人"，是唐代伟大的浪漫主义诗人，被后人誉为"诗仙"，与杜甫并称为"李杜"，为了与另两位诗人李商隐与杜牧即"小李杜"区别，杜甫与李白又合称"大李杜"。据《新唐书》记载，李白为兴圣皇帝（凉武昭王李暠）九世孙，与李唐诸王同宗。其人爽朗大方，爱饮酒作诗，喜交友。李白深受黄老列庄思想影响，有《李太白集》传世，诗作中多以醉时写的，代表作有《望庐山瀑布》《行路难》《蜀道难》《将进酒》《梁甫吟》《早发白帝城》等多首。李白所作词赋，宋人已有传记（如文莹《湘山野录》卷上），就其开创意义及艺术成就而言，"李白词"享有极为崇高的地位。

【创作背景】

李白的《静夜思》创作于唐玄宗开元十四年（726年）九月十五日的扬州旅舍，时李白26岁。同时同地所作的还有一首《秋夕旅怀》。在一个月明星稀的夜晚，诗人抬望天空一轮皓月，思乡之情油然而生，写下了这首传诵千古、中外皆知的名诗《静夜思》。

【思想主题】

表达了诗人客居他乡，晚上夜深人静的时候抬头看见团团圆圆月亮，想到自己孤身一人背井离乡，身边没有亲人朋友的陪伴，感到很孤单，引起了诗人对家乡亲人的思念之情。

【写作特色】

　　《静夜思》没有奇特新颖的想象，没有精工华美的辞藻，只是用叙述的语气，写远客思乡之情，然而它却意味深长，耐人寻味，千百年来，如此广泛地吸引着读者。全诗从"疑"到"举头"，从"举头"到"低头"，形象地揭示了诗人内心活动，鲜明地勾勒出一幅生动形象的月夜思乡图，抒发了作者在寂静的月夜思念家乡的感受。短短四句诗，写得清新朴素，明白如话。构思细致而深曲，脱口吟成、浑然无迹。内容是单纯，却又是丰富的；内容是容易理解的，却又是体味不尽的。体现了"自然""无意于工而无不工"的妙境。

【阅读训练】

1. 把古诗补充完整。

静夜思

床前__明月__光，疑是地上霜。　__举头__望明月，低头思__故乡__。

2. 判断题。（在正确的说法后打"√"，错误的打"×"）

（1）《静夜思》是唐代大诗人李白写的。（ √ ）

（2）《静夜思》描写的是冬天夜晚的景色。（ × ）

3. 写出下列近义词和反义词。

近义词：　故乡—（　家乡　）　　　　望—（　看　）

　　　　　举—（　抬　）　　　　　思念—（　想念　）

反义词：　静—（　闹　）　　　　举头—（　低头　）

4. 填空。

"月"字共（四）画，第二画是（　横折钩　）。

"头"字共（五）画，第一画是（　点　）。

9

5. 请你写出两句有关月亮的诗句。

　　　春风又绿江南岸　　　，　　　明月何时照我还　　　。

　　　小时不识月　　　，　　　呼作白玉盘　　　。

【考试链接】

1. 《静夜思》的作者是　　李白　　，　　唐　　朝人。

2. 《静夜思》中的"思"的意思是　　思绪　　。

3. 疑是地上霜中的"疑"的意思是　　好像　　。

4. 《静夜思》表达了诗人　在寂静的月夜思念家乡　的感情。

5. 诗句翻译。

举头望明月，低头思故乡。

　　我禁不住抬起头来，看那天窗外空中的一轮明月，不由得低头沉思，想起远方的家乡。

悯^① 农（其二）

mǐn nóng

táng lǐ shēn
[唐] 李 绅

chú hé rì dāng wǔ
锄 禾^② 日 当 午 ，

hàn dī hé xià tǔ
汗 滴 禾 下 土 。

shuí zhī pán zhōng cān
谁 知 盘 中 餐^③ ，

lì lì jiē xīn kǔ
粒 粒 皆 辛 苦 ？

绘画／陶盈希

小学必背古诗词

11

【词句翻译】

①悯：怜悯。这里有同情的意思。②禾：谷类植物的统称。③餐：一作"飧"。熟食的通称。

【全诗译文】

农民在正午烈日的暴晒下锄禾，汗水从身上滴在禾苗生长的土地上。又有谁知道盘中的饭食，每颗每粒都是农民用辛勤的劳动换来的呢？

【作者简介】

李绅（772－846），字公垂。祖籍亳州谯县（今安徽省亳州市谯城区）。唐朝宰相、诗人，中书令李敬玄曾孙。李绅六岁时丧父，随母亲迁居润州无锡。二十七岁时中进士，补国子助教。后历任中书侍郎、尚书右仆射、淮南节度使等职，会昌六年（846年）在扬州逝世，年七十四。追赠太尉，谥号"文肃"。李绅与元稹、白居易交游甚密，为新乐府运动的参与者。著有《乐府新题》二十首，已佚。代表作为《悯农》诗两首："锄禾日当午，汗滴禾下土，谁知盘中餐，粒粒皆辛苦。"《全唐诗》存其诗四卷。

【创作背景】

根据唐代范摅《云溪友议》和《旧唐书·吕渭传》等书的记载，大致可推定这组诗为李绅于唐德宗贞元十五年（799年）所作，有两首，这是其中的一首。

【思想主题】

写出了农民劳动的艰辛，劳动果实来之不易。同时借此揭露社会黑暗，表达了诗人对农民疾苦的同情。

【写作特色】

开头就描绘在烈日当空的正午，农民依然在田里劳作，那一滴滴的汗珠，洒在灼热的土地上。这也为下面"粒粒皆辛苦"撷取了最富有典型意义的形象，可谓一以当十。它概括地表现了农民不避严寒酷暑、雨雪风霜，终年辛勤劳动的生活。"谁知盘中餐，粒粒皆辛苦"，不是空洞的说教，不是无病的呻吟；它近似蕴意深远的格言，但又不仅以它的说服力取胜，而且还由于在这一深沉的慨叹之中，凝聚了诗人无限的愤懑和真挚的同情。

诗的语言通俗、质朴，音节和谐明快，朗朗上口，容易背诵，也是这首小诗长期在人民中流传的原因。

【阅读训练】

1. 背诵并默写《悯农》其二。

2. 这首诗告诉我们一个什么道理？
　　这首诗告诉我们农民劳动的艰辛，劳动果实来之不易的道理。

3. 词义解析。

悯：　怜悯　。锄禾：　给禾苗松土去杂草　。

4. 请想一个呼吁大家爱惜粮食的宣传标语，写在下面的横线上。
＿＿＿＿＿＿＿＿＿＿＿＿＿＿＿＿＿＿＿＿＿＿　。

5. 写出下面字的笔画顺序。

午：　ノ 一 一 丨　

锄：　ノ 一 一 一 乚 丨 一 一 一 一 一 丁 ノ　

当：　丨 丶 ノ 一 一 一　

粒：　ノ 一 丨 一 丶 丶 一 一 丶 ノ 一　

【考试链接】

1. 组词。

农（　农夫　）　午（　中午　）　汗（　汗水　）　苦（　辛苦　）

2. 填空。

"农"共有（　六　）画，第三画是（　撇　）。

"当"共有（　六　）画，第四画是（　横折　）。

3. 解释下列字或词在诗句中的意思。

（1）禾：　谷类植物的统称　。（2）餐：　熟食的通称　。

（3）皆：　都是　。

4. 作者在本诗中表达了怎样的思想感情？
　　这首诗写出了农民劳动的艰辛，劳动果实来之不易。同时借此揭露社会黑暗，表达了诗人对农民疾苦的同情。

5. 翻译诗句。

谁知盘中餐，粒粒皆辛苦？
　　又有谁知道盘中的饭食，每颗每粒都是农民用辛勤的劳动换来的呢？

小 池
xiǎo chí

[宋]杨 万 里
sòng yán wàn lǐ

泉 眼① 无 声 惜② 细 流 ，
quán yǎn wú shēng xī xì liú

树 阴 照 水 爱 晴 柔③ 。
shù yīn zhào shuǐ ài qíng róu

小 荷 才 露 尖 尖 角④ ，
xiǎo hé cái lòu jiān jiān jiǎo

早 有 蜻 蜓 立 上 头⑤ 。
zǎo yǒu qīng tíng lì shàng tóu

绘画／曲芮

【词句翻译】

①泉眼：泉水的出口。②惜：吝惜。照水：映在水里。③晴柔：晴天里柔和的风光。④尖尖角：初出水端还没有舒展的荷叶尖端。⑤上头：上面，顶端。

【全诗译文】

泉眼悄然无声是因舍不得细细的水流，树阴倒映水面是喜爱晴天和风的轻柔。娇嫩的小荷叶刚从水面露出尖尖的角，早有一只调皮的小蜻蜓立在它的上头。

【作者简介】

杨万里（1127—1206），字廷秀，号诚斋。汉族江右民系。吉州吉水（今江西省吉水县黄桥镇湴塘村）人。南宋大臣，著名文学家、爱国诗人，与陆游、尤袤、范成大并称"南宋四大家"（又作"中兴四大诗人"）。因宋光宗曾为其亲书"诚斋"二字，故学者称其为"诚斋先生"。绍兴二十四年（1154年），杨万里登进士第，历仕高宗、孝宗、光宗、宁宗四朝，曾任国子博士、广东提点刑狱、太子侍读、秘书监等职，官至宝谟阁直学士，封庐陵郡开国侯。开禧二年（1206年），杨万里病逝，年八十。获赠光禄大夫，谥号"文节"。杨万里一生作诗两万多首，传世作品有四千二百首，被誉为一代诗宗。他创造了语言浅显明白、清新自然＼富有幽默情趣的"诚斋体"。杨万里的诗歌大多描写自然景物，且以此见长。他也有不少篇章反映民间疾苦、抒发爱国感情的作品。著有《诚斋集》等。

【创作背景】

《小池》是宋朝诗人杨万里创作的一首七言绝句。这首诗中，作者运用丰富、新颖的想象和拟人的手法，细腻地描写了小池周边自然景物的特征和变化。

【思想主题】

第一句写小池有活水相通。第二句写小池之上有一抹绿阴相护。第三句写小荷出水与小池相伴。结句写蜻蜓有情，飞来与小荷为伴。表现了诗人对大自然景物的热爱之情。

15

【写作特色】

诗人触物起兴，用敏捷灵巧的手法，描绘充满情趣的特定场景，把大自然中的极平常的细小事物写得相亲相依，和谐一体，活泼自然，流转圆活，风趣诙谐，通俗明快。且将此诗写的犹如一幅画，画面层次丰富：太阳、树木、小荷、小池，色彩艳丽，还有明亮的阳光、深绿的树阴、翠绿的小荷、鲜活的蜻蜓，清亮的泉水。画面充满动感：飞舞的蜻蜓、影绰的池水，充满了诗情画意。

【阅读训练】

1. 给加点字选择正确的读音，画"√"。

细流 (liú √   niú)   柔柳 (ré   róu √)

泉水 (qún   quán √)   蜻蜓 (qīng √   qīn)

2. 给下面的字注音。

  liú   lù   jiān   qīng   tíng
  流   露   尖   蜻   蜓

3. 看拼音，写汉字。

（1）李乐坐在一棵大 __树__（shù）下朗读《小池》这 __首__（shǒu）诗。

（2）春天，柳叶露出 __尖__（jiān）而细的 __角__（jiǎo），游客非常喜 __爱__（ài）它们。

4. 想一想，请再写出一句有关荷花的诗句。

__接天莲叶无穷碧，映日荷花别样红。__

5. 判断题。（在正确的说法后打"√"，错误的打"×"）

（1）《小池》是唐代著名诗人杨万里所作的一首七言绝句。（ × ）

（2）"树阴照水爱晴柔"中"晴柔"一次的意思是晴天的柔和风光。（ √ ）

【考试链接】

1. 这首诗清新活泼,情趣盎然。请你展开合理想象,用生动形象的语言把一、二两句所表现的画面具体地描述出来。

　　泉眼悄然无声是因舍不得细细的水流,树阴倒映水面是喜爱晴天和风的轻柔。

2. 诗的三、四两句"小荷才露尖尖角,早有蜻蜓立上头"历来为人们所推崇,原因是什么?请作简要分析。

　　娇嫩的小荷叶刚从水面露出尖尖的角,早有一只调皮的小蜻蜓立在它的上头。画面充满动感:飞舞的蜻蜓、影绰的池水,充满了诗情画意。

3. 解释下面词语在诗句中的意思。

泉眼:　泉水的出口

细流:　细细的水流

上头:　上面,顶端

4. 《小池》这首诗中描写了哪些景物?

　　明亮的阳光、深绿的树阴、翠绿的小荷、鲜活的蜻蜓、清亮的泉水。

5. 现在经常用"小荷才露尖尖角"来表达什么意思?

　　比喻新生事物的勃发的生命力,初露锋芒。

17

cūn jū
村 居①

[清]高 鼎
qīng gāo dǐng

cǎo zhǎng yīng fēi èr yuè tiān
草 长 莺 飞 二 月 天 ,

fú dī yáng liǔ zuì chūn yān
拂 堤 杨 柳② 醉 春 烟 。

ér tóng sàn xué guī lái zǎo
儿 童 散 学③ 归 来 早 ,

máng chèn dōng fēng fàng zhǐ yuān
忙 趁 东 风 放 纸 鸢④ 。

绘画/代锦睿

【词句翻译】

①村居：在乡村里居住时见到的景象。②杨柳拂堤：像杨柳一样抚摸堤岸。醉：迷醉，陶醉。春烟：春天水泽、草木间蒸发形成的烟雾般的水汽。③散学：放学。④纸鸢：泛指风筝，它是一种纸做的形状像老鹰的风筝。鸢：老鹰。

【全诗译文】

农历二月，村子前后的青草已经渐渐发芽生长，黄莺飞来飞去。杨柳披着长长的绿枝条，随风摆动，好像在轻轻地抚摸着堤岸。在水泽和草木间蒸发的水汽，如同烟雾般凝集着。杨柳似乎都陶醉在这浓丽的景色中。村里的孩子们放了学急忙跑回家，趁着东风把风筝放上蓝天。

【作者简介】

高鼎（1821—1861），字象一、拙吾，仁和（今浙江省杭州市）人。清代后期诗人。高鼎生活在鸦片战争之后，大约在咸丰年间，其人无甚事迹，有关他的生平及创作情况历史上记录下来的很少，而他的《村居》诗却使他名传后世。著有《村居》、《拙吾诗稿》等。

【创作背景】

诗人晚年遭受议和派的排斥和打击，志不得伸，归隐于上饶地区的农村。在远离战争前线的村庄，宁静的早春二月，草长莺飞，杨柳拂堤，受到田园氛围感染的诗人有感于春天来临的喜悦而写下此诗。

【思想主题】

《村居》这首诗写的是诗人居住农村亲眼看到的景象，诗人勾画出一幅生机勃勃，色彩缤纷的"乐春图"。全诗洋溢着欢快的情绪，字里行间透出了诗人对春天来临的喜悦和赞美之情。

【写作特色】

诗人采用了动静结合的手法，将早春二月的勃勃生机展露无遗。本诗落笔明朗，用词洗练。

【阅读训练】

1. 背诵并默写《村居》。

村居 [清] 高鼎

草长莺飞二月天，拂堤杨柳醉春烟。儿童散学归来早，忙趁东风放纸鸢。

19

2. 解释诗句的意思。

拂堤杨柳醉春烟。

　　杨柳披着长长的绿枝条，随风摆动，好像在轻轻地抚摸着堤岸。在水泽和草木间蒸发的水汽，如同烟雾般凝集着。杨柳似乎都陶醉在这浓丽的景色中。

忙趁东风放纸鸢。　　趁着东风把风筝放上蓝天。

3. 解释下列字词在诗句中的意思。

（1）散学：　放学　　　（2）纸鸢：　风筝

（3）春烟：　春天水泽、草木间蒸发形成的烟雾般的水汽

4. 简要叙述《村居》一诗中作者想要表达的思想感情。

　　《村居》这首诗写的是诗人居住农村亲眼看到的景象，诗人勾画出一幅生机勃勃，色彩缤纷的"乐春图"。全诗洋溢着欢快的情绪，字里行间透出了诗人对春天来临的喜悦和赞美之情。

5. 加一加，组新字。

　木　+　寸　=村　　　　土　+　是　=堤

　木　+　才　=材　　　　口　+　大　=因

【考试链接】

1. 给下面的字选择正确读音，在正确的上面打"√"。

村（ cūn √　　　chūn　）　　　居（ jū √　　　jù　）

醉（ zuì √　　　zhuì　）　　　散（ sàn √　　　shàn　）

2. 填空。

草（　长　）莺（　飞　）二月天，　拂堤杨柳醉（　春　）烟。

儿童散（学）归（　来　）早，　（　忙　）趁（　东　）（　风　）放纸鸢。

3. 《村居》的作者是（　清　）朝后期的诗人高鼎，这首诗描写了诗人居住在乡村时见到的（　早春生机勃勃　）的景象和放学后孩子们（　放风筝　）的情景。

4. 比一比，组词语。

杨（杨柳）　　　拂（吹拂）　　　提（提前）　　　对（对错）

扬（张扬）　　　佛（仿佛）　　　堤（堤坝）　　　村（村落）

5. "草长莺飞二月天，拂堤杨柳醉春烟。"这一句诗描写的是　春天　（季节）的景物。

fēng

风

táng lǐ qiáo
[唐]李峤

jiě luò sān qiū yè
解①落 三 秋 叶，

néng kāi èr yuè huā
能 开 二 月②花 。

guò jiāng qiān chǐ làng
过③江 千 尺 浪 ，

rù zhú wàn gān xiá
入 竹 万 竿 斜 。

小学必背古诗词

21

绘画／徐一丹

【词句翻译】

①解：知道，懂得。三秋：秋季，一说指晚秋，农历九月。②二月：早春，农历二月，一说指春季。③过：经过。④斜（xiá）：倾斜，歪斜。

【全诗译文】

可以吹落秋天金黄的树叶，可以催开春天美丽的鲜花。刮过江面能掀起千尺巨浪，吹进竹林能使万竿竹倾斜。

【作者简介】

李峤（645－714），字巨山，赵州赞皇（今河北赞皇）人，唐朝宰相。李峤出身于赵郡李氏东祖房，早年以进士及第，历任安定尉、长安尉、监察御史、给事中、润州司马、凤阁舍人、麟台少监等职。他在武后、中宗年间，三次被拜为宰相，官至中书令，阶至特进，爵至赵国公。睿宗时贬任怀州刺史，以年老致仕，玄宗时再贬滁州别驾。开元二年（714年）病逝于庐州别驾任上，终年七十岁。李峤生前以文辞著称，与苏味道并称"苏李"，又与苏味道、杜审言、崔融合称"文章四友"，晚年更被尊为"文章宿老"。但他历仕五朝，先是依附张易之兄弟及武三思，继而又追随韦氏一党，其人品多受诟病。史家评价，贬抑居多。

【创作背景】

此诗作年未得确证。有人认为，李峤、苏味道、杜审言三人一起在春天游泸峰山，山上景色秀美，一片葱郁。等及峰顶之时，一阵清风吹来，李峤诗兴大发，随口吟出了这首诗。

【思想主题】

这是一首歌咏风的诗。在诗人眼中，风是有生命、有感情的，会随着时间、地点的不同，而有各种不同的面貌，给人不一样的感受。诗中所描述的，便是作者平日的观察，表达了对风的赞美之情。

【写作特色】

诗人通过抓住"叶""花""浪""竹"四样自然界物象在风力作用下的易变，间接地表现了"风"之种种形力，让人真切地感受"风"之魅力与威力。全诗除诗名外，却不见风字；而每一句都表达了风的作用，如果将四句诗连续起来，反映了世间的欢乐和悲伤，表达了"世风"和"人风"。

书包里的古诗词

风是善变的，有柔弱，又有彪悍，风是多情的，姿态丰盈，万竹起舞，短短的四句诗，以动态的描述诠释了风的性格。

【阅读训练】

1. 给加点的字注音。

万竿斜（ xiá ）　　　千尺浪（ làng ）　　　解落（ jiě ）

2. 翻译诗句。

过江千尺浪，入竹万竿斜。

　　刮过江面能掀起千尺巨浪，吹进竹林能使万竿竹倾斜。

3. 《风》这首诗是　唐　代诗人　李峤　写的，表达了对风的赞美之情。

4. 简要描述作者在诗中是如何描写"风"的。

　　诗人通过抓住"叶""花""浪""竹"四样自然界物象在风力作用下的易变，间接地表现了"风"之种种形力，让人真切地感受"风"之魅力与威力。

5. 概括一下这首诗的思想主题。

　　这是一首歌咏风的诗。在诗人眼中，风是有生命、有感情的，会随着时间、地点的不同，而有各种不同的面貌，给人不一样的感受。诗中所描述的，便是作者平日的观察，表达了对风的赞美之情。

【考试链接】

1. 填上一个表示数字的字。

解落　三　秋叶，能开　二　月花。过江　千　尺浪，入竹　万　竿斜。

2. 解释下列字或词在诗句中的意思。

三秋：　秋季，一说指晚秋，农历九月。

解：　知道，懂得。

斜：　倾斜，歪斜。

3. 写出四个有"风"字的成语：　风和日丽　、　风华正茂　、　风花雪月　、　空穴来风　。

4. 写出两句描写"风"的古诗词名句。

（1）　夜来风雨声　，　花落知多少　。

（2）　不知细叶谁裁出　，　二月春风似剪刀　。

绘画／张仕婧

鹿 柴①
lù zhài

[唐] 王 维
táng wáng wéi

空 山 不 见 人 ，
kōng shān bú jiàn rén

但② 闻 人 语 响 。
dàn wén rén yǔ xiǎng

返 景③ 入 深 林 ，
fǎn yǐng rù shēn lín

复④ 照 青 苔 上 。
fù zhào qīng tái shàng

【词句翻译】

①鹿柴（zhài）：王维辋川别墅之一（在今陕西省蓝田县西南）。柴：通"寨""砦"，用树木围成的栅栏。②但：只。③返景（yǐng）：同"返影"，太阳将落时通过云彩反射的阳光。④复：又。

【全诗译文】

山中空旷寂静看不见人，只听得说话的人语声响。夕阳的金光直射入深林，又照在幽暗处的青苔上。

【作者简介】

王维（701－761，一说699—761），河东蒲州（今山西运城）人，祖籍山西祁县。唐朝著名诗人、画家，字摩诘，号摩诘居士。王维出身河东王氏，于开元十九年（731年）状元及第。历官右拾遗、监察御史、河西节度使判官。唐玄宗天宝年间，王维拜吏部郎中、给事中。安禄山攻陷长安时，王维被迫受伪职。长安收复后，被责授太子中允。唐肃宗乾元年间任尚书右丞，故世称"王右丞"。王维参禅悟理，学庄信道，精通诗、书、画、音乐等，以诗名盛于开元、天宝间，尤长五言，多咏山水田园，与孟浩然合称"王孟"，有"诗佛"之称。书画特臻其妙，后人推其为南宗山水画之祖。苏轼评价其："味摩诘之诗，诗中有画；观摩诘之画，画中有诗。"存诗400余首，代表诗作有《相思》《山居秋暝》等。著作有《王右丞集》《画学秘诀》。

25

【创作背景】

唐天宝年间，王维在终南山下购置辋川别业。鹿柴是王维在辋川别业的胜景之一。辋川有胜景二十处，王维和他的好友裴迪逐处作诗，编为《辋川集》，这首诗是其中的第五首。

【思想主题】

这首诗创造了一种幽深而光明的象征性境界，表现了作者在深幽的修禅过程中的豁然开朗。诗中虽有禅意，却不诉诸议论说理，而全渗透于自然景色的生动描绘之中。

【写作特色】

　　这首诗描绘的是鹿柴附近的空山深林在傍晚时分的幽静景色。诗的绝妙处在于以动衬静，以局部衬全局，清新自然，毫不做作。落笔先写空山寂绝人迹，接着以但闻一转，引出人语响来。空谷传音，愈见其空；人语过后，愈添空寂。最后又写几点夕阳余晖的映照，愈加触发人幽暗的感觉。

【阅读训练】

1. 本诗描绘的是鹿柴附近的空山深林在＿＿傍晚＿＿时分的幽静景色。

2. 第一句写空山＿＿寂静看不见人＿＿；第二句写＿＿却听得人语声响＿＿；由无人到听人声，更加突出了山林的幽静。

3. 诗人王维是个才子，既是诗人，又是画家、音乐家，苏轼赞他味摩诘之诗，诗中有画；观摩诘之画，画中有诗，与孟浩然合称"＿王孟＿"。

4. 本诗的表现手法主要是什么，试作简要的分析。

　　＿＿本诗的艺术手法是反衬，诗人所要描写的中心内容是"幽寂"，前两句，诗人写山中"不见人"，山只是一座"空"山，接着一声"人语响"，划破了这一分山林的幽静，这样的手法便是反衬。同样，后两句诗人目的是写深林中的幽暗景色，即突出写"青苔上"的"幽"景。＿

5. 这是一首写景诗，描写鹿柴傍晚时分的幽静景色。诗的绝妙处在于"以动衬静"，说说前两句与后两句在"动"与"静"上的关系。

　　＿＿前两句"静中有动"：空山寂寂，不见人影，却有说话声回荡；后两句"动中有静"，描写光影流动，又充满寂静的感觉。＿

【考试链接】

1. 填空题。

（1）《鹿柴》中的"柴"应该读（＿zhài＿），同"寨"。

（2）诗句"但闻人语响"中的"闻"的意思是（＿听见＿），"但"的意思是（＿只＿）。

（3）诗句"复照青苔上"中的"复"的意思是（＿又＿）。

2. 选择题。

（1）"空山不见人，但闻人语响"运用（　B　）手法，以动衬静，用人语响表现山中的空寂。

A. 夸张　　　　　　B. 拟人　　　　　　C. 以景喻情　　　　　　D. 反衬

（2）返景入深林，复照青苔上"，表现的是山中的（　B　）。

A. 明亮　　　　　　B. 幽暗　　　　　　C. 空寂

（3）《鹿柴》中的"空"的意思是（　B　），展现的是大山的幽静，不闻人语的情境，表现宁静幽深的境界。

A. 没有任何东西　　　　　　B. 空旷　　　　　　C. 白白地，徒劳地

3. 判断题。（在正确的说法后打"√"，错误的打"×"）

（1）《鹿柴》这首诗描绘了山林的幽静，写出了诗人在山林深处，寂寞凄凉的悲苦感。（　×　）

（2）"返景入深林"是指回到深林再次观赏风景。（　×　）

4. 我知道。　　　（连线）

诗 仙　　　　　　杜甫
诗 圣　　　　　　王维
诗 佛　　　　　　李贺
诗 鬼　　　　　　李白

5. "返景入深林"中的"景"读（　yǐng　），通（　影　），解释为（　影子　）。

dēng guàn què lóu
登 鹳 雀 楼①

[唐] 王 之 涣
táng wáng zhī huàn

bái rì yī shān jìn
白 日② 依 山 尽 ，

huáng hé rù hǎi liú
黄 河 入 海 流 。

yù qióng qiān lǐ mù
欲③ 穷 千 里 目④ ，

gèng shàng yì céng lóu
更⑤ 上 一 层 楼 。

绘画／熊炫豪

28

书包里的古诗词

【词句翻译】

①鹳雀楼：古名鹳鹊楼，因时有鹳鹊栖其上而得名，其故址在永济市境内古蒲州城外西南的黄河岸边。②白日：太阳。依：依傍。尽：消失。③欲：想要。穷：尽，使达到极点。④千里目：眼界宽阔。⑤更：再。

【全诗译文】

太阳依傍山峦渐渐下落，黄河向着大海滔滔东流。如果要想遍览千里风景，那就请再登上一层高楼。

【作者简介】

王之涣（688—742），是盛唐时期的著名诗人，字季凌，汉族，蓟门人，一说晋阳（今山西太原）人。性格豪放不羁，常击剑悲歌，其诗多被当时乐工制曲歌唱。名动一时，他常与高适、王昌龄等相唱和，以善于描写边塞风光著称。其代表作有《登鹳雀楼》《凉州词》等。王之涣早年由并州（山西太原）迁居至绛州（今山西新绛县），曾任冀州衡水主簿。衡水县令李涤将三女儿许配给他。因被人诬谤，乃拂衣去官，后复出担任文安县尉，在任内期间去世。王之涣"慷慨有大略，倜傥有异才"，早年精于文章，并善于写诗，多引为歌词。他尤善五言诗，以描写边塞风光为胜，是浪漫主义诗人。靳能《王之涣墓志铭》称其诗"尝或歌从军，吟出塞，曒兮极关山明月之思，萧兮得易水寒风之声，传乎乐章，布在人口。"但他的作品现存仅有六首绝句，其中三首边塞诗。他的诗以《登鹳雀楼》《凉州词》为代表作。章太炎推《凉州词》为"绝句之最"。

29

【思想主题】

这首诗写诗人在登高望远中表现出来的不凡的胸襟抱负，反映了盛唐时期人们积极向上的进取精神。

【写作特色】

　　就全诗而言,这首诗是日僧空海在《文镜秘府论》中所说的"景入理势"。这首诗,把道理与景物、情事融化得天衣无缝,使读者并不觉得它在说理,而理自在其中。这是根据诗歌特点、运用形象思维来显示生活哲理的典范。这首诗在写法上还有一个特点:它是一首全篇用对仗的绝句。诗人运用对仗的技巧也是十分成熟的。

【阅读训练】

1. 组词。

白（ __白色__ ）　　　　　黄（ __黄色__ ）

欲（ __欲望__ ）　　　　　更（ __更加__ ）

2. 补充诗句。

白日（ __依山__ ）尽,黄河入（ __海流__ ）。

欲穷（ __千里目__ ）,（ __更上__ ）一层楼。

3. 解释下列字词在诗句中的意思。

目： __眼界__

欲： __想要__ 　尽

穷： __使达到极点__

千里： __形容更宽阔的地方__

4. "欲穷千里目,更上一层楼"这一诗句蕴含了什么样的人生哲理?

　　 __反映了诗人积极向上的进取精神的人生哲理。__

5. 在括号里填上合适的词。

一（ __层__ ）楼　　　一（ __条__ ）河　　　　一（ __轮__ ）红日

一（ __片__ ）绿叶　　　一（ __座__ ）山　　　　一（ __个__ ）人

一（ __位__ ）诗人　　　一（ __只__ ）老虎

【考试链接】

1. 比一比,再组词。

人（ __人类__ ）　　尽（ __尽情__ ）　　衣（ __衣服__ ）　　欢（ __欢乐__ ）

入（　收入　）　　　近（　远近　）　　　依（　依靠　）　　　欲（　欲望　）

2. 仔细数一数，再按要求填空。

（1）"雀"共　十一　笔，第九笔是　一　，部首是　隹　。

（2）"楼"共　十三　笔，第十一笔是　㇏　，部首是　木　。

（3）"穷"共　七　笔，第六笔是　乛　，部首是　穴　。

3. 选择带点字的正确解释。

（1）白日依山尽。（　①　）

①依靠　　　②同意　　　③按照

（2）黄河入海流。（　②　）

①参加到某种组织中　　　②进来或出去　　　③收入

4. 连线。

白日依山尽　　　　　　　还要再登上一层楼

黄河入海流　　　　　　　要想把很远很远地方的景色全看在眼里

欲穷千里目　　　　　　　奔腾不息的黄河水流向远方，流向大海

更上一层楼　　　　　　　天边的太阳沿着山头渐渐落下去了

5. 回答问题。

（1）这首诗的作者是　唐　朝著名诗人　王之涣　。诗的前两句写诗人登楼看到的　壮丽景色　，后两句抒发诗人登楼时的　积极向上的进取精神　。

（2）这首诗告诉我们的道理是：　要站得更高一些，要有积极进取的精神与高瞻远瞩的胸襟　。

suǒ jiàn
所 见

qīng yuán méi
[清]袁 枚

mù tóng qí huáng niú
牧 童① 骑 黄 牛，

gē shēng zhèn lín yuè
歌 声 振② 林 樾③。

yì yù bǔ míng chán
意 欲④ 捕⑤ 鸣⑥ 蝉，

hū rán bì kǒu lì
忽 然 闭 口 立⑦。

绘画／白赵嘉

32

书包里的古诗词

【词句翻译】

①牧童：指放牛的孩子。②振：振荡；回荡。说明牧童的歌声嘹亮。③林樾（yuè）：指道旁成阴的树。④欲：想要。⑤捕：捉。⑥鸣：叫。⑦立：站立。

【全诗译文】

牧童骑在黄牛背上，嘹亮的歌声在林中回荡。忽然想要捕捉树上鸣叫的知了，就马上停止唱歌，一声不响地站立在树旁。

【作者简介】

袁枚（1716－1798），字子才，号简斋，晚年自号仓山居士、随园主人、随园老人。钱塘（今浙江杭州）人，祖籍浙江慈溪。清朝乾嘉时期代表诗人、散文家、文学评论家和美食家。乾隆四年（1739年）进士，授翰林院庶吉士。乾隆七年（1742年）外调江苏，先后于溧水、江宁、江浦、沭阳任县令七年，为官政治勤政颇有名声，奈仕途不顺，无意吏禄；乾隆十四年（1749年）辞官隐居于南京小仓山随园，吟咏其中，广收诗弟子，女弟子尤众。嘉庆二年（1797年），袁枚去世，享年82岁，去世后葬在南京百步坡，世称"随园先生"。袁枚倡导"性灵说"，与赵翼、蒋士铨合称为"乾嘉三大家"（或江右三大家），又与赵翼、张问陶并称"性灵派三大家"，为"清代骈文八大家"之一。文笔与大学士直隶纪昀齐名，时称"南袁北纪"。主要传世的著作有《小仓山房文集》《随园诗话》及《补遗》《随园食单》《子不语》《续子不语》等。散文代表作《祭妹文》，哀婉真挚，流传久远，古文论者将其与唐代韩愈的《祭十二郎文》并提。

【创作背景】

袁枚热爱生活，辞官后侨居江宁，"小住仓山畔，悠悠三十年"（《松下作》），其主张抒写性情，所写多为士大夫的闲情逸致，空灵流利，新奇眩目。此诗也即是诗人在生活中看见一个牧童骑着牛、唱着歌，忽然听到蝉的叫声后停住歌声准备捕捉蝉的这一幕场景后，诗兴大发而创作。

【思想主题】

　　《所见》是一首反映儿童生活的诗篇，诗人在诗中赞美了小牧童充满童趣的生活画面。综观全诗，它所描绘的和平、宁静和优美如画的田园风光，所刻画的活泼、自在和天真无邪的牧童形象，表现了诗人的一种"真性情"。诗人曾经说过"诗人者，不失其赤子之心也。"所以，诗所描绘、所刻划的，正是诗人毕生追求的境界，也正是他所一再强调的"真性情"。

【写作特色】

　　全诗通过对自然环境和社会生活的描写，直接抒发生活的感受，看似闲情逸致，实则寄托情思。同时此诗不顾及格律，活泼自由，语言浅显明了，形象自然生动。

【阅读训练】

1. 给下列字注音。

（ __bì__ ）（ __bǔ__ ）（ __chán__ ）（ __mù__ ）（ __yuè__ ）
　　闭　　　捕　　　蝉　　　牧　　　樾

2. 诗句"意欲捕鸣蝉"中"欲"的意思是 __想要__ 。

3. 本诗中哪一句描写了牧童的静态？
　　 __意欲捕鸣蝉，忽然闭口立__

4. 本诗描写了一幅什么样的生活画面？
　　 __诗中描绘的是和平、宁静和优美如画的田园风光，刻画了活泼、自在和天真无邪的牧童形象。__

5. 形近字组词。

午（ __中午__ ）　　关（ __关心__ ）　　闭 （ __关闭__ ）　　林（ __森林__ ）
牛（ __牛羊__ ）　　天（ __天气__ ）　　问（ __问题__ ）　　木（ __木头__ ）

【考试链接】

1. 写反义词。

关闭—（ __打开__ ）　　　　　　捕捉—（ __释放__ ）

2. 写近义词。

鸣—（ __啼__ ）　　　　　　捕—（ __捉__ ）

3. 选择合适的字填在横线上。

（1）妈妈轻轻的（ __关__ 闭）上了门。

（2）小明犯了错误，老师罚他（ __站__ 立）在门口。

4. 解释加点字的意思。

意欲捕鸣蝉：　 __叫__ 　

忽然闭口立：　 __停止__ 　

5. 翻译诗句。

意欲捕鸣蝉，忽然闭口立。

　　__忽然想要捕捉树上鸣叫的知了，就马上停止唱歌，一声不响地站立在树旁。__

chí   shàng

池　上

táng bái jū yì
［唐］白 居 易

xiǎo wá chēng xiǎo tǐng
小 娃① 撑 小 艇 ，

tōu cǎi bái lián huí
偷 采 白 莲② 回 。

bù jiě cáng zōng jì
不 解 藏 踪 迹③ ，

fú píng yí dào kāi
浮 萍④ 一 道 开 。

绘画／周鹭

书包里的古诗词

【词句翻译】

①小娃：男孩儿或女孩儿。艇：船。②白莲：白色的莲花。③踪迹：指被小艇划开的浮萍。④浮萍：水生植物，椭圆形叶子浮在水面，叶下面有须根，夏季开白花。

【全诗译文】

一个小孩撑着小船，偷偷地采了白莲回来。他不知道怎么掩藏踪迹，水面的浮萍上留下了一条船儿划过的痕迹。

【作者简介】

白居易（772－846），字乐天，号香山居士，又号醉吟先生，祖籍太谷，到其曾祖父时迁居下邽，生于河南新郑。是唐代伟大的现实主义诗人，唐代三大诗人之一。白居易与元稹共同倡导新乐府运动，世称"元白"，与刘禹锡并称"刘白"。白居易的诗歌题材广泛，形式多样，语言平易通俗，有"诗魔"和"诗王"之称。官至翰林学士、左赞善大夫。公元846年，白居易在洛阳逝世，葬于香山。有《白氏长庆集》传世，代表诗作有《长恨歌》《卖炭翁》《琵琶行》等。

【创作背景】

据《白居易诗集校注》，这首诗作于大和九年（835年），时任太子少傅分司东都洛阳。一日游于池边，见山僧下棋、小娃撑船而作此组诗。

【思想主题】

这首诗写一个小孩儿偷采白莲的情景。从诗的小主人公撑船进入画面，到他离去只留下被划开的一片浮萍，有景有色，有行动描写，有心理刻画，细致逼真，富有情趣；而这个小主人公的天真幼稚、活泼淘气的可爱形象，也就栩栩如生，跃然纸上了。

【写作特色】

诗人以他特有的通俗风格将诗中的小娃娃描写得非常可爱、可亲，整首诗如同大白话，富有韵味。

【阅读训练】

1. 为下列生字注音。

艇（ tǐng ）　　偷（ tōu ）　　莲（ lián ）

37

踪迹（__zōng jì__）　浮萍（__fú píng__）

2. 形近字组词。

艇（__游艇__）　愉（__愉快__）　莲（__莲花__）　综（综合）

庭（__家庭__）　偷（__偷盗__）　连（__连续__）　踪（跟踪）

3. 《池上》的作者是__唐__代诗人__白居易__，有"__诗魔__"和"__诗王__"之称。

4. 简要概括一下本诗的写作特色。

　　诗人以他特有的通俗风格将诗中的小娃娃描写得非常可爱、可亲，整首诗如同大白话，富有韵味。

5. 用自己的话翻译这首诗。

　　一个小孩撑着小船，偷偷地采了白莲回来。他不知道怎么掩藏踪迹，水面的浮萍上留下了一条船儿划过的痕迹。

【考试链接】

1. 选字填空。

采　　彩

（1）姑娘们正在水中（__采__）菱。

（2）这是一个（__彩__）色的气球。

2. 照样子，组词。

（__踪__）迹　　　（__痕__）迹　　　（__奇__）迹

荷（__花__）　　荷（__叶__）　　荷（__包__）

3. 组词。

撑（__撑伞__）　藏（__躲藏__）　萍（__浮萍__）　开（__开关__）

4. 解释下列字词在诗句中的意思。

撑：__撑着__　　艇：__船__　　解：__知道__　　藏：__掩藏__

浮萍：__水生植物，椭圆形叶子浮在水面，叶下面有须根，夏季开白花。__

5. 读了这首诗，你有什么感受和体验？

　　这首诗写一个小孩儿偷采白莲的情景。从诗的小主人公撑船进入画面，到他离去只留下被划开的一片浮萍，有景有色，有行动描写，有心理刻画，细致逼真，富有情趣；给人一种充满天真幼稚、活泼可爱的感觉。

qīng míng
清 明①

táng dù mù
[唐]杜 牧

qīng míng shí jié yǔ fēn fēn
清 明 时 节 雨 纷 纷②，

lù shàng xíng rén yù duàn hún
路 上 行 人 欲 断 魂③。

jiè wèn jiǔ jiā hé chù yǒu
借 问④ 酒 家 何 处 有 ？

mù tóng yáo zhǐ xìng huā cūn
牧 童 遥 指 杏 花 村⑤。

绘画／方康宇

39

【词句翻译】

①清明：二十四节气之一，在阳历四月五日前后。旧俗当天有扫墓、踏青、插柳等活动。宫中以当天为秋千节，坤宁宫及各后宫都安置秋千，嫔妃做秋千之戏。②纷纷：形容多。③欲断魂：形容伤感极深，好像灵魂要与身体分开一样。断魂：神情凄迷，烦闷不乐。这两句是说，清明时候，阴雨连绵，飘飘洒洒下个不停；如此天气，如此节日，路上行人情绪低落，神魂散乱。④借问：请问。⑤杏花村：杏花深处的村庄，位于南京市秦淮区凤台山一带。受此诗影响，后人多用"杏花村"作酒店名。

【全诗译文】

江南清明时节细雨纷纷飘洒，路上羁旅行人个个落魄断魂。借问当地之人何处买酒浇愁？牧童笑而不答遥指杏花山村。

【作者简介】

杜牧（803－852），字牧之，号樊川居士，汉族，京兆万年（今陕西西安）人。杜牧是唐代杰出的诗人、散文家，是宰相杜佑之孙，杜从郁之子。唐文宗大和二年，26岁杜牧中进士，授弘文馆校书郎。后赴江西观察使幕，转淮南节度使幕，又入观察使幕，理人国史馆修撰，膳部、比部、司勋员外郎，黄州、池州、睦州刺史等职。因晚年居长安南樊川别墅，故后世称"杜樊川"，著有《樊川文集》。杜牧的诗歌以七言绝句著称，内容以咏史抒怀为主，其诗英发俊爽，多切经世之物，在晚唐成就颇高。杜牧人称"小杜"，以别于杜甫，与李商隐并称"小李杜"。

【创作背景】

此诗首见于南宋初年《锦绣万花谷》注明出唐诗，后依次见于《分门纂类唐宋时贤千家诗选》、明托名谢枋得《千家诗》、清康熙《御选唐诗》。《江南通志》载：杜牧任池州刺史时，曾经过金陵杏花村饮酒，诗中杏花村指此。

【思想主题】

此诗写清明春雨中所见，色彩清淡，心境凄冷，历来广为传诵。第一句交代情景、环境、气氛；第二句写出了人物，显示了人物的凄迷纷乱的心境；第三句提出了如何摆脱这种心境的办法；第四句写答话带行动，是整篇的精彩所在。全诗运用由低而高、逐步上升、高潮顶点放在最后的手法，余韵邈然，耐人寻味。

【写作特色】

这首小诗，一个难字也没有，一个典故也不用，整篇是十分通俗的语言，写得自如之极，毫无经营造作之痕。音节十分和谐圆满，景象非常清新、生动，而又境界优美、兴味隐跃。诗由篇法讲也很自然，是顺序的写法。在艺术上，这是由低而高、逐步上升、高潮顶点放在最后的手法。所谓高潮顶点，却又不是一览无余，索然兴尽，而是余韵邈然，耐人寻味。这些，都是诗人的高明之处，也就是值得后人学习继承的地方。

【阅读训练】

1. 给下列的字注音。

纷（ fēn ）　　魂（ hún ）　　酒（ jiǔ ）　　遥（ yáo ）

2. 解释下列加点字词的意思。

清明时节雨纷纷：＿＿形容很多＿＿＿＿＿＿＿＿＿＿＿＿＿＿＿

路上行人欲断魂：＿＿形容伤感极深，好像灵魂要与身体分开一样＿

借问酒家何处有：＿＿请问＿＿＿＿＿＿＿＿＿＿＿＿＿＿＿＿＿

牧童遥指杏花村：＿＿杏花深处的村庄＿＿＿＿＿＿＿＿＿＿＿＿

3. 组词。

时（ 时节 ）　行（ 行人 ）　　处（ 到处 ）　村（ 村落 ）

4. 本诗表达了作者怎样的思想感情？

＿＿本诗着重写诗人的感情世界。他看见路上行人吊念逝去亲人，伤心欲绝，悲思愁绪。表达了作者怀念逝世亲人的的思想感情。＿＿＿＿＿

5. 翻译诗句。

清明时节雨纷纷，路上行人欲断魂。

＿＿江南清明时节细雨纷纷飘洒，路上羁旅行人个个落魄断魂。＿＿

41

【考试链接】

1. 请你用"严"字组成四个不同的词语后再填空。

（ ___严重___ ）的后果　　　　　　（ ___严肃___ ）的神情

（ ___严厉___ ）的批评　　　　　　（ ___严峻___ ）的考验

2. 唐朝诗人 ___杜牧___ 写过一首题为《清明》的绝句，请把它写出来。

　　___清明时节雨纷纷，路上行人欲断魂。___

　　___借问酒家何处有？牧童遥指杏花村。___

3. 这是一首脍炙人口的七言绝句。但有人认为原诗啰嗦，完全可以在保持意思不变的条件下改成五绝：

　　　清明时节雨，行人欲断魂。

　　　酒家何处有，遥指杏花村。

你认为原诗好还是改诗好？请简要说明理由。

　　___原诗好。古人讲"惜墨如金"，但这是在不损害内容的前提下。"纷纷"___
___一词，形象具体，给读者以画意美；"借问"与"牧童"两句，一问一答，___
___有人情味，若去掉就显得生硬、冷漠，且不知答问者的身份了。___

4. 简析本诗"言有尽而意无尽"的表达技巧。

　　___"言有尽而意无尽"的特点主要表现在最后一句，诗的一、二句写了___
___一位在细雨纷纷中的行旅之人，清明节本该一家人团聚，可行人在孤身赶___
___路，偏又遇上细雨湿衣。心境可见凄迷纷乱了。行人想：找个小店歇脚避雨，___
___还可借酒御寒，于是他问路了，诗到"儿童遥指"戛然而止，剩下的闻讯___
___而喜，加快赶路，借酒御寒，等等，诗人一概不说，付与读者想象，给了___
___读者远比文字广阔的天地。___

5. 想一想，请再写出一句有关清明节的诗句。

　　___好风胧月清明夜___ ，___碧砌红轩刺史家___ 。

画
huà

远 看 山 有 色①，
yuǎn kàn shān yǒu sè

近 听 水 无 声 。
jìn tīng shuǐ wú shēng

春 去② 花 还 在 ，
chūn qù huā hái zài

人 来 鸟 不 惊③ 。
rén lái niǎo bù jīng

绘画／王周司沅

【词句翻译】

①色：颜色，也有景色之意。②春去：春天过去。③惊：吃惊，害怕，这里主要是指鸟受到惊吓飞起的意思。

【全诗译文】

在远处可以看见山有青翠的颜色，在近处却听不到流水的声音。春天过去了，但花儿还是常开不败，人走近了，枝头上的鸟儿却没感到害怕。

【作者简介】

关于这首诗的作者，有多种说法。一说是唐代王维所作，但在王维的作品，或在《全唐诗》中都没有此诗；一说是原为南宋僧人川禅师为注释佛教经典《金刚经》所作的偈颂诗的一部分；一说为宋代佚名诗人所作。

【创作背景】

此诗为诗人赞画之作。此诗描写的是自然景物，赞叹的却是一幅画。前两句写其山色分明，流水无声；后两句描述其花开四季，鸟不惊人。四句诗构成了一幅完整的山水花鸟图。全诗对仗工整，尤其是诗中多组反义词的运用，使其节奏清晰，平仄分明，韵味十足，读着琅琅上口。

【思想主题】

这首诗写出了一幅山水花鸟画的特点。画面上的任何事物都是有颜色的，都是静止的，不会有任何活动，也不会发出任何声响。这首诗写得相当恰切，也较有趣。

【写作特色】

此诗以简洁浅显的文字，非常巧妙地把画面上的形象叙述出来。每一句诗的第三个字，依次序为"山""水""花""鸟"。青山耸立，水流其间，鲜花盛开，鸟嘻枝头，构成了一种生意盎然的、优美的整体境界。

【阅读训练】

1. 拼一拼，读一读。

Wǒ xǐ huān huà xiǎo jī.
我 喜 欢 画 小 鸡。

2. 填空题。

（1）"人"字共___两___画，第一画是___丿___。

（2）"火"字共___四___画，第二画是___丿___。

（3）"文"字共___四___画，第三画是___丿___。

（4）"六"字共___四___画，第三画是___丿___。

3. 给下列汉字的音节加声母。

（j）īng　（ch）ūn　（j）ìn　（sh）ēng　（h）ái　（t）īng
惊　　　春　　　近　　　声　　　还　　　听

4. 照样子，写出下列字的反义词。

示例：有——（ 无 ）

远——（ 近 ）　　来——（ 去 ）　　右——（ 左 ）

小——（ 打 ）　　出——（ 进 ）　　天——（ 地 ）

5. 根据古诗内容填空。

（1）图上画的有___山___、___水___、___花___，还有___鸟___。

（2）远处画的是___山___，近处画的是___水___。

（3）"人来鸟不惊"是因为这是一幅___画___。

【考试链接】

1. 在正确的读音下面画上"___"。

听（ _tīng_　tīn ）　　远（ _yuǎn_　yǎn ）　　惊（ _jīng_　jīn ）

声（ shēn　_shēng_ ）　　近（ jìng　_jìn_ ）

45

2. 看拼音，写词语。

shuǐ shēng   lái qù   bù   tīng huà

（水　声）　　（来去）　（不）惊　（听　话）

3. 我会填。

（1）"画"共有_八_笔，第一笔是_一_。

（2）"看"共有_九_笔，第四笔是_丿_。

4. 把下面的字按偏旁分类。

远 吃 机 听 校 响 近 还 桥 送 叶 桃

辶：___远、近、还、送___

口：___吃、听、响、叶___

木：___机、校、桥、桃___

5. 选择正确的字填入括号里。

人　　　入

（1）远处是高山，近处是（　人　）群。

（2）（　入　）冬了，大家天天跑步锻炼身体。

无　　　天

（1）春（　天　），大地绿了，桃花笑了。

（2）你知道吗？空气是（　无　）处不在的。

绘画／魏子钧

huà   jī
画 鸡

míng táng yín
[明]唐 寅

47

tóu shàng hóng guān bú yòng cái
头 上 红 冠 不 用 裁①，

mǎn shēn xuě bái zǒu jiāng lái
满 身 雪 白 走 将② 来 。

píng shēng bù gǎn qīng yán yǔ
平 生③ 不 敢 轻④ 言 语⑤，

yí jiào qiān mén wàn hù kāi
一⑥ 叫 千 门 万 户⑦ 开 。

【词句翻译】

①裁：裁剪，这里是制作的意思。②将：助词，用在动词和来、去等表示趋向的补语之间。③平生：平素，平常。④轻：随便，轻易。⑤言语：这里指啼鸣，喻指说话，发表意见。⑥一：一旦。⑦千门万户：指众多的人家。

【全诗译文】

头上的红色冠子不用特别剪裁，雄鸡身披雪白的羽毛雄赳赳地走来。它平生不敢轻易鸣叫，它叫的时候，千家万户的门都打开。

【作者简介】

唐寅（1470 － 1524），生于成化六年二月初四，卒于嘉靖二年十二月二日。字伯虎，后改字子畏，号六如居士、桃花庵主、鲁国唐生、逃禅仙吏等，南直隶苏州府吴县人。明代著名画家、书法家、诗人。绘画宗法李唐、刘松年，融会南北画派，笔墨细秀，布局疏朗，风格秀逸清俊。人物画师承唐代传统，色彩艳丽清雅，体态优美，造型准确；亦工写意人物，笔简意赅，饶有意趣。其花鸟画长于水墨写意，洒脱秀逸。书法奇峭俊秀，取法赵孟頫。绘画上与沈周、文徵明、仇英并称"吴门四家"，又称"明四家"。诗文上，与祝允明、文徵明、徐祯卿并称"吴中四才子"。

【创作背景】

《画鸡》是明代中后期诗人为自己所画的一只大公鸡所题的诗，诗人画完这只高昂的公鸡后写好这首诗，在当时统治阶级内部斗争泛滥的年代，托物言志，用通俗流畅的词语描绘了画作中那只羽毛雪白，冠顶通红的公鸡。

【思想主题】

《画鸡》是一首题画诗，描绘了雄鸡优美高洁的形象，赞颂了雄鸡轻易不鸣、鸣则动人的品格，也表现了诗人的精神面貌和思想情怀，含蓄又不失些许豪放之情，借助诗中的雪白的大公鸡表达了自己渴望成为时代先驱者的远大志向。

【写作特色】

后两句用拟人的手法写出了雄鸡在清晨报晓的情景，动静结合，运用了诗歌的艺术手法，使两句产生了强烈的对比，树立了雄鸡高伟的形象，表现了雄鸡具备的美德和权威。

【阅读训练】

1. 这首诗的作者是__唐寅__，字__伯虎__，__唐__代著名__画家__、__书法家__、诗人。

2. 诗中描写的这只大公鸡的冠子是__红__色的，身上的羽毛是__雪白__色的。

3. "一叫千门万户开"指的是什么时候？（ __A__ ）

A. 早晨　　B. 中午　　C. 傍晚

4. 诗歌的前两句，作者运用了__色彩__的对比。这是古代诗人写诗常用的一种方法。第一句"__头上红冠__"从局部描写公鸡头上的大红冠；第二句"__满身雪白__"又从全身描写公鸡浑身的雪白羽毛。

5. 你能说说公鸡的样子吗？

红红的鸡冠，长长的尾巴向上翘，圆溜溜的小眼睛，尖尖的嘴巴，长长的脖子，平平的背，圆滚滚的肚子，羽毛油光发亮、五颜六色。两只金黄色的爪子，走起路来一摇一摆，一副了不起的样子。

49

【考试链接】

1. 填近义词。

满身——（ 全身 ）　　雪白——（ 洁白 ）

将来——（ 未来 ）　　平生——（ 一生 ）

2. 诗句中"不用裁"运用了什么修辞手法？意思是什么？

答：用了拟人的修辞手法。意思是大公鸡的红冠不用特别裁剪就很漂亮。

3. 第三句在全诗中起到了怎样的作用？

答：为第四句作铺垫。

4. 这首诗寄寓了诗人怎样的思想感情？

答：《画鸡》是一首题画诗，描绘了雄鸡优美高洁的形象，赞颂了雄鸡轻易不鸣、鸣则动人的品格，也表现了诗人的精神面貌和思想情怀，含蓄又不失些许豪放之情，借助诗中的雪白大公鸡表达了自己渴望成为时代先驱者的远大志向。

5. 翻译诗句。

平生不敢轻言语，一叫千门万户开。

译：它平生不敢轻易鸣叫，但它叫的时候，千家万户的门都打开。

shān xíng
山 行①

táng dù mù
[唐] 杜 牧

yuǎn shàng hán shān shí jìng xiá
远 上② 寒 山③ 石 径④ 斜⑤，

bái yún shēn chù yǒu rén jiā
白 云 深⑥ 处 有 人 家 。

tíng chē zuò ài fēng lín wǎn
停 车⑦ 坐⑧ 爱 枫 林 晚⑨，

shuāng yè hóng yú èr yuè huā
霜 叶⑩ 红 于⑪ 二 月 花 。

51

绘画／王玺闻

【词句翻译】

①山行：在山中行走。②远上：登上远处的。③寒山：深秋季节的山。④石径：石子的小路。⑤斜：为倾斜的意思。⑥深：另有版本作"生"。（"深"可理解为在云雾缭绕的的深处；"生"可理解为在形成白云的地方）⑦车：轿子。⑧坐：因为。⑨枫林晚：傍晚时的枫树林。⑩霜叶：枫树的叶子经深秋寒霜之后变成了红色。⑪红于：比……更红，本文指霜叶红于二月花。

【全诗译文】

沿着弯弯曲曲的小路上山，在那白云深处，居然还有人家。停下车来，是因为喜爱这深秋枫林晚景。枫叶秋霜染过，艳比二月春花。

【作者简介】

杜牧（约803－852），字牧之，号樊川居士，汉族，京兆万年（今陕西西安）人。杜牧是唐代杰出的诗人、散文家，是宰相杜佑之孙，杜从郁之子。唐文宗大和二年，26岁杜牧中进士，授弘文馆校书郎。后赴江西观察使幕，转淮南节度使幕，又入观察使幕，理人国史馆修撰，膳部、比部、司勋员外郎，黄州、池州、睦州刺史等职。因晚年居长安南樊川别墅，故后世称"杜樊川"，著有《樊川文集》。杜牧的诗歌以七言绝句著称，内容以咏史抒怀为主，其诗英发俊爽，多切经世之物，在晚唐成就颇高。杜牧人称"小杜"，以别于杜甫，"大杜"。与李商隐并称"小李杜"。

【创作背景】

作者生当唐末乱世，自觉怀才不遇，壮志莫酬。他除做过小官丹徒县尉外，隐居山林达三十年，对山间的四时晨昏、风云草木极其熟悉。这首《山行》，便是写山村野景。

【思想主题】

这首诗描绘的是秋之色，展现出一幅动人的山林秋色图，山路、人家、白云、红叶，构成一幅和谐统一的画面。在这首诗中，杜牧以情驭景，敏捷、准确地捕捉足以体现自然美的形象，并把自己的情感融汇其中，使情感美与自然美水乳交融，情景互为一体。

【写作特色】

　　全诗构思新颖，布局精巧，于萧瑟秋风中摄取绚丽秋色，与春光争胜，令人赏心悦目。兼之语言明畅，音韵和谐。这首小诗不只是即兴咏景，而且进而咏物言志，是诗人内在精神世界的表露。

【阅读训练】

1.《山行》的作者是__唐__代诗人__杜牧__，字__牧之__，与李商隐齐名，世称"__小李杜__"。

2. 给下列加点字注音。

斜面（__xié__）　　　　石径斜（__xiá__）　　　　枫林（__fēng__）

3.《山行》一诗写景的句子是__远上寒山石径斜，白云深处有人家。__全诗的中心句诗_____霜叶红于二月花_____。

4. 诗中将山称为"寒"山的原因是什么？

　　深秋时节，秋风萧瑟，气温降低，草木枯萎，山上已有些寒意，所以称为"寒"山。

5. 用"/"划分下面句子的朗读节奏。

远上寒山石径斜，白云深处有人家。

　　远上／寒山／石径斜，白云／深处／有人家。

【考试链接】

1. 解释下列字词在诗句中的意思。

　（1）远上：__登上远处的__　　　　（2）寒山：__深秋季节的山__

　（3）石径：__石子的小路__　　　　（4）斜：__倾斜__

2. 这首诗描写的是哪个季节 的景色？从哪些地方可以看出来？

　　这首诗描写的是深秋季节的景色，从"寒山""枫林""霜叶"可以看出。

3. 诗人笔下的深秋季节的山林景色图，还写了哪些景物？你觉得怎样？

　　诗人除写了枫林外，还写了寒山、石径、白云，这四样构成一幅秋色图，给人以清新明快的感觉。

4. 这首诗描绘的景色可以用"晚秋山中景色"概括，请你找出诗中关键词来证明这一点。

　　寒山、枫林、晚、霜叶。

赠 汪 伦①
zèng wāng lún

[唐]李 白
táng lǐ bái

李 白 乘 舟 将 欲 行②，
lǐ bái chéng zhōu jiāng yù xíng

忽 闻 岸 上 踏 歌③声 。
hū wén àn shàng tà gē shēng

桃 花 潭④水 深 千 尺 ，
táo huā tán shuǐ shēn qiān chǐ

不 及⑤汪 伦 送 我 情 。
bù jí wāng lún sòng wǒ qíng

54

绘画／余卓珂

书包里的古诗词

【词句翻译】

①汪伦：李白的朋友。②将欲行：敦煌写本《唐人选唐诗》作"欲远行"。③踏歌：唐代民间流行的一种手拉手、两足踏地为节拍的歌舞形式，可以边走边唱。④桃花潭：在今安徽泾县西南一百里。《一统志》谓其深不可测。深千尺：诗人用潭水深千尺比喻汪伦与他的友情，运用了夸张的手法。⑤不及：不如。

【全诗译文】

李白乘舟将要离别远行，忽听岸上传来踏歌之声。桃花潭水即使深至千尺，也比不上汪伦送我之情。

【作者简介】

李白（701－762），字太白，号青莲居士，又号"谪仙人"，是唐代伟大的浪漫主义诗人，被后人誉为"诗仙"，与杜甫并称为"李杜"，为了与另两位诗人李商隐与杜牧即"小李杜"区别，杜甫与李白又合称"大李杜"。据《新唐书》记载，李白为兴圣皇帝（凉武昭王李暠）九世孙，与李唐诸王同宗。其人爽朗大方，爱饮酒作诗，喜交友。李白深受黄老列庄思想影响，有《李太白集》传世，诗作中多以醉时写的，代表作有《望庐山瀑布》《行路难》《蜀道难》《将进酒》《梁甫吟》《早发白帝城》等多首。李白所作词赋，宋人已有传记（如文莹《湘山野录》卷上），就其开创意义及艺术成就而言，"李白词"享有极为崇高的地位。

【创作背景】

此诗约为唐玄宗天宝十四载（755年）李白自秋浦往游泾县（今属安徽）桃花潭时所作。汪伦是李白的友人。历代出版的《李白集》《唐诗三百首》《全唐诗》注解，都认定汪伦是李白游历泾县时遇到的一个普通村民，这个观点一直延续至今。开元天宝年间，汪伦为泾县令，李白"往候之，款洽不忍别"。后汪伦任满辞官，居泾县之桃花潭。按此诗或为汪伦已闲居桃花潭时，李白来访所作。

【思想主题】

用"桃花潭水深千尺，不及汪伦送我情"两行诗来极力赞美汪伦对诗人的敬佩和喜爱，也表达了李白对汪伦的深厚情谊。

55

【写作特色】

用衬托的手法，把无形的情谊化为有形的千尺潭水，生动形象地表达了汪伦对李白那份真挚深厚的友情。全诗语言清新自然，想象丰富奇特，虽仅四句二十八字，却是李白诗中流传最广的佳作之一。

【阅读训练】

1. 诗的前两句是"叙事"：先写要"离去者"，继写"<u>送行者</u>"，展示了一幅离别的画面。起句"<u>乘舟</u>"表明是循水道；"将欲行"表明是在轻舟待发之时。

2. 诗的后两句是"<u>抒情</u>"（表现手法），进一步说明送别的地点在桃花潭。"<u>深千尺</u>"既描绘了潭的特点，又为结尾一句的抒情作了伏笔。

3. 结尾句"不及汪伦送我情"，抒发了作者怎样的情感？

<u>表达了朋友之间真挚纯洁的深情。</u>

4. 填一填，背一背。

赠汪伦

（<u>李</u>）（<u>白</u>）乘舟将欲行，忽（<u>闻</u>）岸上（<u>踏</u>）歌声。
桃花潭水深（<u>千</u>）（<u>尺</u>），不（<u>及</u>）汪伦送我（<u>情</u>）。

【考试链接】

1. 给带点的字注音。

汪（<u>wāng</u>）洋大海　　友情（<u>qíng</u>）　　　赠（<u>zèng</u>）送
乘（<u>chéng</u>）舟　　　将（<u>jiāng</u>）来　　新闻（<u>wén</u>）

2. 一字组多词。

李（<u>桃李</u>）（<u>行李</u>）　　　　　汪（<u>汪洋</u>）（<u>汪茫</u>）
舟（<u>渔舟</u>）（<u>龙舟</u>）　　　　　情（<u>友情</u>）（<u>情谊</u>）

3. 写出带有下面部首的字。

门（<u>闻</u>）（<u>问</u>）　　　　　　忄（<u>情</u>）（<u>性</u>）
木（<u>桃</u>）（<u>林</u>）　　　　　　氵（<u>汪</u>）（<u>海</u>）

4. 按要求填空。

（1）"及"字共有（<u>三</u>）笔，第二画是（<u>丿</u>）。

（2）"舟"字第五笔是（<u>丶</u>），一共有（<u>六</u>）笔，它是（<u>独体</u>）字。

（3）"闻"字读音是（<u>wén</u>），部首是（<u>门</u>），组词（<u>闻名</u>）。

5. 填空题。

（1）这是一首<u>送别</u>诗，是<u>李白</u>送别<u>汪伦</u>。

（2）李白是我国文学史上继<u>屈原</u>之后的又一伟大的浪漫主义诗人。

（3）本诗运用了<u>比喻和夸张</u>的修辞方法形象的写出了两人之间的深厚友谊。

wàng lú shān pù bù
望 庐 山 瀑 布

táng lǐ bái
[唐] 李 白

rì zhào xiāng lú shēng zǐ yān
日 照 香 炉 生 紫 烟，

yáo kàn pù bù guà qián chuān
遥 看 瀑 布 挂 前 川。

fēi liú zhí xià sān qiān chǐ
飞 流 直① 下 三 千 尺②，

yí shì yín hé luò jiǔ tiān
疑③ 是 银 河④ 落 九 天⑤。

57

绘画／李时烨

【词句翻译】

①直：笔直。②三千尺：形容山高。这里是夸张的说法，不是实指。③疑：怀疑。④银河：古人指银河系构成的带状星群。⑤九天：极言天高。古人认为天有九重，九天是天的最高层，九重天，即天空最高处。此句极言瀑布落差之大。

【全诗译文】

太阳照耀香炉峰生出袅袅紫烟，远远望去瀑布像长河悬挂山前。仿佛三千尺水流飞奔直冲而下，莫非是银河从九天垂落山崖间。

【作者简介】

李白（701－762），字太白，号青莲居士，又号"谪仙人"，是唐代伟大的浪漫主义诗人，被后人誉为"诗仙"，与杜甫并称为"李杜"，为了与另两位诗人李商隐与杜牧即"小李杜"区别，杜甫与李白又合称"大李杜"。据《新唐书》记载，李白为兴圣皇帝（凉武昭王李暠）九世孙，与李唐诸王同宗。其人爽朗大方，爱饮酒作诗，喜交友。李白深受黄老列庄思想影响，有《李太白集》传世，诗作中多以醉时写的，代表作有《望庐山瀑布》《行路难》《蜀道难》《将进酒》《梁甫吟》《早发白帝城》等多首。李白所作词赋，宋人已有传记（如文莹《湘山野录》卷上），就其开创意义及艺术成就而言，"李白词"享有极为崇高的地位。

【创作背景】

这首诗一般认为是唐玄宗开元十三年（725年）前后李白出游金陵途中初游庐山时所作。

【思想主题】

这首诗运用了丰富的想象力，有比喻，有夸张，显示出庐山瀑布奇丽雄伟的独特风姿，抒发了作者热爱祖国山河的感情！也反映了李白这位大诗人胸襟开阔、超群出俗的精神面貌。

【写作特色】

其前两句描绘了庐山瀑布的奇伟景象，既有朦胧美，又有雄壮美；后两句用夸张的比喻和浪漫的想象，进一步描绘瀑布的形象和气势，可谓字字珠玑。"疑是银河落九天"这一比喻，虽是奇特，但在诗中并不是凭空而来，而是在形象的刻画中自然地生发出来的。它夸张而又自然，新奇而又真切，从而振起全篇，使得整个形象变得更为丰富多彩，雄奇瑰丽，既给人留下了深刻的印象，又给人以想象的余地，显示出李白那种"万里一泻，末势犹壮"的艺术风格。

【阅读训练】

1. 填空题

（1）"尺"字用音序查字，查字母（ C ），用部首查字查（ 尸 ）部。

（2）"疑"用音序查字，查字母（ Y ），用部首查字查（ 匕 ）部。除部首外还有（ 十二 ）画。这个字的第一笔是（ 丿 ）。

2. 选择加点字正确的解释，把序号填在括号里。

飞流直下三千尺，疑是银河落九天。

直：（ ③ ） ①成直线的，跟"曲"相对。 ②跟地面垂直的，跟"横"相对。③从上到下的，从前到后的，使笔直。 ④公正，正义的。 ⑤直爽，直接。⑥一个劲儿，不断地。

疑：（ ③ ） ①不相信。 ②难于解难于断定的。 ③猜忌。

3. 用自己的话写出下面诗句描述的景象。

日照香炉生紫烟，遥看瀑布挂前川。

太阳照耀下，香炉峰生出袅袅紫烟，远远望去瀑布像长河悬挂山前。

4. 《望庐山瀑布》是（ 唐 ）代诗人（ 李白 ）的作品。诗中的首句，巧妙地运用（ 香炉峰 ）的名字，将蒙蒙的（ 瀑布水雾 ）形象地比喻为从香炉中升起的（ 团团紫烟 ）。整首诗采用（ 比喻、夸张和想象 ）的方法写出庐山瀑布的（ 雄奇壮丽 ），表达了诗人（ 热爱祖国山河的感情 ）。

【考试链接】

1. 以下诗句分别运用了什么修辞手法，阐述它们的表达效果。

（1）飞流直下三千尺

　　夸张

（2）千古长如白练飞

　　比喻

2. 判断题。（正确的打"√"，错误的打"×"）

（1）诗人采用夸张的手法，抒发对祖国山河的热爱之情。（ √ ）

（2）诗的前两句把动态瀑布写静了。（ √ ）

3. 形近字组词。

庐（ 庐山 ）　　　　遥（ 遥远 ）　　　　疑（ 怀疑 ）

炉（ 火炉 ）　　　　摇（ 摇篮 ）　　　　凝（ 凝固 ）

江　南

jiāng nán

hàn yuè fǔ
汉 乐 府 ①

jiāng nán kě cǎi lián
江 南 可② 采 莲 ，

lián yè hé tián tián
莲 叶 何 田 田③ ，

yú xì lián yè jiān
鱼 戏 莲 叶 间 。

yú xì lián yè dōng
鱼 戏 莲 叶 东 ，

yú xì lián yè xī
鱼 戏 莲 叶 西 ，

yú xì lián yè nán
鱼 戏 莲 叶 南 ，

yú xì lián yè běi
鱼 戏 莲 叶 北 。

绘画／张嵛菡

【词句翻译】

①汉乐府：原是汉初采诗制乐的官署，后来又专指汉代的乐府诗。汉惠帝时，有乐府令一官，可能当时已设有乐府。武帝时乐府规模扩大，成为一个专设的官署，掌管郊祀、巡行、朝会、宴飨时的音乐，兼管采集民间歌谣，以供统治者观风察俗，了解民情厚薄。这些采集来的歌谣和其他经乐府配曲入乐的诗歌即被后人称为乐府诗。②可：在这里有"适宜""正好"的意思。③田田：荷叶茂盛的样子。

【全诗译文】

江南又到了适宜采莲的季节了，莲叶浮出水面，挨挨挤挤，重重叠叠，迎风招展。在茂密如盖的荷叶下面，欢快的鱼儿在不停的嬉戏玩耍。一会儿在这儿，一会儿又忽然游到了那儿，说不清究竟是在东边，还是在西边，是在南边，还是在北边。

【作者简介】

《江南》是汉代汉乐府创作的一首乐府诗。乐府初设于秦，是当时"少府"下辖的一个专门管理乐舞演唱教习的机构。汉初，乐府并没有保留下来。到了汉武帝刘彻时，在定郊祭礼乐时重建乐府，它的职责是采集民间歌谣或文人的诗来配乐，以备朝廷祭祀或宴会时演奏之用。它搜集整理的诗歌，后世就叫"乐府诗"，或简称"乐府"。它是继《诗经》《楚辞》而起的一种新诗体。后来有不入乐的也被称为乐府或拟乐府。

【创作背景】

汉乐府原是汉初采诗制乐的官署，后来又专指汉代的乐府诗。汉惠帝时，有乐府令一官，可能当时已设有乐府。武帝时乐府规模扩大，成为一个专设的官署，掌管郊祀、巡行、朝会、宴飨时的音乐，兼管采集民间歌谣，以供统治者观风察俗，了解民情厚薄。这些采集来的歌谣和其他经乐府配曲入乐的诗歌即被后人称为乐府诗。《汉乐府·江南》便是在这一背景下产生的。

【思想主题】

这是一首汉代乐府民歌中的采莲歌，全诗没有一字一句直接描写采莲人采莲时的愉快心情，而是通过对莲叶和鱼儿的描绘，将它们的欢乐之情

61

充分透露了出来，仿佛亲耳听到和亲眼看见许多采莲男女的歌声和笑语声融成一片，许多小伙子和采莲姑娘们还在调情求爱。

【写作特色】

诗中"东""西""南""北"并列，极易流于呆板，但此歌如此铺排，却显得文情恣肆，极为生动，从而充分体现了歌曲反复咏唱，余味无穷之妙。

【阅读训练】

1. 给下列生字注音。

府（ fǔ ）　　　　南（ nán ）

莲（ lián ）　　　　间（ jiān ）

2. 解释下列字词在诗句中的意思。

可：＿＿＿适宜、正好＿＿＿

田田：＿＿＿荷叶茂盛的样子

3.《汉乐府·江南》是一首＿汉＿代乐府诗，其中题目中"汉乐府"的意思是＿原是汉初采诗制乐的官署，后来又专指汉代的乐府诗。＿

4. 请再写出两句描写江南风景的诗句。

＿春风又绿江南岸，明月何时照我还。＿

5. 背诵并默写《汉乐府·江南》。

江南可采莲，＿莲叶何田田，鱼戏莲叶间。＿

鱼戏莲叶东，＿鱼戏莲叶西，鱼戏莲叶南，鱼戏莲叶北。＿

【考试链接】

1.《江南》是一首（ A ）。

A. 爱情诗　　B. 农事诗　　C. 山水诗　　D. 怨刺诗

2.《江南》这首诗是当时南诗的代表作，当时北诗的代表是＿《木兰辞》＿。

3. 题目《江南》中江南的"江"指的是＿长江＿。

4. 诗歌通过鱼和莲的描写，表现了＿采莲人采莲时＿的欢乐心情。

5. "鱼戏莲叶间"这句诗运用了＿拟人＿的修辞手法。

gǔ lǎng yuè xíng
古 朗 月 行 ①（节选）

táng lǐ bái
[唐] 李 白

xiǎo shí bù shí yuè
小 时 不 识 月，

hū zuò bái yù pán
呼 作②白 玉 盘③。

yòu yí yáo tái jìng
又 疑 瑶 台④镜，

fēi zài qīng yún duān
飞 在 青 云 端。

绘画／徐嘉

63

【词句翻译】

①朗月行：乐府旧题。《乐府诗集》卷六五收录此题，列于《杂曲歌辞》。②呼作：称为。③白玉盘：白玉做的盘子。疑：怀疑。④瑶台：传说中神仙居住的地方。

【全诗译文】

小时候我不认识月亮，将它呼作白玉盘。又怀疑是瑶台仙人的明境，飞到了天上。

【作者简介】

李白（701－762），字太白，号青莲居士，又号"谪仙人"，是唐代伟大的浪漫主义诗人，被后人誉为"诗仙"，与杜甫并称为"李杜"，为了与另两位诗人李商隐与杜牧即"小李杜"区别，杜甫与李白又合称"大李杜"。据《新唐书》记载，李白为兴圣皇帝（凉武昭王李暠）九世孙，与李唐诸王同宗。其人爽朗大方，爱饮酒作诗，喜交友。李白深受黄老列庄思想影响，有《李太白集》传世，诗作中多以醉时写的，代表作有《望庐山瀑布》《行路难》《蜀道难》《将进酒》《梁甫吟》《早发白帝城》等多首。李白所作词赋，宋人已有传记（如文莹《湘山野录》卷上），就其开创意义及艺术成就而言，"李白词"享有极为崇高的地位。

【创作背景】

此诗当作于唐玄宗天宝末年安史之乱前。陈沆云："忧禄山将叛时作。"（《诗比兴笺》）萧士赟云："按此诗借月以引兴。日，君象；月，臣象。盖为安禄山之叛，兆于贵妃而作也。

【思想主题】

作者用浪漫主义手法，借助丰富的想象和神话传说，表现了作者在儿童时期对月亮的幼稚而美好的认识。

【写作特色】

诗人运用浪漫主义的创作方法，通过丰富的想象，神话传说的巧妙加工，以及强烈的抒情，构成瑰丽神奇而含意深蕴的艺术形象。全诗文辞如行云流水，富有魅力，发人深思，体现出李白诗歌雄奇奔放、清新俊逸的风格。

【阅读训练】

1. 下面是对本诗的解说，说法有误的一项是（__C__）。

A. 诗歌前两句借小时对月的"直观"认识，写月亮的外在特点，既简单又真实。

B. 诗中运用"仙人""桂树""白兔""蟾蜍""羿"写神话传说，既丰富了诗歌内容，又增添了浪漫主义色彩，体现了丰富的意蕴美。

C. 通读全诗，用来代指月亮的名称繁多，有"白玉盘""蟾蜍""圆影""大明""乌""阴精""瑶台镜"等。

D. 全诗在描写中不断提出假设和疑问，想象奇特，并顺势表达自己无限的忧愁和伤感。

2. 请根据相关资料，解释以下几组传说（或神话、典故）。

(1)仙人桂树：____仙人桂树：吴刚，是古代汉族神话中居住在月亮上的仙人，他被天帝惩罚在月宫伐桂树。仰望一轮明月，可见月亮中有些阴影，传说那是吴刚在伐桂。____

(2)玉兔捣药：____玉兔捣药：传说中月宫里有一只白色的玉兔，她就是嫦娥的化身。因嫦娥奔月后，触犯玉帝的旨意，于是将嫦娥变成玉兔，每到月圆时，就要在月宫里为天神捣药以示惩罚。____

(3)三足蟾蜍：____三足蟾蜍：仙人刘海，降妖除怪为民除害，他收服了一个心肠不是太坏的妖精，被刘海打回原形，是一个三只脚的蟾，这只蟾蜍跟随刘海，伏妖助人，而刘海喜爱布施金钱给一些贫苦人，所以三只脚的蟾蜍亦有使人钱财转富的能力。____

(4)后羿射日：____后羿射日：后羿在的时候，天上有十个太阳，烧得草木、庄稼枯焦，后羿为了救百姓，一连射下九个太阳，从此，地上气候适宜，万物得以生长。____

3. 翻译诗句。

小时不识月，呼作白玉盘。

____小时候我不认识月亮，将它呼作白玉盘。____

4. 这首诗的作者是唐代大诗人____李白____，有着"____诗仙____"之称，与杜甫并称为"____李杜____"。

65

5. 用"/"把题目中第三句和第四句诗的朗读节奏画出来。

又疑 / 瑶台镜，飞在 / 青云端。

【考试链接】

1. "又疑瑶台镜"中的"疑"和"疑是地上霜"中的"疑"都是（ 怀疑，好像是 ）的意思，这两句诗分别出自李白写的（ 《古朗月行》 ）和（ 《静夜思》 ）。

2. 李白的这首诗写的是他小时候对月亮的看法，诗人把月亮比作（ 白玉盘 ）和（ 瑶台镜 ），十分幼稚而可爱，比喻有趣。

3. 辨字组词。

古（ 古怪 ）　　寸（ 方寸 ）　　只（ 只有 ）　　台（ 窗台 ）
枯（ 干枯 ）　　时（ 时间 ）　　识（ 认识 ）　　石（ 石头 ）

4. 选字组词。

识
（ 识 ）字
认（ 识 ）

时
（ 时 ）候
（ 时 ）间

坐
（ 座 ）位

座
（ 坐 ）下

作
做（ 作 ）业

5. 诗中　　又疑瑶台镜，飞在青云端。　　这一句借助神话传说，表现了李白诗歌的浪漫主义特点。

绘画／庄言

jué jù
绝 句 （其一）
qí yī
[唐] 杜 甫
táng dù fǔ

67

liǎng gè huáng lí míng cuì liǔ
两 个 黄 鹂 鸣^① 翠 柳 ，

yì háng bái lù shàng qīng tiān
一 行 白 鹭^② 上 青 天 。

chuāng hán xī lǐng qiān qiū xuě
窗 含^③ 西 岭 千 秋 雪 ，

mén bó dōng wú wàn lǐ chuán
门 泊 东 吴^④ 万 里 船 。

【词句翻译】

①黄鹂：黄莺。②白鹭：鹭鸶，羽毛纯白，能高飞。③窗含：是说由窗往外望西岭，好似嵌在窗框中，故曰窗含。西岭：即成都西南的岷山，其雪常年不化，故云千秋雪。这是想象之词。④东吴：指长江下游的江苏一带。成都水路通长江，故云长江万里船。

【全诗译文】

黄鹂在新绿的柳条间叫着春天，成双作对好喜庆；白鹭排成行迎着春风飞上青天，队列整齐真优美。那西岭的雪峰啊，像一幅美丽的画嵌在窗框里；这门前的航船啊，竟是从万里之外的东吴而来。

【作者简介】

杜甫（712—770），字子美，汉族，原籍湖北襄阳，后徙河南巩县。自号少陵野老，唐代伟大的现实主义诗人，与李白合称"李杜"。为了与另两位诗人李商隐与杜牧即"小李杜"区别，杜甫与李白又合称"大李杜"，杜甫也常被称为"老杜"。杜甫在中国古典诗歌中的影响非常深远，被后人称为"诗圣"，他的诗被称为"诗史"。后世称其杜拾遗、杜工部，也称他杜少陵、杜草堂。杜甫创作了《登高》《春望》《北征》《三吏》《三别》等名作。杜甫共有约1500首诗歌被保留了下来，大多集于《杜工部集》。

【创作背景】

唐代宗广德二年（764）春，杜甫因严武再次镇蜀而重返成都草堂。其时，安史之乱已平定，杜甫得知这位故人的消息，也跟着回到成都草堂。这时诗人的心情特别好，面对这生气勃勃的景象，情不自禁，写下了这一组即景小诗。明末王嗣奭《杜臆》说这组诗"盖作于卜居草堂之后，拟客居此以终老，而自叙情事如此"。

【思想主题】

早春时节嫩芽初发的柳枝上，成双成对的黄鹂在欢唱，整首诗营造了一种清新轻松的气氛，表达了作者对春天的喜爱之情和对大自然的热爱，也表达了作者对和平生活的向往。

【写作特色】

全诗用词简练，用字精准，用意单纯，用情至真，是杜诗中寓情于景的佳作。后两句，"千秋雪"言时间之久，"万里船"言空间之广。用一"含"字，表明诗人是凭窗远眺，此景仿佛是嵌在窗框中的一幅图画。诗人身在草堂，思接千载，视通万里，胸襟何等开阔。这两句也是全诗的点睛之笔，境界开阔，情志高远。在空间和时间两个方面拓宽了广度，使得全诗的立意一下子卓尔不群，既有杜诗一贯的深沉厚重，又舒畅开阔，实为千古名句。全诗对仗精工，着色鲜丽，动静结合，声形兼俱，每句诗都是一幅画，看起来是四幅独立的图景，却又宛然组成一幅咫尺万里的壮阔山水画卷。而一以贯之，使其构成一个统一意境的，正是诗人的内在情感。

【阅读训练】

1. 用"/"把整首诗的朗读节奏画出来。

　　两个／黄鹂／鸣／翠柳，一行／白鹭／上／青天。

　　窗含／西岭／千秋雪，门泊／东吴／万里船。

2. 诗人正陶醉于悦耳的黄鹂鸣叫声中，忽然眼前掠过一道白色的弧线，这道白色的弧线是　白鹭　。

3. 杜甫，　唐　代著名诗人，字　子美　，被人称为"　诗圣　"，他与李白齐名，合称"　大李杜　"。著有《杜工部集》。

4. 诗中有两个写地点的词语是　西岭　和　东吴　。

【考试链接】

1. 给下列字注音。

鹭（　lù　）　泊（　bó　）　含（　hán　）　岭（　lǐng　）

2. 这首诗描绘了（黄鹂）、（翠柳）、（白）、（青天）、（雪）、（船）六种景物。

3. 诗中描写颜色的词是（黄）、（翠）、（白）、（青），描写声音的词是（鸣），静态描写的诗句是　窗含西岭千秋雪，门泊东吴万里船。　动态描写的诗句是　两个黄鹂鸣翠柳，一行白鹭上青天。

4. 诗句中的第一二句运用了什么修辞手法？有什么好处，做简要分析。

　　用了对偶的修辞手法，"两个"对"一行"，都是数量；黄鹂对白鹭，都是飞禽；"鸣"与"上"都是动词；"翠"对"白"是颜色；使前后两部分整齐均匀、音节和谐、具有节律感。

5. 整首诗表达了作者怎样的思想感情？

　　早春时节嫩芽初发的柳枝上，成双成对的黄鹂在欢唱，整首诗营造了一种清新轻松的气氛，表达了作者对春天的喜爱之情和对大自然的热爱，也表达了作者对和平生活的向往。

jué jù
绝 句 qí èr
（其二）

táng dù fǔ
[唐]杜 甫

chí rì jiāng shān lì
迟 日① 江 山 丽，

chūn fēng huā cǎo xiāng
春 风 花 草 香

ní róng fēi yàn zǐ
泥 融② 飞 燕 子，

shā nuǎn shuì yuān yāng
沙 暖 睡 鸳 鸯。③

70

绘画／魏薇

【词句翻译】

①迟日：指春天。②泥融：春日来临，冻泥融化，又湿又软。③鸳鸯：一种漂亮的水鸟，雄鸟与雌鸟时常双双出没。

【全诗译文】

江山沐浴着春光多么秀丽，阵阵春风送来花草的芳香。飞翔的燕子衔着湿泥忙筑巢，美丽的鸳鸯睡在沙上晒太阳。

【作者简介】

杜甫（712—770），字子美，汉族，原籍湖北襄阳，后徙河南巩县。自号少陵野老，唐代伟大的现实主义诗人，与李白合称"李杜"。为了与另两位诗人李商隐与杜牧即"小李杜"区别，杜甫与李白又合称"大李杜"，杜甫也常被称为"老杜"。杜甫在中国古典诗歌中的影响非常深远，被后人称为"诗圣"，他的诗被称为"诗史"。后世称其杜拾遗、杜工部，也称他杜少陵、杜草堂。杜甫创作了《登高》《春望》《北征》《三吏》《三别》等名作。杜甫共有约1500首诗歌被保留了下来，大多集于《杜工部集》。

【创作背景】

这首诗是诗人杜甫经过两年的流离奔波回到成都草堂之后，面对浣花溪一带的春光而作。

【思想主题】

这首五言绝句选材精恰，色彩明丽，格调清新。诗人以春日迟迟统摄全篇，和煦的春风，初放的百花，如茵的芳草所展现的明媚春光，与泥融土湿、飞燕衔泥、日丽沙暖、静睡鸳鸯所呈现的勃勃生机，和谐统一，相映成趣，构成一幅色彩鲜明，春意盎然的诗情画意图。反映了诗人奔波流离之后，暂时定居成都草堂的安适心情和欢悦情怀。

【写作特色】

这首五言绝句，意境明丽悠远，格调清新。全诗对仗工整，但又自然流畅，毫不雕琢；描摹景物清丽工致，浑然无迹，是杜甫诗中别具风格的篇章。

【阅读训练】

1. 给下列字注音。

迟（ chí ）　香（ xiān ）　融（ róng ）　鸳鸯（ yuān yang ）

71

2. 后两句中的"泥融""沙暖"呼应了前面哪两个字？"飞"和"睡"有着怎样不同的情态？

　　呼应"迟日"，这是工笔细描的特定画面，既有燕子翩飞的动态描绘，又有鸳鸯慵睡的静态写照。飞燕的繁忙蕴含着春天的勃勃生机，鸳鸯的闲适则透出温柔的春意，一动一静，相映成趣。

3. 解释下列字词在诗句中的意思。

迟日：　　指春天。

泥融：　　春日来临，冻泥融化，又湿又软。

鸳鸯：　　一种漂亮的水鸟，雄鸟与雌鸟时常双双出没。

4. 这首诗用语极精练，如"春风花鸟香"可理解为省略了一个"语"字；"泥融飞燕子"，表面上是说泥土、燕子两件毫不相干的事物，实际还含有　燕子筑巢　的意思。

5. "泥融飞燕子，沙暖睡鸳鸯"两句中"燕子"和"鸳鸯"各在做什么？

　　飞燕衔泥筑巢，日丽沙暖，鸳鸯在静睡。

【考试链接】

1. 这首诗描绘了一幅怎样的画面？先概括其特点，再用自己的语言描绘出来。

　　江山沐浴着春光多么秀丽，阵阵春风送来花草的芳香。飞翔的燕子衔着湿泥忙筑巢，美丽的鸳鸯睡在沙上晒太阳。构成一幅色彩鲜明，春意盎然的诗情画意图。

2. 这首诗表达了诗人什么样的思想感情？

　　诗人以春日迟迟统摄全篇，和煦的春风，初放的百花，如茵的芳草所展现的明媚春光，与泥融土湿、飞燕衔泥、日丽沙暖、静睡鸳鸯所呈现的勃勃生机，和谐统一，相映成趣，构成一幅色彩鲜明，春意盎然的诗情画意图。反映了诗人奔波流离之后，暂时定居成都草堂的安适心情和欢悦情怀。

3. 诗的前两句选用哪些景物描画春天的美景？

　　诗的前两句以"迟日"开头，"迟日"指春天，正因为春天来到，才会出现"花草香"。写的是春天给人的总体感受，描绘出一幅广阔的画面。

4. "泥融飞燕子，沙暖睡鸳鸯"中的动词用得特别巧妙，谈谈你的理解。

　　这两句主要写鸟儿们在阳光下活泼、可爱的形象特征。"飞燕子"、"睡鸳鸯"描摹两种鸟儿，一动一静，动静搭配，相映成趣。它们分别与"泥融"、"沙暖"搭配，使春天温馨的气息更加浓厚。

mǐn nóng
悯① 农 （其一）
qí yī

táng lǐ shēn
［唐］李 绅

chūn zhǒng yí lì sù
春 种 一 粒 粟②，
qiū shōu wàn kē zǐ
秋 收③ 万 颗 子 。
sì hǎi wú xián tián
四 海④ 无 闲 田 ，
nóng fū yóu è sǐ
农 夫 犹 饿 死 。

73

绘画／陶盈希

【词句翻译】

①悯：怜悯。这里有同情的意思。②粟：泛指谷类。③秋收：一作"秋成"。子：指粮食颗粒。④四海：指全国。闲田：没有耕种的田。⑤犹：仍然。

【全诗译文】

春天播种下一粒种子，到了秋天就可以收获很多的粮食。天下没有一块不被耕作的田，可仍然有种田的农夫饿死。

【作者简介】

李绅（772－846），字公垂。祖籍亳州谯县（今安徽省亳州市谯城区）。唐朝宰相、诗人，中书令李敬玄曾孙。李绅六岁时丧父，随母亲迁居润州无锡。二十七岁时中进士，补国子助教。后历任中书侍郎、尚书右仆射、淮南节度使等职，会昌六年（846年）在扬州逝世，年七十四。追赠太尉，谥号"文肃"。李绅与元稹、白居易交游甚密，为新乐府运动的参与者。著有《乐府新题》二十首，已佚。代表作为《悯农》诗两首："锄禾日当午，汗滴禾下土，谁知盘中餐，粒粒皆辛苦。"《全唐诗》存其诗四卷。

【创作背景】

根据唐代范摅《云溪友议》和《旧唐书·吕渭传》等书的记载，大致可推定这组诗为李绅于唐德宗贞元十五年（799年）所作，有两首，这是其中的一首。

【思想主题】

描绘了在烈日当空的正午农民田里劳作的景象，概括地表现了农民终年辛勤劳动的生活，诗中选取了比较典型的生活细节和人们熟知的事实，集中地刻画了当时社会的矛盾。表达了诗人对农民真挚的同情之心。

【写作特色】

全诗风格简朴厚重，语言通俗质朴，音节和谐明快，并运用了虚实结合与对比手法，增强了诗的表现力。这两首诗不仅在民间广泛流传，在文学史上亦有一定影响。

【阅读训练】

1. 填空题。

（1）"农"共有＿＿六＿＿笔，第五笔是＿丿＿。

（2）"粟"共有＿十二＿笔，第三笔是＿乛＿。

2. 形近字组词。

颗（＿颗粒＿） 棵（＿一颗＿） 闲（＿休闲＿） 闭（＿关闭＿）

3. 诗中第一句写＿春种＿，第二句写＿秋收＿。春华秋实概括了农民生产粮食的辛苦。"一粒粟" 和"万颗子"形成鲜明对比，表现了农民劳动＿创造的巨大财富＿。

4. 作者写《悯农》时写了两首，请写出另外一首。

＿＿悯农 [唐]李绅 锄禾日当午，汗滴禾下土。谁知盘中餐，粒粒皆辛苦？

【考试链接】

1. 给下列加点的字注音。

悯农（＿mǐn＿） 粟（＿sù＿） 犹（＿yóu＿）

2. 根据意思写词。

（1）怜惜，同情。（＿悯＿）

（2）未开垦的土地。（＿闲田＿）

（3）稻谷。（＿粟＿）

3. 试着翻译一下这首古诗。

＿＿春天播种下一粒种子，到了秋天就可以收获很多的粮食。天下没有一块不被耕作的田，可仍然有种田的农夫饿死。

4. 李绅写这是诗的原因是什么？结合当时的背景，试做简要分析。

＿＿这首诗具体而形象地描绘了到处硕果累累的景象，突出了农民辛勤劳动获得丰收却两手空空、惨遭饿死的现实问题。表达了诗人不满社会不公，同情劳苦大众的心情。

5. 写出下面子的笔画顺序。

种：＿丿丿丨丿丶丨乛一丨＿

粒：＿丶丿一丨丿丶丶一丶丿一＿

颗：＿丨丨乛一一一丨丿丶一丿丨丨乛丶＿

凉 州 词①
liáng zhōu cí

[唐] 王 之 涣
táng wáng zhī huàn

黄 河 远 上②白 云 间 ，
huáng hé yuǎn shàng bái yún jiān

一 片 孤 城③万 仞④山 。
yí piàn gū chéng wàn rèn shān

羌 笛⑤何 须⑥怨 杨 柳⑦，
qiāng dí hé xū yuàn yáng liǔ

春 风⑧不 度⑨玉 门 关⑩。
chūn fēng bù dù yù mén guān

书包里的古诗词

绘画／刘俊江

【词句翻译】

①凉州词：又名《出塞》。为当时流行的一首曲子《凉州》配的唱词。郭茂倩《乐府诗集》卷七十九《近代曲词》载有《凉州歌》，并引《乐苑》云："《凉州》，宫调曲，开元中西凉府都督郭知运进。"凉州，陇右道凉州治所在姑臧县（今甘肃省武威市凉州区）。②远上：远远向西望去。黄河远上：远望黄河的源头。"河"一作"沙"，"远"一作"直"。③孤城：指孤零零的戍边的城堡。④仞：古代的长度单位，一仞相当于七尺或八尺（1尺≈33.3333……厘米）⑤羌笛：古羌族主要分布在甘、青、川一带。羌笛是羌族乐器，属横吹式管乐。⑥何须：何必。⑦杨柳：《折杨柳》曲。古诗文中常以杨柳喻送别情事。⑧春风：某种温暖关怀或某种人间春意春象。⑨度：吹到过。⑩玉门关：汉武帝置，因西域输入玉石取道于此而得名。故址在今甘肃敦煌西北小方盘城，是古代通往西域的要道。六朝时关址东移至安西双塔堡附近。

【全诗译文】

被风卷起的黄沙，好像与白云连在一起，玉门关孤零零地耸立在高山之中，显得孤峭冷寂。何必用羌笛吹起那哀怨的曲子《折杨柳》呢？玉门关一代根本没有杨柳可折啊！原来玉门关一带春风是吹不到的啊！

【作者简介】

王之涣（688—742），是盛唐时期的著名诗人，字季凌，汉族，蓟门人，一说晋阳（今山西太原）人。性格豪放不羁，常击剑悲歌，其诗多被当时乐工制曲歌唱。名动一时，他常与高适、王昌龄等相唱和，以善于描写边塞风光著称。其代表作有《登鹳雀楼》《凉州词》等。王之涣早年由并州（山西太原）迁居至绛州（今山西新绛县），曾任冀州衡水主簿。衡水县令李涤将三女儿许配给他。因被人诬谤，乃拂衣去官，后复出担任文安县尉，在任内期间去世。王之涣"慷慨有大略，倜傥有异才"，早年精于文章，并善于写诗，多引为歌词。他尤善五言诗，以描写边塞风光为胜，是浪漫主义诗人。

【创作背景】

根据王之涣墓志铭可知，唐玄宗开元十四年（726年）王之涣辞官，过了 15 年的自由生活。《凉州词二首》当作于其辞官居家的 15 年期间，即开元十五年（727 年）至二十九年（741 年）。

【思想主题】

王之涣这首诗写戍边士兵的怀乡情，虽极力渲染戍卒不得还乡的怨情。体现了戍守边防的征人回不了故乡的哀怨，这种哀怨不消沉，而是壮烈广阔。折柳赠别的风习在唐时最盛，玉门关外，春风不度，杨柳不青，离人想要折一枝杨柳寄情也不能，这就比折柳送别更为难堪。

【写作特色】

以竖向描写和侧面描写结合来书写委婉深厚、悲壮苍凉的意境，抒发了一种哀愁但不消沉而是壮烈广阔的情感。此诗写景雄浑壮阔，抒情含蓄深永。

【阅读训练】

1．《凉州词》 是一首　乐府　诗。诗句"春风不度玉门关"中"度"的意思是　吹到过　。

2．后人称此诗为边塞诗中的"绝唱"，请以诗的后两句为对象，分析诗歌是如何写出"征夫离愁"之情的。

　　唐时有折柳赠别的风俗，因而见杨柳而生愁，甚至听《折杨柳》歌而生怨。关外春风不度，杨柳不青，无法折柳寄情，听曲更生怨恨："天寒地冻""征战无期""归家无望"。然而"怨"也罢，愁也罢，都是枉然，因而说"何须怨"。

3．这首诗表达了诗人怎样的思想感情？

　　这首诗写戍边士兵的怀乡情，虽极力渲染戍卒不得还乡的怨情。体现了戍守边防的征人回不了故乡的哀怨，这种哀怨不消沉，而是壮烈广阔。折柳赠别的风习在唐时最盛，玉门关外、春风不度，杨柳不青，离人想要折一枝杨柳寄情也不能，这就比折柳送别更为难堪。

4．诗的哪几句写所见，哪几句写所闻。（请用诗句回答）

　　所见：黄河远上白云间，一片孤城万仞山。 所闻：羌笛何须怨杨柳。

【考试链接】

1. 诗中的"春风"除了指自然现象之外，还指的是 <u>某种温暖关怀或某</u> <u>张人间春意春象。</u> 。

2. 下列对诗句理解不恰当的一项是（ <u>D</u> ）。

A. 诗歌前两句以远川高山衬托"孤城"，描绘出边地的雄阔苍凉之景。

B. "杨柳"是双关语，既指音乐的曲调，又指现实中的杨柳树。

C. 诗歌用"何须"二字，由边地图景描绘转入情感抒发。

D. 全诗极写戍边者不得还乡的怨情，情绪消极悲切。

3. 解释下列诗句中加点字词的意思。

羌笛何须怨杨柳，春风不度玉门关。

何须： <u>何必</u>　　　　度： <u>吹到过</u>

4. 这首诗如一幅画卷。如果说"孤城"是"画卷"的主体部分，那么首句与"孤城"是什么关系？请用简洁的语言概括这首诗的意境。

<u>首句是"孤城"的背景画面。这首诗意境雄阔，悲壮苍凉，表现了盛唐诗人广阔的胸襟。</u>

5. "一片"与"万仞"对照，明写了什么？暗写了什么？

<u>明写了玉门关的扼居险要，暗写了守关将士孤寂的处境。</u>

79

chì lè gē
《敕 勒 歌》①

běi cháo mín gē
（北 朝 民 歌）

chì lè chuān　　yīn shān xià
敕 勒 川②，阴 山③下 。

tiān sì qióng lú　　lǒng gài sì yǎ
天 似 穹 庐④，笼 盖 四 野⑤。

tiān cāng cāng　　yě máng máng
天 苍 苍⑥，野 茫 茫⑦，

fēng chuī cǎo dī xiàn niú yáng
风 吹 草 低 见⑧牛 羊 。

绘画／把虎劭

书包里的古诗词

【词句翻译】

①《敕勒歌》：敕勒（chì lè）：种族名，北齐时居住在朔州（今山西省北部）一带。②敕勒川：川，平川、平原。敕勒族居住的地方，在现在的山西、内蒙一带。北魏时期把今河套平原至土默川一带称为敕勒川。③阴山：在今内蒙古自治区北部。④穹庐（qióng lú）：用毡布搭成的帐篷，即蒙古包。⑤笼盖四野（yǎ）：笼盖，另有版本作"笼罩"；四野，草原的四面八方。⑥天苍苍：苍苍，青色；苍，青；天苍苍，天蓝蓝的。⑦茫茫：辽阔无边的样子。⑧见（xiàn）：同"现"，显露。

【全诗译文】

阴山脚下啊，有敕勒族生活的大平原。敕勒川的天空啊，它的四面与大地相连，看起来好像牧民们居住的毡帐一般。蓝天下的草原啊，都翻滚着绿色的波澜，那风吹到草低处，有一群群的牛羊时隐时现。

【作者简介】

《敕勒歌》作者到底是谁，各界一直众说纷纭。有人认为斛律金是作者之一，甚至有人认为作者就是斛律金。而有人认为斛律金只是已知最早的演唱者，而非作者。

【创作背景】

公元四到六世纪，中国北方大部分地区处在鲜卑、匈奴等少数民族的统治之下，先后建立了北魏、北齐、北周等五个政权，历史上称为"北朝"。北朝民歌主要是北魏以后用汉语记录的作品，这些歌谣风格豪放刚健，抒情爽直坦率，语言质朴无华，表现了北方民族英勇豪迈的气概。这首民歌《敕勒歌》最早见录于宋郭茂倩编《乐府诗集》中的第八十六卷《杂歌谣辞》。一般认为是敕勒人创作的民歌。它产生的时期为5世纪中后期。

【思想主题】

这首民歌，勾勒出了北国草原壮丽富饶的风光，抒写敕勒人热爱家乡热爱生活的豪情，语言无晦涩难懂之句，浅近明快、酣畅淋漓地抒写了游牧民族骁勇善战、彪悍豪迈的情怀。

81

【写作特色】

　　这首歌具有鲜明的游牧民族的色彩，具有浓郁的草原气息。从语言到意境可谓浑然天成，它质直朴素、意韵真淳。全诗风格明朗豪爽，境界开阔，音调雄壮，语言明白如话，艺术概括力极强，一直受到历代文论家和文学史论著的一致好评。对它的学术研究，时至今日也经久不衰。

【阅读训练】

1. 查字典，读准下列字的音。

天似（ __sì__ ）穹庐 　　　　　敕（ __chì__ ）勒（ __lè__ ）川

2. 说说加点词的意义。

风吹草低见牛羊

见： __同"现"，显露。__

今日存，明日去，吾不得而见之矣。

见： __看见、看到、见到的意思。__

斗折蛇行，明日可见。

见： __看见、看到、见到的意思。__

3. 根据注释和诗句解释加点字的意思。

敕勒川（ __平川、平原__ ），阴山下。

天似（ __像……一样__ ）穹庐，笼盖四野。

4. 联系诗句，你能用自己的话说说后两句诗的意思吗？

　　__敕勒川的天空啊，它的四面与大地相连，看起来好像牧民们居住的毡帐一般。蓝天下的草原啊，都翻滚着绿色的波澜，那风吹到草低处，有一群群的牛羊时隐时现。__

5. 诗歌的三句话分别写了什么内容？采用了什么修辞手法？请简要概括。

　　__诗歌分别写了平川、大山、天空、草原。第二句运用比喻，写出了草原的天高地阔、一望无际、浩瀚无边的特点，表达了敕勒人对家乡的热爱。"天苍苍，野茫茫"运用叠字，"苍苍""茫茫"把草原的辽阔无边、人烟稀少的特点形象的表现出来。给人一种旷远迷茫的感觉。"风吹草低见牛羊"写出了草原的牧草丰茂、牛羊成群的特点，看到这样的景色，人们不免生出一种喜悦感、生机感、悠闲自得感。__

【考试链接】

1. "敕勒川"处于（____A____）。

A. 阴山下　　　　B. 四野

2. "天苍苍，野茫茫"说明（____B____）。

A. 天很阴暗　　　　B. 草原很广阔

3. "风吹草低见牛羊"说明（____C____）。

A. 牛羊多，草很少很矮（ǎi）。

B. 牛羊少，草很多很长。

C. 牛羊多，草很多很长。

4. 可以表现天高的比喻有很多，诗句中为什么选择穹庐？这其中包含了草原牧民的什么情感？

　　表现了大草原苍茫，辽阔，一望无际的特点。包含了草原游牧民族粗犷、豪放、自由奔放的生活情感！

5. 诗中为什么不写人，而是强调、渲染天地苍茫，上下一片？在这样的背景下，"风吹草低见牛羊"给你什么样的感觉？

　　诗中不写人，而强调、渲染天地苍茫一片，正是要突出表现大草原的这种天地旷远、浩瀚自然的特点。给我们的感觉：(1) 油然涌起的生机感、喜悦感；(2) 犹感这些生机、活力、生命信息的宝贵；　(3) 在这样草原辽阔、水草丰美之处的牛羊、牧民的怡然自得，自由自在。

83

fù dé gǔ yuán cǎo sòng bié
赋得①古原草送别

táng bái jū yì
[唐]白居易

lí lí yuán shàng cǎo
离离②原上草，

yì suì yì kū róng
一岁一枯荣③。

yě huǒ shāo bù jìn
野火烧不尽，

chūn fēng chuī yòu shēng
春风吹又生。

yuǎn fāng qīn gǔ dào
远芳侵古道④，

qíng cuì jiē huāng chéng
晴翠⑤接荒城。

yòu sòng wáng sūn qù
又送王孙⑥去，

qī qī mǎn bié qíng
萋萋⑦满别情。

绘画／沈贞伲

84

书包里的古诗词

【词句翻译】

①赋得：借古人诗句或成语命题作诗。诗题前一般都冠以"赋得"二字。这是古代人学习作诗或文人聚会分题作诗或科举考试时命题作诗的一种方式，称为"赋得体"。②离离：青草茂盛的样子。③一岁一枯荣：枯，枯萎。荣，茂盛。野草每年都会茂盛一次，枯萎一次。④远芳侵古道：芳，指野草那浓郁的香气。远芳：草香远播。侵，侵占，长满。远处芬芳的野草一直长到古老的驿道上。⑤晴翠：草原明丽翠绿。⑥王孙：本指贵族后代，此指远方的友人。⑦萋萋：形容草木长得茂盛的样子。

【全诗译文】

原野上长满茂盛的青草，年年岁岁枯萎了又苍翠。原野上的大火无法烧尽，春风一吹它又生机勃发。芳草的馨香弥漫着古道，阳光照耀下碧绿连荒城。又送游子远行踏上古道，满怀离情望着萋萋芳草。

【作者简介】

白居易（772－846），字乐天，号香山居士，又号醉吟先生，祖籍太谷，到其曾祖父时迁居下邽，生于河南新郑。是唐代伟大的现实主义诗人，唐代三大诗人之一。白居易与元稹共同倡导新乐府运动，世称"元白"，与刘禹锡并称"刘白"。白居易的诗歌题材广泛，形式多样，语言平易通俗，有"诗魔"和"诗王"之称。官至翰林学士、左赞善大夫。公元846年，白居易在洛阳逝世，葬于香山。有《白氏长庆集》传世，代表诗作有《长恨歌》《卖炭翁》《琵琶行》等。

【创作背景】

《赋得古原草送别》作于公元788年（唐德宗贞元三年），作者当时十六岁。此诗是应考习作，按科考规矩，凡限定的诗题，题目前必须加"赋得"二字，作法与咏物诗相似。

【思想主题】

此诗通过对古原上野草的描绘，抒发送别友人时的依依惜别之情。

【写作特色】

全诗措语自然流畅而又工整，虽是命题作诗，却能融入深切的生活感受，故字字含真情，语语有余味，不但得体，而且别具一格，章法谨严，用语自然流畅，对仗工整，写景抒情水乳交融，意境浑成，是"赋得体"中的绝唱。

【阅读训练】

1. 选字组词。

原　　元　　园　　圆

公（_园_）　　队（_员_）　　草（_原_）　　（_圆_）形

（_原_）来　　游（_园_）　　高（_原_）　　飞行（_员_）

有　　又　　右

只（_有_）　　左（_右_）　　（_右_）手　　（_又_）来了

（_有_）人　　（_右_）边　　（_又_）大　　（_又_）圆

2. 诗中有一对反义词是：＿＿＿_枯_＿＿＿和＿＿＿_荣_＿＿＿。

【考试链接】

1. 《赋得古原草送别》这首诗是＿_唐_＿代诗人＿_白居易_＿写的。诗中"离离"的意思是＿_青草茂盛的样子_＿，"荣"的意思是＿_茂盛_＿，"萋萋"的意思是＿_形容草木长得茂盛的样子_＿。

2. 诗人通过对古原上野草的描绘，抒发了怎样的情感？

　　此诗通过对古原上野草的描绘，抒发送别友人时的依依惜别之情。

3. 诗的三、四句"野火烧不尽，春风吹又生"，十分传神，为世人传诵。请作简要赏析。

　　一句写"枯"，一句写"荣"　是"枯荣"二字意思的发挥。不管烈火怎样无情地焚烧，只要春风一吹，又是遍地青青的野草，　极为形象生动地表现了野草顽强的生命力。

4. 《赋得古原草送别》这首诗描写的是＿_春_＿季的景色，诗中"＿_野火烧不尽，春风吹又生。_＿"最为有名，它描写了草顽强的生命力。

5. 读一读，想一想，下列诗句描写的是哪个季节的景色。

篱落疏疏一径深，树头花落未成阴。（＿_春季_＿）

小荷才露尖尖角，早有蜻蜓立上头。（＿_夏季_＿）

不知细叶谁裁出，二月春风似剪刀。（＿_春季_＿）

停车坐爱枫林晚，霜叶红于二月花。（＿_秋季_＿）

墙角数枝梅，凌寒独自开。　　　　（＿_冬季_＿）

huí xiāng ǒu shū
回 乡 偶 书① （其一）qí yī

táng hè zhī zhāng
[唐] 贺 知 章

shǎo xiǎo lí jiā lǎo dà huí
少 小 离 家② 老 大 回 ，

xiāng yīn wú gǎi bìn máo cuī
乡 音③ 无 改 鬓 毛 衰 。

ér tóng xiāng jiàn bù xiāng shí
儿 童 相 见④ 不 相 识 ，

xiào wèn kè cóng hé chù lái
笑 问⑤ 客 从 何 处 来 。

87

绘画／拔思雨

【词句翻译】

①偶书：随便写的诗。偶，说明诗写作得很偶然，是随时有所见、有所感就写下来的。②少小离家：贺知章三十七岁中进士，在此以前就离开家乡。老大：年纪大了。贺知章回乡时已年逾八十。③乡音：家乡的口音。无改：没什么变化。一作"难改"。鬓毛衰（cuī）：老年人须发稀疏变少。鬓毛，额角边靠近耳朵的头发。一作"面毛"。衰，此处应是减少的意思。全句意谓口音未变鬓发却已疏落、减少。④相见：即看见我。相，带有指代性的副词。不相识：即不认识我。⑤笑问：笑着询问。一本作"却问"，一本作"借问"。

【全诗译文】

我年少时离开家乡，到迟暮之年才回来。我的乡音虽未改变，鬓角的毛发却已斑白。家乡的儿童们看见我，没有一个认识我。他们笑着询问我：这客人是从哪里来的呀？

【作者简介】

贺知章（659—744），唐代诗人、书法家。字季真，晚年自号"四明狂客""秘书外监"，越州永兴（今浙江杭州萧山区）人。少时以诗文知名。武则天证圣元年（695年）中乙未科状元，授予国子四门博士，迁太常博士。后历任礼部侍郎、秘书监、太子宾客等职。贺知章为人旷达不羁，好酒，有"清谈风流"之誉，晚年尤纵。86岁告老还乡，不久去世。与张若虚、张旭、包融并称"吴中四士"；与李白、李适之等谓"饮中八仙"；又与陈子昂、卢藏用、宋之问、王适、毕构、李白、孟浩然、王维、司马承祯等称为"仙宗十友"。其诗文以绝句见长，除祭神乐章、应制诗外，其写景、抒怀之作风格独特，清新潇洒，其中《咏柳》《回乡偶书》等脍炙人口，千古传诵。作品大多散佚，《全唐诗》录其诗19首。

【创作背景】

贺知章在唐玄宗天宝三载（744年），辞去朝廷官职，告老返回故乡越州永兴（今浙江杭州萧山），时已八十六岁。此时距他离开家乡已有五十多个年头了。人生易老，世事沧桑，他心头有无限感慨，于是写下了这组诗。

【思想主题】

这首诗虽是作者晚年之作，但充满生活情趣。抒发作者久客他乡的伤感的同时，也写出了久别回乡的亲切感，流露出作者对生活变迁、岁月沧桑、物是人非的感慨与无奈之情。

【写作特色】

这首诗语言朴实无华，感情自然逼真，充满生活情趣。就全诗来看，一二句尚属平平，三四句却似峰回路转，别有境界。后两句的妙处在于背面敷粉，了无痕迹，虽写哀情，却借欢乐场面表现；虽为写己，却从儿童一面翻出。而所写儿童问话的场面又极富于生活的情趣，即使读者不为诗人久客伤老之情所感染，也不能不被这一饶有趣味的生活场景所打动。

【阅读训练】

1. 加偏旁，组字、组词。

专（ 传 ）（ 传递 ）　　　包（ 抱 ）（ 拥抱 ）

2. 写出反义词。

对—（ 错 ）　　　深—（ 浅 ）　　　光明—（ 黑暗 ）

安全—（ 危险 ）　　进—（ 出 ）　　　送—（ 迎 ）

公开—（ 保密 ）　　困难—（ 容易 ）

3. 填上适当的词。

一（ 粒 ）种子　　　一（ 片 ）树叶　　　一（ 匹 ）老马

（ 美丽 ）的校园　　可爱的（ 孩子 ）　　（ 认真 ）地写字

勤劳的（ 农民 ）

4. 这首诗表达了诗人怎样的感情？

　　这首诗虽是作者晚年之作，但充满生活情趣。抒发作者久客他乡的伤感的同时，也写出了久别回乡的亲切感，流露出作者对生活变迁、岁月沧桑、物是人非的感慨与无奈之情。

5. 简析这首诗的表达技巧。

　　这首诗用了比对的手法，首句用"少小离家"与"老大回"的句中自对，概括写出数十年久客他乡的事实，暗寓自伤"老大"之情。

【考试链接】

1. 选字填空。

刻　　　　　　克

（1）小明（__刻__）苦学习，（__克__）服了学习上的困难。

带　　　　　　戴

（2）早晨，小刚（__戴__）好红领巾，（__带__）齐学习用品去上学。

2. 造句。

亲切—_____　　　不料—_____

3. 把下面的句子补充完整，并加上标点符号。

（1）老师和我们一块儿（__做游戏。__）

（2）（__家乡__）多么美丽啊（__！__）

（3）（__作业__）做完了吗（__？__）

4. 整理下面的句子，在括号里写上序号。

（__③__）回到家，小红用笔在纸上画了各种样子的蝴蝶。

（__⑤__）老师表扬小红是个用功的好孩子。

（__①__）上课时，老师教小朋友画蝴蝶，小红认真听。

（__④__）第二天到学校，小红把自己画的蝴蝶交给了老师。

（__②__）放学路上，小红看见花上有一只蝴蝶，就仔细看。

5. 下列对这首诗的理解和赏析，不正确的是（__C__）。

A. 本诗用"少小离家老大回"写出了自己的人生经历，概括写出自己数十年来客居他乡的事实，暗含自己长期不能归乡的感伤情绪。

B. 本诗后两句借儿童问话这一细节，既表现了儿童天真可爱的一面，也描摹出儿童因不认识诗人而故意捉弄诗人的狡黠心理。

C. 本诗实际上想要表达这样一种感慨：故乡已经不是记忆中的样子，变化太大了。

D. 本诗中表示时间的词语有"少小、老大"等，这些词语的运用使读者产生了在时空中穿越的感觉，令人迷惘。

xún yǐn zhě bú yù
寻①隐者不遇

táng jiǎ dǎo
[唐]贾岛

sōng xià wèn tóng zǐ
松 下 问 童 子②,

yán shī cǎi yào qù
言③ 师 采 药 去。

zhǐ zài cǐ shān zhōng
只 在 此 山 中,

yún shēn bù zhī chù
云 深④ 不 知 处。

91

绘画／程可

【词句翻译】

①寻：寻访。隐者：隐士，隐居在山林中的人。古代指不肯做官而隐居在山野之间的人。一般指的是贤士。不遇：没有遇到，没有见到。②童子：没有成年的人，小孩。在这里是指"隐者"的弟子、学生。③言：回答，说。④云深：指山上的云雾。处：行踪，所在。

【全诗译文】

苍松下，我询问了年少的学童；他说，师傅已经采药去了山中。他还对我说，就在这座大山里，可山中云雾缭绕，不知他行踪。

【作者简介】

贾岛（779—843），字阆（láng）仙，人称"诗奴"，与孟郊共称"郊寒岛瘦"，唐代诗人。汉族，唐朝河北道幽州范阳县（今河北省涿州）人。自号"碣石山人"。

据说在长安（今陕西西安）的时候因当时有命令禁止和尚午后外出，贾岛做诗发牢骚，被韩愈发现才华，并成为"苦吟诗人"。后来受教于韩愈，并还俗参加科举，但累举不中第。唐文宗的时候被排挤，贬作长江主簿。唐武宗会昌年初由普州司仓参军改任司户，未任病逝。

【创作背景】

此诗是中唐时期诗僧贾岛到山中寻访一位隐者未能遇到有感而作的。隐者不详何人，有人认为是贾岛的山友长孙霞。此诗的具体创作时间难以考证。

【思想主题】

这是一首问答诗，但诗人采用了寓问于答的手法，把寻访不遇的焦急心情，描摹得淋漓尽致．以白云比隐者的高洁，以苍松喻隐者的风骨。寻故友不遇，表达了作者惆怅黯然的心情，抒发了作者心中的苦闷抑郁之情。

【写作特色】

此诗首句写寻者问童子，后三句都是童子的答话，诗人采用了寓问于答的手法，把寻访不遇的焦急心情，描绘得淋漓尽致。诗中以白云比隐者的高洁，以苍松喻隐者的风骨，写寻访不遇，愈衬出寻者对隐者的钦慕高仰之情。全诗遣词通俗清丽，言繁笔简，情深意切，白描无华，是一篇难得的言简意丰之作。从表面看，这首诗似乎不着一色，白描无华，是淡妆而非浓抹。其实它的造型自然，色彩鲜明，浓淡相宜。郁郁青松，悠悠白云，这青与白，这松与云，它的形象与色调恰和云山深处的隐者身份相符。而且未见隐者先见其画，青翠挺立中隐含无限生机；而后却见茫茫白云，深邃杳霭，捉摸无从，令人起秋水伊人无处可寻的浮想。从造型的递变，色调的先后中也映衬出作者感情的与物转移。

【阅读训练】

1. 给下列生字组词。

松 （ __松树__ ）　　　　　　　童 （ __儿童__ ）

　　（ __松紧__ ）　　　　　　　　（ __童话__ ）

摇 （ __摇晃__ ）　　　　　　　深 （ __深浅__ ）

　　（ __摇摆__ ）　　　　　　　　（ __深情__ ）

2. 形近字组词。

辨（ __分辨__ ）　　仰（ __仰望__ ）　　脸（ __笑脸__ ）　　堵（ __堵塞__ ）

辩（ __辩论__ ）　　柳（ __杨柳__ ）　　捡（ __捡拾__ ）　　绪（ __情绪__ ）

3. 先解释带点的词语，再说说诗句的意思。

只在此山中，云深不知处。

只： __就__

不知处： __不知行踪、去向__　　诗句意思： __就在这座大山里，可山中__ __云雾缭绕，不知他行踪。__

4.《寻隐者不遇》是 __唐__ 代诗人 __贾岛__ 的作品，诗歌记叙了诗人前往 __深山寻访隐者不遇__ 这件事，诗中通过诗人与 __童子__ 的问答，得知那位隐者已经 __采药去__ ，从而突出了诗题中的" __不遇__ "一词。

5. 用"/"划出《寻隐者不遇》的朗读节奏。

松下问童子，言师采药去。

只在此山中，云深不知处。

__松下／问童子，言师／采药去。只在／此山中，云深／不知处。__

【考试链接】

1. 解释下列字词的意思。

隐者：（ 隐士，隐居在山林中的人 ）

此：（ 这 ）

不遇：（ 没有遇到，没有见到 ）

2. 读古诗想象完成对话。

地点： 松下

诗人问童子： 你的师傅到哪里去了？

童子回答： 我的师傅山中采药去了，具体在哪我也不知道。

3. 在这首诗歌中出现的人物有 诗人 、 童子 和 隐者 。诗歌中出现的事物有 松树 、 药 、 山 、 云雾 。诗歌中出现的动词有 问 、 言 、 采 。

4. 根据意思写诗句。

诗人在松树下向童子询问隐者的踪迹。

松下问童子。

5. 读一读，把括号里不恰当的词语划掉。

（1）清新的空气迎面（扑 吹 涌）来，舒服极了。

（2）往窗外（看 望 瞅）去，树哇，房子啊，都看不清了。

（3）一条彩虹（停 飘 挂）在天空。

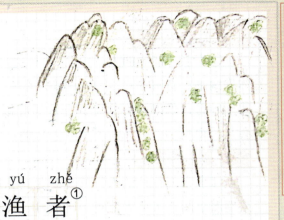

jiāng shàng yú zhě
江 上 渔 者①

sòng fàn zhòng yān
[宋]范 仲 淹

jiāng shàng wǎng lá rén
江 上 往 来 人 ，

dàn ài lú yú měi
但② 爱③ 鲈 鱼④ 美 。

jūn kàn yí yè zhōu
君⑤ 看 一 叶 舟⑥ ，

chū mò fēng bō lǐ
出 没⑦ 风 波⑧ 里 。

95

绘画／沈贞伲

【词句翻译】

①渔者：捕鱼的人。②但：只。③爱：喜欢。④鲈鱼：一种头大口大、体扁鳞细、背青腹白、味道鲜美的鱼。生长快，体大味美。⑤君：你。⑥一叶舟：像漂浮在水上的一片树叶似的小船。⑦出没：若隐若现。指一会儿看得见，一会儿看不见。⑧风波：波浪。

【全诗译文】

江上来来往往的人只喜爱鲈鱼的味道鲜美。看看那些可怜的打鱼人吧，正驾着小船在大风大浪里上下颠簸，飘摇不定。

【作者简介】

范仲淹（989－1052），字希文，汉族。苏州吴县人。北宋杰出的思想家、政治家、文学家。范仲淹幼年丧父，母亲改嫁长山朱氏，遂更名朱说。大中祥符八年（1015年），范仲淹苦读及第，授广德军司理参军，迎母归养，改回本名。后历任兴化县令、秘阁校理、陈州通判、苏州知州等职，因秉公直言而屡遭贬斥。康定元年（1040年），与韩琦共任陕西经略安抚招讨副使，采取"屯田久守"方针，巩固西北边防。庆历三年（1043年），出任参知政事，发起"庆历新政"。不久后，新政受挫，范仲淹被贬出京，历知邠州、邓州、杭州、青州。皇祐四年（1052年），改知颍州，范仲淹扶疾上任，于途中逝世，年六十四。追赠兵部尚书、楚国公，谥号"文正"，世称范文正公。范仲淹政绩卓著，文学成就突出。他倡导的"先天下之忧而忧，后天下之乐而乐"思想和仁人志士节操，对后世影响深远。有《范文正公文集》传世。

【创作背景】

范仲淹能够关心生活在社会下层的一般民众的疾苦，写过一些同情劳动人民的诗歌作品。他是江苏吴县人，生长在松江边上，对这一情况，知之甚深。他在饮酒品鱼、观赏风景的时候，看到风浪中起伏的小船，由此联想到渔民打鱼的艰辛和危险，情动而辞发，创作出言浅意深的《江上渔者》。

【思想主题】

这首语言朴实、形象生动、对比强烈、耐人寻味的小诗，反映了渔民劳作的艰辛，唤起人们对民生疾苦的注意，体现了诗人对劳动人民的同情。

【写作特色】

　　表现手法上，该诗无华丽词藻，无艰字僻典，无斧迹凿痕，以平常的语言，平常的人物、事物，表达不平常的思想、情感，产生不平常的艺术效果。

【阅读训练】

1. 把诗句补充完整。

江上渔者

[宋]范仲淹

　　（ 江 ）（ 上 ）往来（ 人 ），

　　但爱（ 鲈 ）（ 鱼 ）美。

　　君看（ 一 ）（ 叶 ）（ 舟 ），

　　（ 出 ）（ 没 ）风波里。

2. 课文中"风浪一会儿把它卷上浪尖，一会儿又把它打入浪谷。"是《江上渔者》这首诗中哪句诗的意思？

　　出没风波里

3. 这首诗表达了诗人范仲淹什么样的思想感情？

　　这首语言朴实、形象生动、对比强烈、耐人寻味的小诗，反映了渔民劳作的艰辛，唤起人们对民生疾苦的注意，表达了诗人对劳动人民的同情。

4. 你觉得题目《江上渔者》是什么意思？

　　在江上捕鱼劳作的人。

5. 注意读准字音。

（1）出没"的"没"读作（ mò ），不要读作"méi"。

（2）"风波"的"波"读作（ bō ），不要读作"pō"。

【考试链接】

1. 想一想，组词语。

宋（ 宋朝 ）　　　酒（ 酒精 ）　　　南（ 南方 ）

灾（ 灾难 ）　　　洒（ 挥洒 ）　　　向（ 方向 ）

客（ 客人 ）　　　涛（ 波涛 ）　　　凶（ 凶恶 ）

容（ 宽容 ）　　　寿（ 长寿 ）　　　汹（ 汹涌 ）

2. 填上合适的词。

一（ 艘 ）渔船　　　一（ 片 ）树叶　　　一（ 叶 ）扁舟

一（ 首 ）古诗　　　一（ 座 ）酒楼　　　一（ 位 ）客人

一（ 条 ）鲈鱼　　　一（ 处 ）风景　　　一（ 个 ）渔民

3. 照样子，用带点的字写句子。

范仲淹一边饮酒，一边欣赏风景。

弟弟一边洗澡，一边唱歌。

小船一会儿被卷入浪尖，一会儿又被打入谷底。

金鱼一会儿浮在水面，一会儿又沉在水底。

4. 这首诗主要用了什么表现手法？有什么表达效果？

　　　对比的表现手法，形象生动地写出了江上人来人往十分热闹的情景以及作者对渔民劳作十分辛苦艰险的同情，表现了诗人一种可贵的民主主义的思想感情。

5. 联系《岳阳楼记》的名句，说说这首诗表现了诗人什么样的思想感情。

　　　本诗由饮酒品鱼、观赏风景的时候，看到风浪中起伏的小船，由此联想到渔民打鱼的艰辛和危险，反映了渔民劳作的艰辛，唤起人们对民生疾苦的注意，体现了诗人对劳动人民的同情。

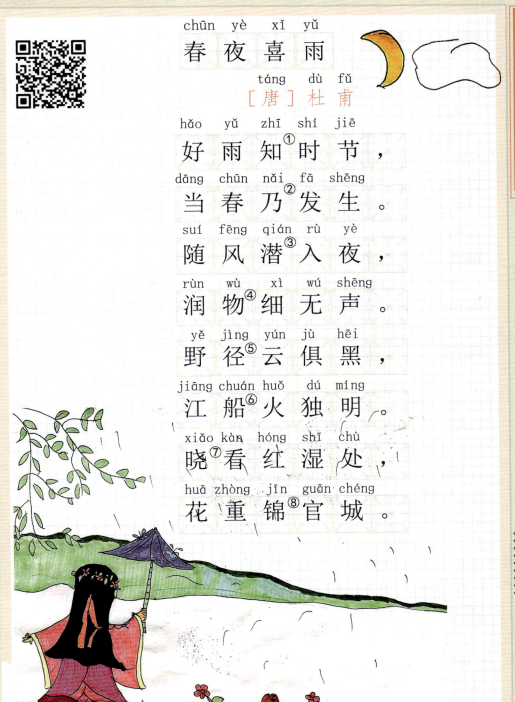

chūn yè xǐ yǔ
春 夜 喜 雨

táng dù fǔ
[唐] 杜 甫

hǎo yǔ zhī shí jiē
好 雨 知① 时 节 ，

dāng chūn nǎi fā shēng
当 春 乃② 发 生 。

suí fēng qián rù yè
随 风 潜③ 入 夜 ，

rùn wù xì wú shēng
润 物④ 细 无 声 。

yě jìng yún jù hēi
野 径⑤ 云 俱 黑 ，

jiāng chuán huǒ dú míng
江 船⑥ 火 独 明 。

xiǎo kàn hóng shī chù
晓⑦ 看 红 湿 处 ，

huā zhòng jǐn guān chéng
花 重 锦⑧ 官 城 。

99

绘画／冷思谊

【词句翻译】

①知：明白，知道。说雨知时节，是一种拟人化的写法。②乃：就。发生：萌发生长。③潜：暗暗地，悄悄地。这里指春雨在夜里悄悄地随风而至。④润物：使植物受到雨水的滋养。⑤野径：田野间的小路。⑥"江船"句：意谓连江上的船只都看不见，只能看见江船上的点点灯火，暗示雨意正浓。⑦晓：天刚亮的时候。红湿处：雨水湿润的花丛。⑧花重（zhòng）：花因为饱含雨水而显得沉重。锦官城：故址在今成都市南，亦称锦城。三国蜀汉时管理织锦之官驻此，故名。后人有用作成都的别称。此句是说露水盈花的美景。

【全诗译文】

好雨似乎会挑选时辰，降临在万物萌生之春。伴随和风，悄悄进入夜幕。细细密密，滋润大地万物。浓浓乌云，笼罩田野小路；点点灯火，闪烁江上渔船。明早再看带露的鲜花，成都满城必将繁花盛开。

【作者简介】

杜甫（712—770），字子美，汉族，原籍湖北襄阳，后徙河南巩县。自号少陵野老，唐代伟大的现实主义诗人，与李白合称"李杜"。为了与另两位诗人李商隐与杜牧即"小李杜"区别，杜甫与李白又合称"大李杜"，杜甫也常被称为"老杜"。杜甫在中国古典诗歌中的影响非常深远，被后人称为"诗圣"，他的诗被称为"诗史"。后世称其杜拾遗、杜工部，也称他杜少陵、杜草堂。杜甫创作了《登高》《春望》《北征》《三吏》《三别》等名作。乾元二年（759年）杜甫弃官入川，虽然躲避了战乱，生活相对安定，但仍然心系苍生，胸怀国事。虽然杜甫是个现实主义诗人，但他也有狂放不羁的一面，从其名作《饮中八仙歌》不难看出杜甫的豪气干云。杜甫共有约1500首诗歌被保留了下来，大多集于《杜工部集》。

【创作背景】

这首诗写于唐肃宗上元二年（761）春。杜甫在经过一段时间的流离转徙的生活后，终因陕西旱灾而来到四川成都定居，开始了在蜀中的一段较为安定的生活。作此诗时，他已在成都草堂定居两年。他亲自耕作，种菜养花，与农民交往，对春雨之情很深，因而写下了这首描写春夜降雨、润泽万物的美景诗作。

【思想主题】

作者细致地刻画了春雨的夜景，表达了他对春雨来得及时的喜悦心情。这心情主要是出自于农作物得到春雨的滋长，这对当时具体历史条件下能参加一定劳动的杜甫来说，是值得肯定的。这诗历来被人们认为是诗人刻画雨景、抒写内心喜悦的名作。

【写作特色】

诗人运用拟人手法，对春雨的描写，体物精微，细腻生动，绘声绘形。全诗意境淡雅，意蕴清幽，诗境与画境浑然一体，是一首传神入化、别具风韵的咏雨诗。

【阅读训练】

1. 给加点字注音。

好（ __hǎo__ ）雨知时节　　　　随风潜（ __qián__ ）入夜

野径（ __jìng__ ）云俱黑　　　　花重（ __zhòng__ ）锦官城

2. 首诗是描写春夜 __春雨__ 的，诗人按照 __赞__ 雨， __听__ 雨， __看__ 雨的思路，赞美了 __春雨__ 的及时。

3. "好雨知时节"这句运用了 __拟人__ 的修辞方法。

【考试链接】

1.《春夜喜雨》的作者是 __唐__ 代诗人 __杜甫__ ，古诗表达了作者 __对春雨来得及时的喜悦心情__ 。

2. 选择题。

（1）下列四个选项错误的是（ __C__ ）

　A. 第一联，诗人用拟人化手法，仿佛春雨知农时，应时而来

　B. 第二联，诗人分别从听觉、视觉落笔，写出了"好雨"润物之功，诗人爱雨之心。

　C. 第四联，诗人设想雨后晨景，雨过天晴，成都城中处处落英缤纷。

　D. 全诗虽然不露一个"喜"字，但从潜、润、细、湿等字可以体会诗人的爱雨之心

（2）对本诗理解分析不正确的一项是（　C　）

A. 开头两句，诗人运用拟人手法，仿佛春雨知道农时，应时而来。

B. 中间四句，诗人分别以听觉和视觉落笔，写出了"好雨"润物之功，诗人爱雨之情。

C. 最后两句，诗人想到雨后晨景：雨过天晴，成都城中处处落英缤纷。

D. 全诗没有出现一个"喜"字，但从"潜、润、细、湿"等字却可体会出诗人的喜雨之情。

（3）对这首诗赏析不恰当的一项是（　D　）

A. 一、二两句以拟人的手法写春雨及时降临，"知"字用得极妙，把春雨写活了。

B. 三、四句不仅对仗工整，而且细腻地写出了细雨轻柔无声的特点。

C. 五、六句以"江船火独明"反衬"野径云俱黑"，写出了乌云密布、雨意正浓的景物特点。

D. 最后两句实写作者所看到的雨后清晨美景；锦官城内到处盛开着湿漉漉、沉甸甸的鲜花。

（4）唐杜甫《春夜喜雨》这首诗中有一个句子常被人们引用：形容教化人在潜移默化中进行并收到良好的效果，这个句子是（　C　）

A. 好雨知时节　　　　B. 当春乃发生　　　　C. 润物细无声

3. 这首诗以"好雨"开头，请说明作者称赞春雨的原因。

　　　知时节，当春乃发生。

4. 这首诗的第二联，第三联分别从哪种感觉来写春雨？

　　　第二联从听觉来写，第三联从视觉来写。

5. 你认为"随风潜入夜，润物细无声"中哪个词用得好？为什么？

　　　潜；这个词生动形象地写出了春雨悄无声息的特点。

fēng qiáo yè bó
枫 桥① 夜 泊

táng zhāng jì
[唐] 张 继

yuè luò wū tí shuāng mǎn tiān
月 落 乌 啼② 霜 满 天 ，

jiāng fēng yú huǒ duì chóu mián
江 枫③ 渔 火 对 愁 眠 。

gū sū chéng wài hán shān sì
姑 苏④ 城 外 寒 山 寺 ，

yè bàn zhōng shēng dào kè chuán
夜 半 钟 声⑤ 到 客 船 。

103

绘画／杜丞由

【词句翻译】

①枫桥：在今江苏省苏州市虎丘区枫桥街道阊门外。夜泊：夜间把船停靠在岸边。②乌啼：一说为乌鸦啼鸣，一说为乌啼镇。霜满天：霜，不可能满天，这个"霜"字应当体会作严寒；霜满天，是空气极冷的形象语。③江枫：一般解释作"江边枫树"，江指吴淞江，源自太湖，流经上海，汇入长江，俗称苏州河。另外有人认为指"江村桥"和"枫桥"。"枫桥"在吴县南门（阊阖门）外西郊，本名"封桥"，因张继此诗而改为"枫桥"。渔火：通常解释，"鱼火"就是渔船上的灯火；也有说法指"渔火"实际上就是一同打渔的伙伴。对愁眠：伴愁眠之意，此句把江枫和渔火二词拟人化。就是后世有不解诗的人，怀疑江枫渔火怎么能对愁眠，于是附会出一种讲法，说愁眠是寒山寺对面的山名。④姑苏：苏州的别称，因城西南有姑苏山而得名。寒山寺：在枫桥附近，始建于南朝梁代。相传因唐代僧人寒山、拾得曾住此而得名。在今苏州市西枫桥镇。本名"妙利普明塔院"，又名枫桥寺；另一种说法，"寒山"乃泛指肃寒之山，非寺名。寺曾经数次重建，现在的寺宇，为太平天国以后新建。寺钟在第二次世界大战时，被日本人运走，下落不明。⑤夜半钟声：当今的佛寺（春节）半夜敲钟，但当时有半夜敲钟的习惯，也叫"无常钟"或"分夜钟"。宋朝大文豪欧阳修曾提出疑问表示："诗人为了贪求好句，以至于道理说不通，这是作文章的毛病，如张继诗句"夜半钟声到客船"，句子虽好，但那有三更半夜打钟的道理？"可是经过许多人的实地查访，才知苏州和邻近地区的佛寺，有打半夜钟的风俗。

【全诗译文】

月亮已落下乌鸦啼叫寒气满天，　对着江边枫树和渔火忧愁而眠。姑苏城外那寂寞清静寒山古寺，　半夜里敲钟的声音传到了客船。

【作者简介】

张继（生卒年不详）字懿孙，汉族，湖北襄州（今湖北襄阳）人。唐代诗人，生平事迹不详，约公元753年前后在世，与刘长卿为同时代人。据诸家记录，仅知他是约天宝十二年（约公元七五三年）的进士。大历中，以检校祠部员外郎为洪州（今江西南昌市）盐铁判官。他的诗爽朗激越，不事雕琢，比兴幽深，事理双切，对后世颇有影响。但可惜流传下来的不到50首。他的最著名的诗是《枫桥夜泊》。

【创作背景】

根据《唐才子传》卷三记载，张继于"天宝十二年（753）礼部侍郎杨浚下及第"，也就是说考取了进士。而就在天宝十四年一月爆发了安史之乱，天宝十五年六月，玄宗仓皇奔蜀。因为当时江南政局比较安定，所以不少文士纷纷逃到今江苏、浙江一带避乱，其中也包括张继。一个秋天的夜晚，诗人泊舟苏州城外的枫桥。江南水乡秋夜幽美的景色，吸引着这位怀着旅愁的客子，使他领略到一种情味隽永的诗意美，写下了这首意境清远的小诗。

【思想主题】

在这首诗中，诗人精确而细腻地讲述了一个客船夜泊者对江南深秋夜景的观察和感受，勾画了月落乌啼、霜天寒夜、江枫渔火、孤舟客子等景象，有景有情有声有色。此外，这首诗也将作者羁旅之思，家国之忧，以及身处乱世尚无归宿的顾虑充分地表现出来，是写愁的代表作。

【写作特色】

全诗句句形象鲜明，可感可画，句与句之间逻辑关系又非常清晰合理，内容晓畅易解。

【阅读训练】

1. 给下列加点字注音。

停泊（___bó___）　　　　江枫（___fēng___）

对愁眠（___mián___）　　　　姑苏（___sū___）

2. 辨字组词露一手。

落（落叶）　　啼（啼叫）　　眠（睡眠）　　船（船只）

洛（洛阳）　　谛（真谛）　　泯（泯灭）　　舷（船舷）

3. 解释下列字词在诗句中的意思。

江枫：___一般解释作"江边枫树"，江指吴淞江，源自太湖，流经上海，汇入长江，俗称苏州河。另外有人认为指"江村桥"和"枫桥"。___

对愁眠：___伴愁眠之意，此句把江枫和渔火二词拟人化。___

乌啼：___一说为乌鸦啼鸣，一说为乌啼镇。___

渔火：___通常解释，"鱼火"就是渔船上的灯火；也有说法指"渔火"___实际上就是一同打渔的伙伴。___

4.《枫桥夜泊》一、二句写的是诗人（___看到___）的景色，三四句写的是诗人（___听到___）的声音，抒发了诗人在旅途中（___孤寂忧愁___）的思想感情。

5. 句意我知道。

月落乌啼霜满天，江枫渔火对愁眠。姑苏城外寒山寺，夜半钟声到客船。

___月亮已落下乌鸦啼叫寒气满天，___对着江边枫树和渔火忧愁而眠。姑苏城外那寂寞清静寒山古寺，___半夜里敲钟的声音传到了客船。___

【考试链接】

1. 按照下面各句的意思填写成语。

（1）只按照字面去牵强附会，不推求确切的涵义___断章取义___。

（2）独到性地运用精巧的心思，常常用来形容独特的艺术构思___匠心独具。

（3）形容文章的内容空洞，文字枯燥___索然无味___。

（4）按照一般情理推测揣度___揆情度理___。

2. 下列加线字注音完全正确的一组是（___A___）。

    A. 索引（suǒ）　招徕（lái）　　B. 夜泊（pō）　心扉（fēi）

    C. 姑苏（shū）　惭愧（chán）　D. 糟蹋（zhāo）　疾呼（jī）

3. 找出下列各句的错别字并加以改正。

（1）我认为，这首诗之所以成为脍炙人口的名篇，无论如何不在于考据家所认为的在两句诗中罗列了三座桥和一座山，而在于诗人以匠心独运的艺术才能，为我们描绘了一副色彩鲜明、情景交融的夜泊图画。

_____"灸"改为"炙"；"副"改为"幅"_____

（2）这样一个莫明其妙的简称，究竟有什么形象和意境可言？

_____"明"改为"名"_____

（3）他们为了给寒山寺附近的名胜古绩招徕游客，去作这样的索隐和考征，以及给《枫桥夜泊》作出这样的"新解"，是无可厚非的。

_____"绩"改为"迹"；"征"改为"证"_____

（4）我认为，若是把"愁眠"解释成一座山只会把全诗意境破坏无余，只会把这诗篇给糟塌了。

_____"塌"改为"蹋"_____

4. 判断题。（在正确的后面打"√"，错误的打"×"）

（1）"枫桥夜泊"的意思是"枫桥夜晚停留在湖泊"。（___×___）

（2）"满霜天"的是说作者看到了霜布满了天空。（___×___）

（3）"江枫渔火对愁眠"的意思是说江边的枫树对着渔船上的灯火发愁。
（___×___）

（4）这首诗字里行间都深深地包含了作者的"愁"绪。（___√___）

小儿垂钓

[唐] 胡令能

蓬头①稚子学垂纶②，

侧坐莓③苔草映身。

路人借问遥招手，

怕得鱼惊不应④人。

绘画/朱芷瑶

【词句翻译】

①蓬头：形容小孩可爱。稚子：年龄小的、懵懂的孩子。垂纶（lún）：钓鱼。纶，钓鱼用的丝线。②莓（méi）：一种野草。苔：苔藓植物。映：遮映。③借问：向人打听问路。④应（yìng）：回应，答应，理睬。

【全诗译文】

一个头发蓬乱的小孩子正在学垂钓，侧身坐在青苔上绿草映衬着他的身影。遇到有人问路，他老远就招着小手，因为不敢大声应答，唯恐鱼儿被吓跑。

【作者简介】

胡令能（785—826），唐代诗人（唐贞元、元和时期人），河南郑州中牟县人，隐居圃田（河南省郑州市中牟莆田）。家贫，年轻时以修补锅碗盆缸为生，人称"胡钉铰"。传说诗人梦人剖其腹，以一卷书内之，遂能吟咏。他的诗语言浅显而构思精巧，生活情趣很浓，现仅存七绝诗4首。

【创作背景】

《小儿垂钓》是胡令能到农村去寻找一个朋友，向钓鱼儿童问路后所作。其具体创作时间未得确证。

【思想主题】

本诗描绘了一个乡村儿童在河边学钓鱼的情景，流露出浓郁的生活气息，表现了儿童的可爱、乡村生活的情趣使我们体会到了纯真的童心和朴素的美感。

【写作特色】

此诗描写一个小孩子在水边聚精会神钓鱼的情景，通过典型细节的描写，极其传神地再现了儿童那种认真、天真的童心和童趣。前两句虽然着重写小儿的体态，但"侧坐"与"莓苔"又不是单纯的描景之笔；后两句虽然着重写小儿的神情，但在第三句中仍然有描绘动作的生动的笔墨。全诗从形神两方面栩栩如生地刻画了垂钓小儿的形象，言辞流畅，清新活泼，寥寥数语便绘出一幅童趣盎然的图画，不失为一篇情景交融、形神兼备的描写儿童的佳作。诗中没有绚丽的色彩，没有刻意的雕饰，就似一枝清丽

109

的出水芙蓉，在平淡浅易的叙述中透露出几分纯真、无限童趣和一些专注。

【阅读训练】

1. 这是一首以儿童生活为题材的诗作。其中一、二句重在 <u>情景</u>，三、四句重在 <u>传神</u>。

2. 根据上句找出下句，并连线。

儿童散学归来早　　　　忽然闭口立

最喜小儿无赖　　　　　也傍桑阴学种瓜

童孙未解供耕织　　　　忙趁东风放纸鸢

意欲捕鸣蝉　　　　　　溪头卧剥莲蓬

3. 从首句中蓬头一词，可以推知垂钓者是一个怎样的孩子？

　<u>衣衫简陋的山村孩子</u>

4. 用现代散文的语言，改写"侧坐莓苔草映身"一句。

　<u>在杂草丛生、人迹罕至的地方，他随意而坐，专注地垂钓，草丛几乎淹没了他的身形。</u>

5. 给下列字词注释。

稚子：<u>年龄小的、懵懂的孩子。</u>

借问：<u>向人打听问路。</u>

应：<u>回应，答应，理睬。</u>

【考试链接】

1. 选择题。

（1）下列释义错误的一项是（ <u>A</u> ）。

A. 应：应该。　　　　　　　B. 借问：向人打听。

C. 垂纶：钓鱼。纶：钓鱼用的丝线。　　D. 稚子：年龄小的孩子。

（2）这首诗刻画了一个怎样的钓娃形象？（ <u>ABCD</u> ）（多选题）

A. 幼稚　　B. 充满童趣　　C. 无邪　　D. 天真可爱

（3）下列对诗句的理解，说法正确的是哪几项？（　　ABCD　　）（多选题）

A. 这首诗表现的是山野小儿的生活情趣，以及小儿纯真、无邪的童心。

B. 三、四两句写这时候过路的人想向小儿打听事情，小儿担心说话声把鱼惊跑，赶快用"遥招手"的动作请路人不要作声。

C. 诗人逼真地描画了一个儿童初学钓鱼的情景，孩子认真专注、天真烂漫的神态跃然纸上。

D. 一、二两句写山野小儿在学习垂钓的情景。

2. 选择加点字的正确读音，在后面打上"√"。

草映（ yìn　yìng √）身　　　　　　　蓬（ póng　péng √）头

3. 结合全诗，说说第二句写小儿"侧坐莓苔"有何作用。

　　写出了小儿很会选取钓鱼的地点，同时也为后面写"怕得鱼惊不应人"做铺垫。　　

4. 诗中"遥招手"这是谁？为何"遥招手"？

　　垂钓儿童（或小儿），他怕答话声把鱼惊走。　　

5. 这首诗描绘了一个什么形象？从哪几个方面来刻画这个形象的？这个形象有哪些特点？

　　刻画了垂钓儿童的形象；从形神两个方面（或从外貌、动作、心理等方面）刻画了垂钓小儿聪明机灵，天真可爱；"蓬头""侧坐"等表现小孩的天真可爱，从"遥招手""怕"等可看出小孩的聪明机灵。

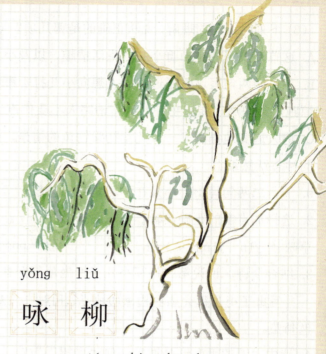

yǒng liǔ

咏 柳

táng hè zhī zhāng
[唐]贺 知 章

bì yù zhuāng chéng yí shù gāo
碧 玉① 妆② 成 一 树③ 高 ，

wàn tiáo chuí xià lù sī tāo
万 条 垂 下 绿 丝 绦④ 。

bú zhī xì yè shuí cái chū
不 知 细 叶 谁 裁⑤ 出 ，

èr yuè chūn fēng sì jiǎn dāo
二 月 春 风 似⑥ 剪 刀 。

绘画／曾子骄

112

书包里的古诗词

【词句翻译】

①碧玉：碧绿色的玉。这里用以比喻春天嫩绿的柳叶。②妆：装饰，打扮。③一树：满树。一：满，全。在中国古典诗词和文章中，数量词在使用中并不一定表示确切的数量。下一句的"万"，就是表示很多的意思。④绦（tāo）：用丝编成的绳带。这里指像丝带一样的柳条。⑤裁：裁剪。⑥似：如同，好像。

【全诗译文】

高高的柳树长满了翠绿的新叶，轻柔的柳枝垂下来，就像万条轻轻飘动的绿色丝带。这细细的嫩叶是谁的巧手裁剪出来的呢？原来是那二月里温暖的春风，它就像一把灵巧的剪刀。

【作者简介】

贺知章（约659—744），唐代诗人、书法家。字季真，晚年自号"四明狂客""秘书外监"，越州永兴（今浙江杭州萧山区）人。少时以诗文知名。武则天证圣元年（695年）中乙未科状元，授予国子四门博士，迁太常博士。后历任礼部侍郎、秘书监、太子宾客等职。贺知章为人旷达不羁，好酒，有"清谈风流"之誉，晚年尤纵。86岁告老还乡，不久去世。与张若虚、张旭、包融并称"吴中四士"；与李白、李适之等谓"饮中八仙"；又与陈子昂、卢藏用、宋之问、王适、毕构、李白、孟浩然、王维、司马承祯等称为"仙宗十友"。其诗文以绝句见长，除祭神乐章、应制诗外，其写景、抒怀之作风格独特，清新潇洒，其中《咏柳》《回乡偶书》等脍炙人口，千古传诵。作品大多散佚，《全唐诗》录其诗19首。

【创作背景】

唐天宝三载，贺知章奉诏回乡，百官送行。坐船经南京、杭州，顺萧绍官河到达萧山县城，越州官员到驿站相迎，然后再坐船去南门外潘水河边的旧宅，其时正是二月早春，柳芽初发，春意盎然，微风拂面。贺知章如脱笼之鸟回到家乡，心情自然格外高兴。忽然他见到了一株高大的杨柳，在河岸边如鹤立鸡群，英姿勃发，一时兴发，就提笔写了《咏柳》一诗，成为千古绝唱。

113

【思想主题】

这是一首咏物诗，通过赞美柳树，表达了诗人对春天的无限热爱。

【写作特色】

这首诗是一首咏物诗。诗的前两句连用两个新美的喻象，描绘春柳的勃勃生气，葱翠袅娜；后两句更别出心裁地把春风比喻为"剪刀"，将视之无形不可捉摸的"春风"形象地表现出来，不仅立意新奇，而且饱含韵味。总的来说，这首诗的结构独具匠心，先写对柳树的总体印象，再写到柳条，最后写柳叶，由总到分，条序井然。在语言的运用上，既晓畅，又华美。

【阅读训练】

1. 诗中有两个字意思相同，分别是___碧___和___绿___。

2.《咏柳》中"咏"的意思是___歌咏、歌颂___，作者是___唐___朝的___贺知章___，诗句中"绿丝绦"指的是___柳条___，诗中用到的修辞方法有___比喻、拟人___。

3. 用自己的话说说下面诗句的意思。

不知细叶谁裁出，二月春风似剪刀。

___这细细的嫩叶是谁的巧手裁剪出来的呢？原来是那二月里温暖的春风，它就像一把灵巧的剪刀。___

4. 这首诗抓住了柳枝的特点展开联想，请分析作者抓住了柳枝的什么特点，而由此联想到什么？

___抓住了柳树枝的轻盈、纤细、柔美的特点，由此想到了美人苗条的身段，婀娜的腰身。___

5. 给下列字词注释。

碧玉：___碧绿色的玉。这里用以比喻春天嫩绿的柳叶。___

妆：___装饰，打扮。___

绦：___用丝编成的绳带。这里指像丝带一样的柳条。___

裁：___裁剪。___

似：___如同，好像。___

【考试链接】

1. 判断正误。（正确的打"√"，错误的打"×"）

（1）《咏柳》一诗中"碧玉"指年轻漂亮的女子，碧玉柳树。

（____×____）

（2）《春日》是宋朝诗人朱熹写的。（____√____）

（3）《春日》一诗中"万紫千红"一词只说了"紫"和"红"两种春日里的色彩。（____×____）

2. 请用自己的语言描绘"碧玉妆成一树高，万条垂下绿丝绦"所展示的画面。

____高高的柳树长满了翠绿的新叶，轻柔的柳枝垂下来，就像万条轻轻飘动的绿色丝带。____

3. 请从修辞的角度对"二月春风似剪刀"进行赏析。

____此句运用了比喻的修辞手法，生动形象地把二月的春风比作剪刀！如梦如幻般写出春风细细裁剪出丝丝柳条，更为惟妙惟肖地写出了春风修剪出了美好春天，使得整首诗充满着盎然的生机与活力，更体现出作者对春天到来的由衷的喜悦之情！带领读者进入美好的春日当中，使读者身临其境！____

4. 这首诗中的"裁"字，用词有什么特点？对表现诗的意境有什么作用？

____"裁"字用得生动形象，让读者不由自主地想起了那些裁缝师们手下的那锋利的剪刀和华丽柔软的布匹，在整首诗中起到了画龙点睛的作用。____

5. 这首诗表达的思想感情是什么？

____这是一首咏物诗，通过赞美柳树，表达了诗人对春天的无限热爱。____

jiǔ yuè jiǔ rì yì shān dōng xiōng dì
九 月 九 日① 忆 山 东 兄 弟

táng wáng wéi
[唐]王 维

dú zài yì xiāng wéi yì kè
独 在 异 乡② 为 异 客 ，

měi féng jiā jié bèi sī qīn
每 逢 佳 节③ 倍 思 亲 。

yáo zhī xiōng dì dēng gāo chù
遥 知 兄 弟 登 高④ 处 ，

biàn chā zhū yú shǎo yì rén
遍 插 茱 萸⑤ 少 一 人 。

绘画/章茗媛

书包里的古诗词

【词句翻译】

①九月九日：即重阳节。古以九为阳数，故曰重阳。忆：想念。山东：王维迁居于蒲县（今山西永济县），在函谷关与华山以东，所以称山东。②异乡：他乡、外乡。 为异客：作他乡的客人。③佳节：美好的节日。④登高：古有重阳节登高的风俗。⑤茱萸（zhū yú）：一种香草，即草决明。古时人们认为重阳节插戴茱萸可以避灾克邪。

【全诗译文】

独自离家在外地为他乡客人，每逢佳节来临格外思念亲人。遥想兄弟们今日登高望远时，头上插茱萸可惜少我一人。

【作者简介】

王维（701－761，一说699—761），河东蒲州（今山西运城）人，祖籍山西祁县。唐朝著名诗人、画家，字摩诘，号摩诘居士。王维出身河东王氏，于开元十九年（731年）状元及第。历官右拾遗、监察御史、河西节度使判官。唐玄宗天宝年间，王维拜吏部郎中、给事中。安禄山攻陷长安时，王维被迫受伪职。长安收复后，被责授太子中允。唐肃宗乾元年间任尚书右丞，故世称"王右丞"。王维参禅悟理，学庄信道，精通诗、书、画、音乐等，以诗名盛于开元、天宝间，尤长五言，多咏山水田园，与孟浩然合称"王孟"，有"诗佛"之称。书画特臻其妙，后人推其为南宗山水画之祖。苏轼评价其："味摩诘之诗，诗中有画；观摩诘之画，画中有诗。"存诗400余首，代表诗作有《相思》《山居秋暝》等。著作有《王右丞集》《画学秘诀》。

【创作背景】

此诗原注："时年十七。"说明这是王维十七时的作品。王维当时独自一人漂泊在洛阳与长安之间，他是蒲州（今山西永济）人，蒲州在华山东面，所以称故乡的兄弟为山东兄弟。九月九日是重阳节，中国有些地方有登高的习俗。《太平御览》卷三十二引《风土记》云："俗于此日，以茱萸气烈成熟，尚此日，折萸房以插头，言辟热气而御初寒。"

117

【思想主题】

此诗写出了游子的思乡怀亲之情。诗一开头便紧切题目，写异乡异土生活的孤独凄然，因而时时怀乡思人，遇到佳节良辰，思念倍加。接着诗一跃而写远在家乡的兄弟，按照重阳节的风俗而登高时，也在怀念自己。

【写作特色】

诗意反复跳跃，含蓄深沉，既朴素自然，又曲折有致。其中"每逢佳节倍思亲"更是千古名句。

【阅读训练】

1. 我知道。（选出正确答案，只填序号）

(1) 农历九月九日是（　C　）节。

　　A. 端午　　　B. 清明　　　C. 重阳　　　D. 中秋

(2) 山东是指（　B　）。

　　　A. 山东省　　　B. 华山以东　　　C. 山的东面

(3) 异乡是指（　B　）。

　　　A. 山东　　　B. 他乡，外乡　　　C. 不同的家乡

2. 咬文嚼字。（解释下列字在诗中的意思）

　　倍：__加倍，更加。__　　　独：__独自。__　　　遍：__大家。__

　　逢：__到了。__　　　忆：__思念，想念。__　　　遥：__遥想。__

3. 登高望远。（填空）

（1）《九月九日忆山东兄弟》是王维写的一首广为传诵的诗篇，深切地表达了诗人对__家乡__的思念之情。

（2）本诗中的千古名句是__独在异乡为异客__，__每逢佳节倍思亲__。表达__思乡__之情，曾打动多少游子离人之心。

4. 找朋友。（连线）

端午节　　　　菊花酒
中秋节　　　　月饼
重阳节　　　　汤圆
元宵节　　　　粽子

5. 写出诗中词语的反义词。

异—（　同　）　　高—（　低　）　　少—（　多　）

1. 给下列字词注释。

异乡：　　他乡、外乡。

佳节：　　美好的节日。

倍：　　　加倍、更加。

遥知：　　在遥远的地方想到

登高：　　古有重阳节登高的风俗。

2. 多音字组词。

为：wéi　行为　　wèi　为了　　　少：shǎo　多少　　shào　少年

挑：tiāo　挑选　　tiǎo　挑拨

落：luò　落叶　　lào　落枕　　　là　丢三落四

3. 比一比，组词语。

梧　梧桐　　　离　离开　　异　怪异　　偏　偏离　　陪　陪同

语　语言　　　篱　篱笆　　导　开导　　遍　普遍　　倍　翻倍

4. 诗语言朴素无华而又高度概括，首句用了一个"独"字，两个"异"字，渲染出诗人怎样的情感？

　　一个"独"字，造境突兀，既刻画出了诗人举目无亲、孑然孤单的形象，又传达出抒情主人公寂寞凄凉的心境。两个"异"字叠用，更加强了诗人的孤独之感，为诗的画面增添了凄楚的色彩。第二句是全诗的诗眼和感情主线。

5. 有人评价"遥知兄弟登高处，遍插茱萸少一人"两句诗在全诗中"曲折有致，出乎常情"，对这一评价请简要阐述你的鉴赏体会。

　　这首诗的意思本来是思念兄弟的，但是"遥知兄弟登高处，遍插茱萸少一人"这两句写出家乡的兄弟为失落诗人而遗憾不已，以自己的思绪折射出了别人对自己的思念，正是这首诗的"曲折有致，出乎常情"之处！

wàng tiān mén shān

望 天 门 山①

táng lǐ bái

[唐]李 白

tiān mén zhōng duàn chǔ jiāng kāi

天 门 中 断② 楚 江 开 ，

bì shuǐ dōng liú zhì cǐ huí

碧 水 东 流 至 此③ 回 。

liǎng àn qīng shān xiāng duì chū

两 岸 青 山④ 相 对 出 ，

gū fān yí piàn rì biān lái

孤 帆 一 片 日 边 来⑤ 。

绘画／朱俊宇

书包里的古诗词

【词句翻译】

①天门山：位于今安徽省当涂县西南长江两岸，东为东梁山（又称博望山），西为西梁山（又称梁山）。两山隔江对峙，形同天设的门户，天门由此得名。《江南通志》记云："两山石状晓岩，东西相向，横夹大江，对峙如门。俗呼梁山曰西梁山，呼博望山曰东梁山，总谓之天门山。"②中断：江水从中间隔断两山。楚江：长江流经旧楚地的一段，当涂在战国时期属楚国，故流经此地的长江称楚江。开：劈开，断开。③至此：意为东流的江水在这转向北流。一作"直北"，一作"至北"。回：回漩，回转。指这一段江水由于地势险峻方向有所改变，并更加汹涌。④两岸青山：分别指东梁山和西梁山。出：突出，出现。⑤日边来：指孤舟从天水相接处的远方驶来，远远望去，仿佛来自日边。

【全诗译文】

天门山从中间断裂是楚江把它冲开，碧水向东浩然奔流到这里折回。两岸高耸的青山隔着长江相峙而立，江面上一叶孤舟像从日边驶来。

【作者简介】

李白（701－762），字太白，号青莲居士，又号"谪仙人"，是唐代伟大的浪漫主义诗人，被后人誉为"诗仙"，与杜甫并称为"李杜"，为了与另两位诗人李商隐与杜牧即"小李杜"区别，杜甫与李白又合称"大李杜"。据《新唐书》记载，李白为兴圣皇帝（凉武昭王李暠）九世孙，与李唐诸王同宗。其人爽朗大方，爱饮酒作诗，喜交友。李白深受黄老列庄思想影响，有《李太白集》传世，诗作中多以醉时写的，代表作有《望庐山瀑布》《行路难》《蜀道难》《将进酒》《梁甫吟》《早发白帝城》等多首。李白所作词赋，宋人已有传记（如文莹《湘山野录》卷上），就其开创意义及艺术成就而言，"李白词"享有极为崇高的地位。

【创作背景】

据安旗编著的《李白全集编年注释》和郁贤皓编著的《李白选集》，《望天门山》当是唐玄宗开元十三年（725年）春夏之交，二十五岁的李白初出巴蜀，乘船赴江东经当涂（今属安徽）途中初次经过天门山所作。

【思想主题】

全诗通过对天门山景象的描述，赞美了大自然的神奇壮丽，表达了作者初出巴蜀时乐观豪迈的感情，展示了作者自由洒脱、无拘无束的精神风貌。

【写作特色】

此诗描写了诗人舟行江中顺流而下远望天门山的情景：前两句用铺叙的方法，描写天门山的雄奇壮观和江水浩荡奔流的气势；后两句描绘出从两岸青山夹缝中望过去的远景，显示了一种动态美。作品意境开阔，气象雄伟，动静虚实，相映成趣，并能化静为动，化动为静，表现出一种新鲜的意趣。

【阅读训练】

1. 全诗四句共两层意义，前两句为第一层，着重写 __山__ 和 __水__ ，后两句为第二层，"两岸青山相对出"，一个" __出__ "字，逼真地写出了天门山夹江对峙，而且由两岸伸向江心的态势，给人以 __动__ 态美的感受；"孤帆一片日边来"是 __远__ 望，一个" __来__ "字，传神地描绘出"孤帆一片"由远及近，由大而小的情景。

2. "天门中断楚江开"既是眼前实景，又是作者想象的虚景。说它是实景，理由是 __天门山实际就是夹江对峙的两座山__ ，说它是虚景，理由是 __天门山被楚江一劈为二是作者的想象__ 。

3. 在这首诗里，一个" __回__ "字写出了江水波涛汹涌的奇观。还有一个" __出__ "字，使静止不动的山带上了动态美。

4. 选择合适说法，并在括号内打"√"。

A. 这首诗描写了天门山夹江对峙，长江波澜壮阔的雄奇秀丽景象，表现了诗人热爱祖国山河的感情。（ __√__ ）

B. "碧水东流至此回"意思是长江流经此处因天门山的阻碍被迫改变了流向，这儿向东。（ __×__ ）

C. 这首诗押韵极不规则，"开""回""来"三字不属一韵母，因此，严格说，这首诗不押韵。（ × ）

D. 这首诗语言明快，色彩绚丽，最能表现色彩的词语由"碧水"中的"碧"，"青山"中的"青"，另外"帆"与"日"虽不直接表现色彩，但也隐含了这一方面的内容。（ √ ）

5. 写出后两句诗的意思。

　　两岸高耸的青山隔着长江相峙而立，江面上一叶孤舟像从日边驶来。

【考试链接】

1. 诗人用 __断__、__开__ 两字写出了江水的浩大声势，用 __流__ 、__回__ 两字写出了江水回旋激荡之态。

2. 给下列字词注释。

中断：　__江水从中间隔断两山。__

开：　__劈开，断开。__

回：　__回漩，回转。__

日边来：　__指孤舟从天水相接处的远方驶来，远远望去，仿佛来自日边。__

123

3. 请借助诗中表示色彩的词语加以想象，用简明的语言描绘出诗中的图景。

　　__一轮红日，映在碧水、青山、白帆之上，使整个画面明丽光艳，层次分明，把祖国山川的雄伟壮丽展现在读者面前！__

4. 前人评价这首诗时说："天门中断楚江开"中的"开"字看似平淡，其实很妙，请赏析"开"字妙在何处。

　　__这一"开"字，描写一泻千里的长江，势如破竹，撞开"天门"，表现出大自然雄伟壮丽的景观。__

5. 这首诗抒发了诗人怎样的思想感情？

　　__抒发了诗人对祖国山河的热爱之情。__

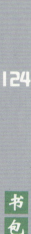

yóu zǐ yín
游 子① 吟

táng mèng jiāo
[唐]孟 郊

cí mǔ shǒu zhōng xiàn
慈 母 手 中 线，

yóu zǐ shēn shàng yī
游 子 身 上 衣 。

lín xíng mì mì féng
临② 行 密 密 缝 ，

yì kǒng chí chí guī
意 恐③ 迟 迟 归 。

shuí yán cùn cǎo xīn
谁 言④ 寸 草 心 ，

bào dé sān chūn huī
报 得⑤ 三 春 晖 。

绘画／章茗媛

【词句翻译】

①游子：古代称远游旅居的人。吟：诗体名称。②临：将要。③意恐：担心。归：回来，回家。④谁言：一作"难将"。言，说。寸草：小草。这里比喻子女。心：语义双关，既指草木的茎秆，也指子女的心意。⑤报得：报答。三春晖：春天灿烂的阳光，指慈母之恩。三春，旧称农历正月为孟春，二月为仲春，三月为季春，合称三春。晖，阳光。形容母爱如春天温暖、和煦的阳光照耀着子女。

【全诗译文】

慈母用手中的针线，为远行的儿子赶制身上的衣衫。临行前一针针密密地缝缀，怕的是儿子回来得晚衣服破损。有谁敢说，子女像小草那样微弱的孝心，能够报答得了像春晖普泽的慈母恩情呢？

【作者简介】

孟郊（751—814），字东野，唐代著名诗人。湖州武康（今浙江省德清县）人，祖籍平昌（今山东德州临邑县）。先世居洛阳（今属河南洛阳），后隐居嵩山。孟郊两试进士不第，四十六岁时才中进士，曾任溧阳县尉。由于不能舒展他的抱负，遂放迹林泉间，徘徊赋诗。以至公务多废，县令乃以假尉代之。后因河南尹郑余庆之荐，任职河南（河南府今洛阳），晚年生活多在洛阳度过。唐宪宗元和九年，郑余庆再度招他往兴元府任参军，乃偕妻往赴，行至阌乡县（今河南灵宝），暴疾而卒，葬洛阳东。张籍私谥为"贞曜先生"。孟郊工诗。因其诗作多写世态炎凉，民间苦难，故有"诗囚"之称，与贾岛并称"郊寒岛瘦"。孟诗现存500多首，以短篇五古最多。今传本《孟东野诗集》10卷。

125

【创作背景】

《游子吟》写于溧阳（今属江苏）。此诗题下孟郊自注："迎母溧上作。"孟郊早年漂泊无依，一生贫困潦倒，直到五十岁时才得到了一个溧阳县尉的卑微之职，结束了长年的漂泊流离生活，便将母亲接来同住。诗人仕途失意，饱尝了世态炎凉，此时愈觉亲情之可贵，于是写出这首发于肺腑、感人至深的颂母之诗。

【思想主题】

深挚的母爱，无时无刻不在沐浴着儿女们。然而对于孟郊这位常年颠沛流离、居无定所的游子来说，最值得回忆的，莫过于母子分离的痛苦时刻了。此诗描写的就是这种时候，慈母缝衣的普通场景，而表现的，却是诗人深沉的内心情感。表达了诗人对母爱的感激以及对母亲深深的爱与尊敬之情。

【写作特色】

全诗共六句三十字，采用白描的手法，通过回忆一个看似平常的临行前缝衣的场景，凸显并歌颂了母爱的伟大与无私，表达了诗人对母爱的感激以及对母亲深深的爱与尊敬之情。此诗情感真挚自然，虽无藻绘与雕饰，然而清新流畅，淳朴素淡的语言中蕴含着浓郁醇美的诗味，千百年来广为传诵。

【阅读训练】

1. 这是__唐__代著名诗人__孟郊__的一首歌颂母爱的著名诗篇。"游子"是指__古代远游旅居的人__。诗的前四句描写的母爱是母亲为临行儿子缝补衣裳的情景；后两句，作者用小草比喻子女，用__寸草心__比喻子女的心，用__三春晖__比喻深切伟大的母爱。

2. 古诗讲究对仗。这首诗中"慈母"对"__游子__"，"手中线"对"__身上衣__"，"寸草心"对"__三春晖__"。

3. 这是一首歌颂__母爱__的古诗。从诗中的一句名句"__谁言寸草心__，__报得三春晖__"可以体会到这一点。

4. 翻译诗句。

谁言寸草心，报得三春晖。

　　有谁敢说，子女像小草那样微弱的孝心，能够报答得了像春晖普泽的

慈母恩情呢？

5. 全诗表达了作者怎样的思想感情？

　　表达了诗人对母爱的感激以及对母亲深深的爱与尊敬之情。

【考试链接】

1. 这首诗描绘一位母亲为即将远行的儿子赶制衣服的动人情景，表现了

　　母亲对儿子　　的深厚感情，同时也抒发了子女要　　对母亲的感恩　　的

炽热情怀。诗中的"　　三春晖　　"后来成为母爱的代名词。

2. 结合上下文，理解下列词语的含义。

①"寸草心"喻指：　　子女的心

②"三春晖"喻指：　　伟大的母爱

3. 本诗通过两件普通事物：一是　慈母手中的线　，二是　游子身上的

衣　，把母子的骨肉情深形象地表达出来，歌颂了　伟大的母爱　。

4. 以"母爱"为本体，模仿例句造句。

例句：母爱是一条花格围巾，虽朴素但很温暖。

　　母爱就像那广阔的大海，永无边际；像那奔腾的河流，永不停息。

5. "临行密密缝，意恐迟迟归"这句运用了什么表达技巧？表现了母亲

什么样的情感？

　　通过对慈母为即将远行的儿子缝制衣服的场景细节描写，歌颂了伟大

的母爱。

jiāng nán chūn

江 南 春

táng dù mù
[唐]杜 牧

qiān lǐ yīng tí lù yìng hóng
千 里 莺 啼① 绿 映 红 ，

shuǐ cūn shān guō jiǔ qí fēng
水 村 山 郭② 酒 旗③ 风 。

nán cháo sì bǎi bā shí sì
南 朝④ 四 百 八 十 寺⑤ ，

duō shǎo lóu tái yān yǔ zhōng
多 少 楼 台⑥ 烟 雨 中 。

128

绘画/黄驿涵

书包里的古诗词

【词句翻译】

①莺啼：即莺啼燕语。②郭：外城。此处指城镇。③酒旗：一种挂在门前以作为酒店标记的小旗。④南朝：指先后与北朝对峙的宋、齐、梁、陈政权。⑤四百八十寺：南朝皇帝和大官僚好佛，在京城（今南京市）大建佛寺。据《南史·循吏·郭祖深传》说："都下佛寺五百余所"。这里说四百八十寺，是虚数。⑥楼台：楼阁亭台。此处指寺院建筑。⑦烟雨：细雨蒙蒙，如烟如雾。

【全诗译文】

江南大地鸟啼声声绿草红花相映，水边村寨山麓城郭处处酒旗飘动。南朝遗留下的四百八十多座古寺，无数的楼台全笼罩在风烟云雨中。

【作者简介】

杜牧（约803－852），字牧之，号樊川居士，汉族，京兆万年（今陕西西安）人。杜牧是唐代杰出的诗人、散文家，是宰相杜佑之孙，杜从郁之子。唐文宗大和二年26岁中进士，授弘文馆校书郎。后赴江西观察使幕，转淮南节度使幕，又入观察使幕，理人国史馆修撰，膳部、比部、司勋员外郎，黄州、池州、睦州刺史等职。因晚年居长安南樊川别墅，故后世称"杜樊川"，著有《樊川文集》。杜牧的诗歌以七言绝句著称，内容以咏史抒怀为主，其诗英发俊爽，多切经世之物，在晚唐成就颇高。杜牧人称"小杜"，以别于"杜甫大杜"。与李商隐并称"小李杜"。

129

【创作背景】

杜牧生活的晚唐时代，唐王朝已是大厦将倾之势，藩镇割据、宦官专权、牛李党争……一点点的侵蚀着这个巨人的身体。而另一方面，宪宗当政后，醉心于自己平淮西等一点点成就，飘飘然的做起了长生不老的春秋大梦，一心事佛，韩愈上《谏佛骨表》，险些丢了性命。宪宗被太监杀死后，后继的穆宗、敬宗、文宗照例提倡佛教，僧尼之数继续上升，寺院经济持续发展，大大削弱了政府的实力，加重了国家的负担。杜牧这年来到江南（江苏江阴），不禁想起当年南朝、尤其是梁朝事佛的虔诚，到头来是一场空，不仅没有求得长生，反而误国害民。既是咏史怀古，也是对唐王朝统治者委婉的劝诫。后来武宗发动会昌灭佛，从一定程度上缓和了矛盾。这是一首素负盛誉的写景诗。小小的篇幅，描绘了广阔的画面。它不是以一个具体的地方为对象，而是着眼于整个江南特有的景色，故题为《江南春》。

【思想主题】

这首诗表现了诗人对江南景物的赞美与神往，展示了一种历史的沧桑感，是一首对江南春美景的赞美的诗，寄寓诗人难以名言的兴亡之感。

【写作特色】

诗中不仅描绘了明媚的江南春光，而且还再现了江南烟雨蒙蒙的楼台景色，使江南风光更加神奇迷离，别有一番情趣。迷人的江南，经过诗人生花妙笔的点染，显得更加令人心旌摇荡了。这首诗四句均为景语，有众多意象和景物，有植物有动物，有声有色，景物也有远近之分，动静结合，各具特色。全诗以轻快的文字，极具概括性的语言描绘了一幅生动形象、丰富多彩而又有气魄的江南春画卷，呈现出一种深邃幽美的意境，表达出一缕缕含蓄深蕴的情思，千百年来素负盛誉。

【阅读训练】

1. 首句"千里莺啼绿映红"中的"＿＿千里＿＿"，是对广阔的江南的概括。诗的一、二句写出的是"晴景"，三、四两句写的是"＿＿雨景＿＿"。

2. "南朝四百八十寺，多少楼台烟雨中"一句给人以怎样的意境？
　　＿＿南朝遗留下的四百八十多座古寺，无数的楼台全笼罩在风烟云雨中。描绘了一幅生动形象、丰富多彩而又有气魄的江南春画卷，呈现出一种深邃幽美的意境。＿＿

3. 全诗表达了诗人怎样的思想感情？
　　＿＿这首诗表达了诗人对江南春景的赞美与神往（或表达了诗人对风景依旧、物是人非的感慨）。＿＿

4. 为了突出江南春色，诗人选取了哪些具有江南特色的风光景物？
　　＿＿选取了莺歌、红花绿柳（树）、水乡、酒店小旗、寺庙、春雨等。＿＿

5. 诗人笔下的江南春景，鲜明，生动，形象，请问：这种效果是通过哪些写作手法产生的？
　　＿＿动静结合、视觉听觉多角度描写（或声色结合）、点面结合或局部景致与概括描写结合等多种方法。＿＿

【考试链接】

1. "___千里莺啼绿映红___"一句，形象地描绘出春天的江南花红柳绿，鸟语花香的特点；"___多少楼台烟雨中___"一句，概括地写出了千里江南楼台掩映，春雨朦胧的特点。

2. 结合诗题，展开合理想象，用优美流畅的语言，把诗前两句所呈现的画面具体描述出来。

　　辽阔的千里江南，黄莺在欢乐地歌唱，丛丛绿树映着簇簇红花；傍水的村庄、依山的城郭、迎风招展的酒旗，一一在望。

3. 明朝杨慎在《升庵诗话》中谈到这首诗，认为"千里"的"千"字应改为"十"字，理由是："千里莺啼，谁人听得？千里绿映红，谁人见得？"此言遭到不少学者反驳。你认为杨慎的观点错在何处？

　　①错在不懂得千里在这里是虚写而非实数，或误解了艺术创作虚实结合的方法。②既然是写江南春色，以千里概之亦扣题目。

4. 对于诗的后两句，有人认为是表达诗人对江南景物的神往，有人认为是借古讽今。你赞同哪一种？说说你的理由。

　　解析：赞同前者：后两句写出了深邃悠远、朦胧迷离的江南景色，与前两句的明朗绚丽相映衬，使江南春的图画更加丰富多彩。赞同后者：后两句写出了南朝笃信佛教造成寺庙的恶性发展，引发作者的慨叹，表达对唐朝推崇佛教的现实的不满。

5. 前人在评论这首诗时有两种看法：一种认为此诗好在"千里"，另一种认为"千里"改作"十里"更切实际。你赞成哪一说？为什么？请结合诗的主旨作简要分析。

　　(1) 赞成千里。这首诗既写了江南春景的丰富多彩，也写了江南的广阔、深邃和迷离。作者在这里用两副耳目来看、来听江南春，一是生理的耳目，一是心理的耳目。生理的耳目实见实听，心理的耳目虚见虚听。虚实结合，驰骋千里，才能写出江春。用十里，显然与诗题江南春相距十万八千里。(2) 赞成十里。诗的一、二句都是写眼前的景，唯有十里才能听到莺啼，唯有十里才能看到绿树红花，唯有十里才能看到风中酒旗。总之，十里是言其近，更能体现对眼前景物的描写；同时，诗歌以小见大，给人无限想象的空间。

131

绘画／杨紫祺

yǐn hú shàng chū qíng hòu yǔ
饮 湖 上① 初 晴 后 雨

sòng sū shì
[宋]苏 轼

shuǐ guāng liàn yàn qíng fāng hǎo
水 光 潋 滟 晴 方 好②，

shān sè kōng méng yǔ yì qí
山 色 空 蒙③ 雨 亦 奇 。

yù bǎ xī hú bǐ xī zǐ
欲④ 把 西 湖 比 西 子 ，

dàn zhuāng nóng mǒ zǒng xiāng yí
淡 妆 浓 抹 总 相 宜⑤。

【词句翻译】

①饮湖上：在西湖的船上饮酒。潋滟：水波荡漾、波光闪动的样子。②方好：正显得美。③空濛：细雨迷蒙的样子。濛，一作"蒙"。亦：也。奇：奇妙。④欲：可以；如果。西子：即西施，春秋时代越国著名的美女。⑤总相宜：总是很合适，十分自然。

【全诗译文】

晴天，西湖水波荡漾，在阳光照耀下，光彩熠熠，美极了。下雨时，远处的山笼罩在烟雨之中，时隐时现，眼前一片迷茫，这朦胧的景色也是非常漂亮的。如果把美丽的西湖比作美人西施，那么淡妆也好，浓妆也罢，总能很好地烘托出她的天生丽质和迷人神韵。

【作者简介】

苏轼（1037—1101），字子瞻，又字和仲，号铁冠道人、东坡居士，世称苏东坡、苏仙。汉族，眉州眉山（今属四川省眉山市）人，祖籍河北栾城，北宋文学家、书法家、画家。嘉祐二年（1057年），苏轼进士及第。宋神宗时曾在凤翔、杭州、密州、徐州、湖州等地任职。元丰三年（1080年），因"乌台诗案"被贬为黄州团练副使。宋哲宗即位后，曾任翰林学士、侍读学士、礼部尚书等职，并出知杭州、颍州、扬州、定州等地，晚年因新党执政被贬惠州、儋州。宋徽宗时获大赦北还，途中于常州病逝。宋高宗时追赠太师，谥号"文忠"。苏轼是北宋中期的文坛领袖，在诗、词、散文、书、画等方面取得了很高的成就。其文纵横恣肆；其诗题材广阔，清新豪健，善用夸张比喻，独具风格，与黄庭坚并称"苏黄"；其词开豪放一派，与辛弃疾同是豪放派代表，并称"苏辛"；其散文著述宏富，豪放自如，与欧阳修并称"欧苏"，为"唐宋八大家"之一。苏轼亦善书，为"宋四家"之一；工于画，尤擅墨竹、怪石、枯木等。有《东坡七集》《东坡易传》《东坡乐府》等传世。

【创作背景】

苏轼于宋神宗熙宁四年至七年（1071—1074）任杭州通判，曾写下大量有关西湖景物的诗。这组诗作于熙宁六年（1073年）正、二月间，有两首，这是其中的一首。

133

【思想主题】

诗人抓住夏季时晴时雨的特征，描绘了西湖的风采神韵，表达了诗人对西湖的热爱与赞美。

【写作特色】

"欲把西湖比西子，淡妆浓抹总相宜"两句，诗人用一个奇妙而又贴切的比喻，写出了西湖的神韵。诗人之所以拿西施来比西湖，不仅是因为二者同在越地，同有一个"西"字，同样具有婀娜多姿的阴柔之美，更主要的是她们都具有天然美的姿质，不用借助外物，不必依靠人为的修饰，随时都能展现美的风致。西施无论浓施粉黛还是淡描娥眉，总是风姿绰约的；西湖不管晴姿雨态还是花朝月夕，都美妙无比，令人神往。这个比喻得到后世的公认，从此，"西子湖"就成了西湖的别称。

【阅读训练】

1. 本诗作者是___宋___朝___苏轼___。诗歌描写了杭州西湖的晴姿雨态，抒发了作者___对西湖的热爱与赞美___的思想感情。

2. 给下列字词注释。

湖：___西湖。___

潋滟：___水波荡漾、波光闪动的样子。___

方好：___正显得美。___

空蒙：___细雨迷蒙的样子。___

西子：___即西施。___

3. 给下列加点字选择正确的读音，打"√"。

楚 江（cǔ　chǔ √）　　　　孤 帆（fān √　fán）

中 断（dàn　duàn √）　　　淡 妆（zhāng　zhuāng √）

潋 滟（liàn √　niàn）　　　雨 亦 奇（yí　yì √）

4. 写出下列字的偏旁。

断（___判断___）　　　楚（___清楚___）

孤（___孤独___）　　　帆（___帆船___）

5. 根据意思写出古诗。

如果把美丽的西湖比作美人西施,那么淡妆也好,浓妆也罢,总能很好地烘托出她的天生丽质和迷人神韵。

　　欲把西湖比西子,淡妆浓抹总相宜。

【考试链接】

1. "　欲把西湖比西子　,　淡妆浓抹总相宜　。"一句作者把西湖比作西施,两者的相似之处是淡妆浓抹总相宜。这两句运用了__比喻__的修辞手法,淡妆与前面空蒙相照应,浓抹与前面激滟相照应,相宜与好、奇相照应。

2. 下面对这首诗理解错误的一项是(　C　)。

A. "水光激滟晴方好"一句描写了西湖晴天湖水的美丽风光。

B. "山色空蒙雨亦奇"一句描写作者身处西湖远观雨中山色的美。

C. 这是一首婉约派的七律诗。

D. 这首诗写出了西湖夏季时晴时雨的特征,描绘了西湖在不同气候下呈现的优美风姿。

3. 下面分析不恰当的一项是(　C　)。

A. 首句描写西湖晴天的水光,激滟突出水波荡漾、波光粼粼的状态。

B. 次句描写雨天中的山色,空蒙勾勒出西湖周围群山朦胧的景象。

C. 最后两句将西湖比作西子,特别强调了西湖晴天的景色尤其优美。

D. 诗人在诗中借景抒发自己的感情,表达了对西湖的喜爱之情。

4. 有一副对联"一门父子三此客,千古文章四家分"说的都是谁?请你写下来。

　　三父子:苏洵、苏轼、苏辙;四大家:韩愈、柳宗元、欧阳修、苏轼。

5. 整首诗表达了诗人怎样的思想感情?

　　　诗人抓住夏季时晴时雨的特征,描绘了西湖的风采神韵,表达了诗人对西湖的热爱与赞美之情。

135

惠崇①春江晓景
huì chóng chūn jiāng xiǎo jǐng

[宋] 苏 轼
sòng sū shì

竹 外 桃 花 三 两 枝 ，
zhú wài táo huā sān liǎng zhī

春 江 水 暖 鸭 先 知 。
chūn jiāng shuǐ nuǎn yā xiān zhī

蒌 蒿② 满 地 芦 芽 短 ，
lǒu hāo mǎn dì lú yá duǎn

正 是 河 豚③ 欲 上 时 。
zhèng shì hé tún yù shàng shí

绘画／陈吉思一

书包里的古诗词

【词句翻译】

①惠崇（亦为慧崇）：福建建阳僧，宋初九僧之一，能画。《春江晚景》是惠崇所作画名，共两幅，一幅是鸭戏图，一幅是飞雁图。钱钟书《宋诗选注》中为"晓景"。诸多注本，有用"晓景"、有用"晚景"，此从《东坡全集》及清以前注本用"晚景"。这两诗是作者元丰八年春天在靖江欲南返时江边情景的写照。②蒌蒿：草名，有青蒿、白蒿等种。《诗经》"呦呦鹿鸣，食野之蒿。"芦芽：芦苇的幼芽，可食用。③河豚：鱼的一种，学名"鲀"，肉味鲜美，但是卵巢和肝脏有剧毒。产于我国沿海和一些内河。每年春天逆江而上，在淡水中产卵。上：指逆江而上。

【全诗译文】

竹林外两三枝桃花初放，鸭子在水中游戏，它们最先察觉了初春江水的回暖。河滩上已经满是蒌蒿，芦笋也开始抽芽，而河豚此时正要逆流而上，从大海回游到江河里来了。

【作者简介】

苏轼（1037—1101），字子瞻，又字和仲，号铁冠道人、东坡居士，世称苏东坡、苏仙。汉族，眉州眉山（今属四川省眉山市）人，祖籍河北栾城，北宋文学家、书法家、画家。嘉祐二年（1057年），苏轼进士及第。宋神宗时曾在凤翔、杭州、密州、徐州、湖州等地任职。元丰三年（1080年），因"乌台诗案"被贬为黄州团练副使。宋哲宗即位后，曾任翰林学士、侍读学士、礼部尚书等职，并出知杭州、颍州、扬州、定州等地，晚年因新党执政被贬惠州、儋州。宋徽宗时获大赦北还，途中于常州病逝。宋高宗时追赠太师，谥号"文忠"。苏轼是北宋中期的文坛领袖，在诗、词、散文、书、画等方面取得了很高的成就。其文纵横恣肆；其诗题材广阔，清新豪健，善用夸张比喻，独具风格，与黄庭坚并称"苏黄"；其词开豪放一派，与辛弃疾同是豪放派代表，并称"苏辛"；其散文著述宏富，豪放自如，与欧阳修并称"欧苏"，为"唐宋八大家"之一。苏轼亦善书，为"宋四家"之一；工于画，尤擅墨竹、怪石、枯木等。有《东坡七集》《东坡易传》《东坡乐府》等传世。

137

【创作背景】

　　惠崇是北宋能诗善画的僧人，以工于小景见称。东坡此诗题在他的《春江晓景》画上，非但状其形，而且传其神。桃花在竹外，写出了相互衬托的艺术效果。苏轼另外《和秦太虚梅花》一诗中也有"竹外一枝斜更好"之句，可见是他的得意之笔。春江水暖，鸭子先知，写鸭子对水温的感觉，完全是由画面上鸭子的嬉水神态联想出来。虽然清人毛奇龄讥之为："鹅也先知，怎只说鸭？"许多人并为此争论不休（见《渔洋诗话》），但这一名句不得不为人们所称道。

【思想主题】

　　这是一首著名的题画诗。作者因为懂画、会画，所以他能紧紧抓住惠崇这幅《春江晓景》的画题画意，仅用桃花初放、江暖鸭嬉、芦芽短嫩等寥寥几笔，就勾勒出了早春江景的优美画境。表达了他内心对春天景色的喜爱之情！

【写作特色】

　　诗的前三句咏画面景物，最后一句是由画面景物引起的联想。整首诗又如同诗人即景言情，当下所得，意象妙会而自然。说前三句再现画境，其实两者也不全然等同。第二句中"水暖"（温度）、"鸭先知"（知觉）云云，是不能直接画出的。诗能描写如画，诗咏物性物理又过于画。这是因为绘画属于视觉艺术，而诗是语言艺术，有着表现上的绝对自由。最后一句进一步发挥联想，在前三句客观写景的基础上作出画中景物所属时令的判断，从而增添了南方风物之美的丰富感觉，这更是画所不能的。

【阅读训练】

1. 这是一首题画诗，诗歌的第＿＿一至三＿＿句主要咏画面景物，第＿＿四＿＿句则写由画面景物引发的联想。

2. 诗中至少写到了七种景物，其中画上景物有：＿＿竹＿＿画外景物有：
桃花　江水　鸭子　蒌蒿　芦芽　河豚　。

3. "春江水暖鸭先知"这句诗历来为人们所称颂，诗中除了表现春天物候特点之外，还蕴含哲理，哲理是： 只有亲身体会，才能感知事物的本来面目或者实践的重要和可贵。 。

4. 从物候角度看，这首诗描写的是什么时令的景物？诗中哪些意象能够表明这一时令特征？（列举两例）

早春（初春）。示例：三两枝的桃花、满地的蒌蒿、抽出短芽的芦苇。

5. 这首诗所写之景有动有静，生机盎然，充分表达的诗人怎样的情感？

作者因为懂画、会画，所以他能紧紧抓住惠崇这幅《春江晓景》的画题画意，仅用桃花初放、江暖鸭嬉、芦芽短嫩等寥寥几笔，就勾勒出了早春江景的优美画境。表达了他内心对春天景色的喜爱之情！

【考试链接】

1. 这首诗所题的惠崇的画，是一幅以 夜晚 （时间）景物为背景的 初春 图。诗的前三句写了六样景物，即竹 、 桃花、 江水 、 鸭子 、 蒌蒿 、芦芽。

2. 这首诗中"蒌蒿满地芦芽短，正是河豚欲上时。"的意思是 河滩上已经满是蒌蒿，芦笋也开始抽芽，而河豚此时正要逆流而上，从大海回游到江河里来了 。

3. 诗中哪些句子是作者的想象？这样写有什么妙处？

"正是河豚欲上时"是诗人的想象。进一步发挥联想，在前三句客观写景的基础上作出画中景物所属时令的判断。

4. 请用自己的语言生动描绘诗中展现的画面。

竹林外，两三枝桃花初放，鸭子在水中游戏，它们最先察觉了初春江水的回暖。河滩上已经满是蒌蒿，芦笋也开始抽芽，而河豚此时正要逆流而上，从大海回游到江河里。

5. 诗中哪些是诗人看到的，哪些是诗人想象的，把诗句摘抄下来。

看到的：竹外桃花三两枝；蒌蒿满地芦芽短。

想象的：春江水暖鸭先知；正是河豚欲上时。

139

chūn rì
春日

[宋] 朱 熹

shèng rì xún fāng sì shuǐ bīn
胜 日① 寻 芳 泗 水 滨 ，

wú biān guāng jǐng yì shí xīn
无 边 光 景② 一 时 新 。

děng xián shí dé dōng fēng miàn
等 闲③ 识 得 东 风 面 ，

wàn zǐ qiān hóng zǒng shì chūn
万 紫 千 红 总 是 春 。

绘画／方康宇

140

书包里的古诗词

【词句翻译】

①胜日：原指节日或亲朋相聚之日，此指晴日。寻芳：游春，踏青。泗水：河名，在山东省。滨：水边。②光景：风光风景。新：既是春回大地、万象更新的新，也是出郊游赏、耳目一新的新。③等闲：轻易，寻常，随便。东风面：借指春天。东风，春风。

【全诗译文】

风和日丽之时游览在泗水之滨，无边无际的风光让人耳目一新。谁都可以看出春的面貌，万紫千红，到处都是百花开放的春景。

【作者简介】

朱熹（1130—1200），字元晦，又字仲晦，号晦庵，晚称晦翁，谥文，世称朱文公。祖籍徽州府婺源县（今江西省婺源），出生于南剑州尤溪（今属福建省尤溪县）。宋朝著名的理学家、思想家、哲学家、教育家、诗人，闽学派的代表人物，儒学集大成者，世尊称为朱子。朱熹是唯一非孔子亲传弟子而享祀孔庙，位列大成殿十二哲者中，受儒教祭祀。朱熹是"二程"（程颢、程颐）的三传弟子李侗的学生，与二程合称"程朱学派"。朱熹的理学思想对元、明、清三朝影响很大，成为三朝的官方哲学，是中国教育史上继孔子后的又一人。朱熹十九岁考中进士，曾任江西南康、福建漳州知府、浙东巡抚，做官清正有为，振举书院建设。官拜焕章阁待制兼侍讲，为宋宁宗皇帝讲学。朱熹著述甚多，有《四书章句集注》《太极图说解》《通书解说》《周易读本》《楚辞集注》，后人辑有《朱子大全》《朱子集语象》等。其中《四书章句集注》成为钦定的教科书和科举考试的标准。

【创作背景】

这首诗从字面意思看来，是作者春天郊游时所写的游春观感，王相注《千家诗》，就认为这是游春踏青之作。而根据作者生活年代可知这首诗所写的泗水游春不是实事，而是一种虚拟。宋高宗绍兴十一年（1141），宋金签订了《绍兴和议》，议定宋金领土以淮水为界。隆兴元年（1163），张浚北伐，又败于符离。从此，主和派得势，抗战派销声。宋孝宗以还，南宋朝廷稍稍安稳，偏安于东南，而金人亦得暂时息兵于淮北。终朱熹一生，南宋没有很大的边防军队，而朱熹本人更无从渡淮而至鲁境，不可能北上到达泗水之地。作者从未到过泗水之地，而此诗却写到泗水，其原因是朱熹潜心理学，心仪孔圣，向往于当年孔子居洙泗之上，弦歌讲诵，传道授业的胜事，于是托意于神游寻芳。因此此诗其实是借泗水这个孔门圣地来说理的。

【思想主题】

此诗表面上看似一首写景诗，描绘了春日美好的景致；实际上是一首哲理诗，表达了诗人于乱世中追求圣人之道的美好愿望。

【写作特色】

全诗寓理趣于形象之中，构思运笔堪称奇妙。从字面上看，这首诗好像是写游春观感，但细究寻芳的地点是泗水之滨，而此地在宋南渡时早被金人侵占。朱熹未曾北上，当然不可能在泗水之滨游春吟赏。其实诗中的的"泗水"是暗指孔门，因为春秋时孔子曾在洙、泗之间弦歌讲学，教授弟子。因此所谓"寻芳"即是指求圣人之道。"无边光景"所示空间极其广大，就透露了诗人膜求圣道的本意。"东风"暗喻教化，"万紫千红"喻孔学的丰富多彩。诗人将圣人之道比作催发生机、点燃万物的春风。这其实是一首寓理趣于形象之中的哲理诗。哲理诗而不露说理的痕迹，这是朱熹的高明之处。

【阅读训练】

1. 诗的第 1 句"胜日寻芳泗水滨"中，"胜日"指晴朗的 <u>天气</u>，"泗水滨"点明 <u>地点</u>，"寻芳"的意思是 <u>寻觅美好的春景</u>，点明了主题。

2. 诗中具体写"一时新"的"无边光景"的诗句是 <u>等闲识得东风面</u>，<u>万紫千红总是春</u>。

3. "东风面"的意思是（ <u>B</u> ）。

A. 东风的面貌　　　B. 春天的面　　　C. 东风的面子

4. 请把打乱了的诗句重新排列。③①④②

①无边光景一时新。　　　②万紫千红总是春。

③胜日寻芳泗水滨。　　　　④等闲识得东风面。

《春日》

5. 词语解释。

胜日：_____原指节日或亲朋相聚之日，此指晴日。_____

等闲：_____轻易，寻常，随便。_____

光景：_____风光风景。_____

【考试链接】

1.《春日》作者是_____朱熹_____，字_____元晦_____，谥文，世称_____朱文公_____。祖籍徽州府婺源县（今江西省婺源），出生于南剑州尤溪（今属福建省尤溪县）。_____宋_____朝著名的_____理学家、思想家、哲学家、教育家、诗人_____。

2.《春日》是描写诗人走在_____泗水_____河畔，享受踏青的乐趣，你认为诗中最富有哲理的诗句是哪句？

_____等闲识得东风面，万紫千红总是春。_____

3. 全诗采用了虚实结合的手法，说说哪句是实写，哪句是虚写。

_____实写：胜日寻芳泗水滨，无边光景一时新。虚写：等闲识得东风面，万紫千红总是春。_____

4. 这首诗通过对春之景象的生动描写，表现了丰富的哲理。你从中领悟了哪些哲理？

_____全诗寓理趣于形象之中，构思运笔堪称奇妙。从字面上看，这首诗好像是写游春观感，但细究寻芳的地点是泗水之滨，而此地在宋南渡时早被金人侵占。其实诗中的的"泗水"是暗指孔门，因为春秋时孔子曾在洙、泗之间弦歌讲学，教授弟子。因此所谓"寻芳"即是指求圣人之道。"无边光景"所示空间极其广大，就透露了诗人谋求圣道的本意。"东风"暗喻教化，"万紫千红"喻孔学的丰富多彩。诗人将圣人之道比作催发生机、点燃万物的春风。_____

5. 借助注释，想想每句诗是什么意思。

_____风和日丽之时游览在泗水之滨，无边无际的风光让人耳目一新。谁都可以看出春的面貌，万紫千红，到处都是百花开放的春景。_____

143

méi huā
梅 花

sòng wáng ān shí
[宋]王 安 石

bái yù táng qián yí shù méi
白 玉 堂 前 一 树 梅 ，

wèi shuí líng luò wèi shuí kāi
为 谁 零① 落 为 谁 开 。

wéi yǒu chūn fēng zuì xiāng xī
唯② 有 春 风 最 相 惜③ ，

yì nián yí dù yì guī lái
一 年 一 度 一 归 来 。

144

绘画／杨紫祺

【词句翻译】

①零：凋谢。②唯：只。③相惜：心心相惜，指知心朋友。

【全诗译文】

白玉堂前有一树梅花，花谢花开，却不知为谁而开为谁而谢。只有春风才是她的知心朋友，每年都来看望她。

【作者简介】

王安石（1021－1086），字介甫，号半山，汉族，临川人，北宋著名思想家、政治家、文学家、改革家。庆历二年（1042年），王安石进士及第。历任扬州签判、鄞县知县、舒州通判等职，政绩显著。熙宁二年（1069年），任参知政事，次年拜相，主持变法。因守旧派反对，熙宁七年（1074年）罢相。一年后，宋神宗再次起用，旋又罢相，退居江宁。元祐元年（1086年），保守派得势，新法皆废，郁然病逝于钟山，追赠太傅。绍圣元年（1094年），获谥"文"，故世称王文公。王安石潜心研究经学，著书立说，被誉为"通儒"，创"荆公新学"，促进宋代疑经变古学风的形成。在哲学上，他用"五行说"阐述宇宙生成，丰富和发展了中国古代朴素唯物主义思想；其哲学命题"新故相除"，把中国古代辩证法推到了一个新的高度。在文学上，王安石具有突出成就。其散文简洁峻切，短小精悍，论点鲜明，逻辑严密，有很强的说服力，充分发挥了古文的实际功用，名列"唐宋八大家"；其诗"学杜得其瘦硬"，擅长于说理与修辞，晚年诗风含蓄深沉、深婉不迫，以丰神远韵的风格在北宋诗坛自成一家，世称"王荆公体"；其词写物咏怀吊古，意境空阔苍茫，形象淡远纯朴，营造出一个士大夫文人特有的情致世界。有《王临川集》《临川集拾遗》等存世。

【创作背景】

王安石晚年心境有所变化，从倾向改造世俗社会到转向追求个体生命的价值，从为人转向为己，个人的自由在他心目中更加重要，他已经超越了世俗与人世的分别，体会解脱的自由，体会融入自然的恬静，进入了一个更高的境界。这首诗便是在这一心性下产生的。

145

【思想主题】

　　这首诗前两句很有《葬花吟》"花谢花飞花满天，红消香断有谁怜？"的自怜之意，后两句的春风一年一度的相惜，有传达出一种惆怅和无奈之感，但还是有感谢之意在，或许花落花开不为春风，但是春风却依然牵挂。作者的惆怅自怜情怀显露无疑，孤芳难自赏，唯有春风来，诗句当中自然也有对春风的感激。

【写作特色】

　　这是一首集句诗，即集合前人诗句而成。这首"梅花"绝句，截取唐宋四位诗人的诗句，经过巧妙组合，赋予新意，而又辞气相属，如出己手，无牵强凑合的痕迹。"白玉堂前一树梅"出自唐代诗人蒋维翰的《春女怨》；"为谁零落为谁开"出自唐代诗人严恽的《惜花》；"唯有春风最相惜"出自唐代诗人杨巨源的《和练秀才杨柳》；"一年一度一归来"出自宋初詹光茂妻的《寄远》。

【阅读训练】

　　1. 读拼音，写古诗。

Bái yù táng qián yí shù méi，　wèi shuí líng luò wèi shuí kāi.
　白 玉 堂 前 一 树 梅，　　为 谁 零 落 为 谁 开。

Wéi yǒu chūn fēng zuì xiāng xī，　yì nián yí dù yì guī lái.
　唯 有 春 风 最 相 惜，　　一 年 一 度 一 归 来。

　　2. 这首诗的作者是宋代诗人__王安石__，是北宋著名的__思想家__、__政治家__、__文学家__、__改革家__。

　　3. 解释下列字词。

零：__凋谢__

唯：__只__

相惜：__心心相惜，指知心朋友。__

　　4. 翻译诗句。

白玉堂前一树梅，为谁零落为谁开。

译：白玉堂前有一树梅花，花谢花开，却不知为谁而开为谁而谢。

5. 作者还写过一首名为《梅花》的五言绝句，查一查，写出来。

<u>　　　梅花　　　</u>

<u>　　　王安石　　　</u>

<u>墙角数枝梅</u>　，　<u>凌寒独自开</u>　。

<u>遥知不是雪</u>　，　<u>为有暗香来</u>　。

【考试链接】

1. 找出句中的反义词，写在括号里。

（1）小鸟在树上，小明在树下。　（　上　）→（　下　）

（2）哥哥刚出去，姐姐就回来了。　（　出去　）→（　回来　）

（3）近处有小溪，远处有大山。　（　远　）→（　近　）

2. 读词语，组句子。（只写序号）

（1）①关心　②老师　③我们

答：②①③

（2）①花儿　②开了　③在春天

答：①③②

（3）①爱　②山水画　③我　④非常

答：③④①②

3. 辨字组词。

唯（　唯一　）　　　梅（　梅花　）　　　惜（　可惜　）

维（　维修　）　　　莓（　草莓　）　　　借（　借钱　）

4. 这首诗表达了诗人怎样的思想感情？

答：表达了作者惆怅自怜的情怀，孤芳难自赏，唯有春风来。

5. 请写出一句你知道的描写梅花的诗句。

答：不经一番寒彻骨，怎得梅花扑鼻香。

yè sù shān sì
夜 宿① 山 寺

táng lǐ bái
[唐]李白

wēi lóu gāo bǎi chǐ
危 楼② 高 百 尺 ，

shǒu kě zhāi xīng chén
手 可 摘 星 辰③ 。

bù gǎn gāo shēng yǔ
不 敢 高 声 语④ ，

kǒng jīng tiān shàng rén
恐 惊⑤ 天 上 人 。

绘画／庄言

【词句翻译】

①宿：住，过夜。②危楼：高楼，这里指山顶的寺庙；危：高。百尺：虚指，不是实数，这里形容楼很高。③星辰：天上星星的统称。④语：说话。⑤恐惊：唯恐，害怕；惊：惊动。

【全诗译文】

山上寺院的高楼真高啊，好像有一百尺的样子，人在楼上好像一伸手就可以摘下天上的星星。站在这里，我不敢大声说话，唯恐（害怕）惊动天上的神仙。

【作者简介】

李白（701－762），字太白，号青莲居士，又号"谪仙人"，是唐代伟大的浪漫主义诗人，被后人誉为"诗仙"，与杜甫并称为"李杜"，为了与另两位诗人李商隐与杜牧即"小李杜"区别，杜甫与李白又合称"大李杜"。据《新唐书》记载，李白为兴圣皇帝（凉武昭王李暠）九世孙，与李唐诸王同宗。其人爽朗大方，爱饮酒作诗，喜交友。李白深受黄老列庄思想影响，有《李太白集》传世，诗作中多为醉时写的，代表作有《望庐山瀑布》《行路难》《蜀道难》《将进酒》《梁甫吟》《早发白帝城》等。李白所作词赋，宋人已有传记（如文莹《湘山野录》卷上），就其开创意义及艺术成就而言，"李白词"享有极为崇高的地位。

【创作背景】

诗人夜宿深山里面的一个寺庙，发现寺院后面有一座很高的藏经楼，于是便登了上去。凭栏远眺，星光闪烁，李白诗性大发，写下了这一首纪游写景的短诗。

【思想主题】

此诗运用了极其夸张的手法，描写了寺中楼宇的高耸，表达了诗人对古代庙宇工程艺术的惊叹以及对神仙般生活的向往和追求之情。

【写作特色】

此诗语言自然朴素，却形象逼真。全诗无一生僻字，却字字惊人，堪称"平字见奇"的绝世佳作。诗人借助大胆想象,渲染山寺之奇高,把山寺的高耸和夜晚的恐惧写得很逼真,从而将一座几乎不可想象的宏伟建筑展现在读者面前,给人身临其境的感觉。摘星辰、惊天人,这些仿佛是童稚的想法,被诗人信手拈来,用入诗中,让人顿感情趣盎然,有返璞归真之妙。

【阅读训练】

1. 填空。

《夜宿山寺》

危楼（高）（百）（尺），手可（摘）（星）（辰）。

不敢（高）（声）（语），恐惊（天）（上）（人）。

2. 给下列字组词。

百（百尺） 尺（尺子） 声（声音） 语（语言）

3. 判断下列句子所用的修辞手法,写在括号里。

(1) 危楼高百尺,手可摘星辰。（ 夸张 ）

(2) 有喜有忧,有笑有泪,有花有果,有香有色。（ 排比 ）

(3) 他们一家就住在巴掌大的房屋里。（ 夸张 ）

(4) 可怜九月初三夜,露似珍珠月似弓。（ 比喻 ）

(5) 海上日出不是伟大的奇观吗？（ 反问 ）

4. 根据汉语意思写出诗句。

山上寺院的高楼真高啊,好像有一百尺的样子,人在楼上好像一伸手就可以摘下天上的星星。

答：危楼高百尺,手可摘星辰。

5. 请你再写出一首学过的李白的诗。

答：《静夜思》 床前明月光,疑是地上霜。举头望明月,低头思故乡。

【考试链接】

1. 这首诗运用了夸张的手法写出了 <u>寺中楼宇的高耸</u> ，表达了诗人 <u>对古代庙宇工程艺术的惊叹以及对神仙般生活的向往和追求之情</u> 。

2. 解释下列词语的意思。

危楼：高楼，这里指山顶的寺庙。

百尺：虚指，不是实数，这里形容楼很高。

3. 本诗首句是通过哪些词语正面描绘寺楼的峻峭挺拔、高耸入云的？

答：危、高、百尺描绘了寺楼的峻峭挺拔、高耸入云。

4. "危楼高百尺，手可摘星辰"运用了什么修辞手法来烘托山寺高耸入云？其实，这种手法在李白的其他古诗中我们也见到过，试写出连续的两句。

答：运用了夸张的修辞手法。

示例：飞流直下三千尺，疑是银河落九天。

5. 试赏析"恐惊天上人"一句中"恐惊"一词的妙处。

答："恐惊"写出了作者夜临"危楼"时的心理状态，从诗人深"怕"的心理中，读者完全可以想象到"山寺"与"天上人"的相距之近，巧妙地表现了山寺之高。

151

题西林壁①
tí xī lín bì

[宋]苏 轼
sòng sū shì

横看②成岭侧成峰，
héng kàn chéng lǐng cè chéng fēng

远近高低各不同③。
yuǎn jìn gāo dī gè bù tóng

不识④庐山真面目，
bù shí lú shān zhēn miàn mù

只缘⑤身在此山中。
zhǐ yuán shēn zài cǐ shān zhōng

绘画/李岱霖

【词句翻译】

①题西林壁：写在西林寺的墙壁上。西林寺在庐山西麓。题：书写，题写。西林：西林寺，在江西庐山。②横看：从正面看。庐山总是南北走向，横看就是从东面西面看。侧：侧面。③各不同：各不相同。④不识：不能认识，辨别。真面目：指庐山真实的景色、形状。⑤缘：因为；由于。此山：这座山，指庐山。

【全诗译文】

从正面、侧面看庐山山岭连绵起伏、山峰耸立，从远处、近处、高处、低处看庐山，庐山呈现各种不同的样子。我之所以认不清庐山真正的面目，是因为我自身处在庐山之中。

【作者简介】

苏轼（1037—1101），字子瞻，又字和仲，号铁冠道人、东坡居士，世称苏东坡、苏仙。汉族，眉州眉山（今属四川省眉山市）人，祖籍河北栾城，北宋文学家、书法家、画家。嘉祐二年（1057年），苏轼进士及第。宋神宗时曾在凤翔、杭州、密州、徐州、湖州等地任职。元丰三年（1080年），因"乌台诗案"被贬为黄州团练副使。宋哲宗即位后，曾任翰林学士、侍读学士、礼部尚书等职，并出知杭州、颍州、扬州、定州等地，晚年因新党执政被贬惠州、儋州。宋徽宗时获大赦北还，途中于常州病逝。宋高宗时追赠太师，谥号"文忠"。苏轼是北宋中期的文坛领袖，在诗、词、散文、书、画等方面取得了很高的成就。其文纵横恣肆；其诗题材广阔，清新豪健，善用夸张比喻，独具风格，与黄庭坚并称"苏黄"；其词开豪放一派，与辛弃疾同是豪放派代表，并称"苏辛"；其散文著述宏富，豪放自如，与欧阳修并称"欧苏"，为"唐宋八大家"之一。苏轼亦善书，为"宋四家"之一；工于画，尤擅墨竹、怪石、枯木等。有《东坡七集》《东坡易传》《东坡乐府》等传世。

【创作背景】

苏轼于神宗元丰七年（1084年）由黄州（治所在今湖北黄冈）贬所改迁汝州（治所在今河南临汝）团练副使，赴汝州时经过九江，与友人参寥同游庐山。瑰丽的山水触发逸兴壮思，于是写下了若干首庐山记游诗。《题西林壁》是游观庐山后的总结。据南宋施宿《东坡先生年谱》记载可知此诗约作于元丰七年五月间。

【思想主题】

《题西林壁》这首诗表达了作者看待事物要看得全面，从不同的角度去看，往往会得到不同的结果．而且由于人们所处的地位不同，看问题的出发点不同，对客观事物的认识难免有一定的片面性；要认识事物的真相与全貌，必须超越狭小的范围，摆脱主观成见的思想感情。

【写作特色】

全诗紧紧扣住游山谈出自己独特的感受，借助庐山的形象，用通俗的语言深入浅出地表达哲理，故而亲切自然，耐人寻味。这首诗寓意十分深刻，但所用的语言却异常浅显。深入浅出，这正是苏轼的一种语言特色。苏轼写诗，全无雕琢习气。诗人所追求的是用一种质朴无华、条畅流利的语言表现一种清新的、前人未曾道的意境；而这意境又是不时闪烁着荧荧的哲理之光。从这首诗来看，语言的表述是简明的，而其内涵却是丰富的。也就是说，诗语的本身是形象性和逻辑性的高度统一。诗人在四句诗中，概括地描绘了庐山的形象的特征，同时又准确地指出看山不得要领的道理。鲜明的感性与明晰的理性交织一起，互为因果，诗的形象因此升华为理性王国里的典型，这就是人们为什么千百次的把后两句当作哲理的警句的原因。

【阅读训练】

1. 解释下列字或词在诗句中的意思。

题：（ 书写，题写 ）　西林：（ 西林寺，在江西庐山 ）　只缘：
（ 只因为 ）

不识：（ 不能认识，辨别 ）横看：（ 从正面看 ）

2. 《题西林壁》的作者是（ 宋 ）代诗人（ 苏轼 ），著名的文学家、书画家。与其父苏洵、其弟苏辙合称"（ 三苏 ）"。《题西林壁》前两句写了诗人从（ 正面 ）、（ 侧面 ）不同的角度，处在（ 远处、近处、高处、低处 ）不同位置观看（ 庐山 ）的感觉。

3. 俗话说："当事者迷，旁观者清。"诗中有哪句诗是说明这个道理，请填在横线上（ <u>不识庐山真面目，只缘身在此山中</u> ）。

4. 《题西林壁》前两句写（ <u>庐山的形象</u> ），后两句写（ <u>作者的感受</u> ），这首诗借写庐山的自然景象，还告诉我们（ <u>看待事物要看得全面，从不同的角度去看，往往会得到不同的结果</u> ）。

5. 从《题西林壁》这首诗中得到的启发是（ <u>C</u> ）。

A. 对复杂的事物，只要看到一方面，就可以推断出其它方面。

B. 对复杂的事物，应多角度观察，多方面调查了解，抓住主要的方面思考。

C. 对复杂的事物，既要多方面观察，调查了解，又要亲身去体验，去分析。

【考试链接】

1. 《题西林壁》这首诗中，有三组反义词，分别是
（ <u>横</u> ）—（ <u>侧</u> ）　　　（ <u>远</u> ）—（ <u>近</u> ）　　　（ <u>高</u> ）—（ <u>低</u> ）

3. 《题西林壁》这首诗主要写了什么？

答：（ <u>《题西林壁》这首诗概括地描绘了庐山的形象的特征，同时又准确地指出看山不得要领的道理</u> ）。

4. 《题西林壁》中蕴含了什么道理？

答：（ <u>《题西林壁》这首诗借助庐山的形象，告诉我们看待事物要看得全面，从不同的角度去看，往往会得到不同结果的道理</u> ）。

155

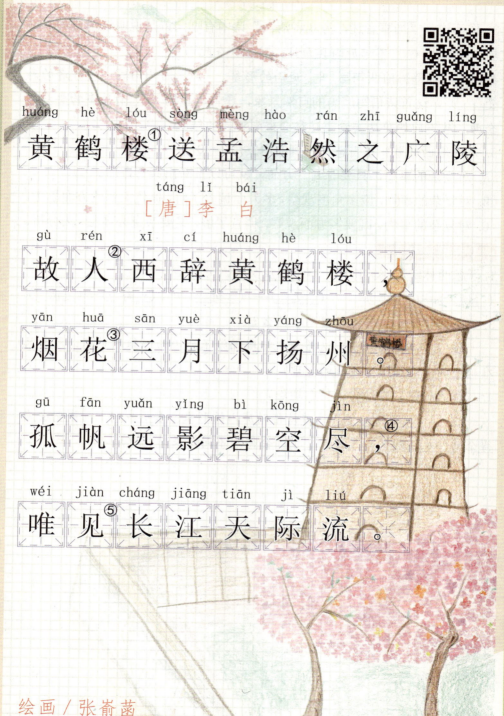

huáng hè lóu sòng mèng hào rán zhī guǎng líng
黄 鹤 楼① 送 孟 浩 然 之 广 陵

táng lǐ bái
［唐］李 白

gù rén xī cí huáng hè lóu
故 人② 西 辞 黄 鹤 楼 ，

yān huā sān yuè xià yáng zhōu
烟 花③ 三 月 下 扬 州 。

gū fān yuǎn yǐng bì kōng jìn
孤 帆 远 影 碧 空 尽④ ，

wéi jiàn cháng jiāng tiān jì liú
唯 见⑤ 长 江 天 际 流 。

绘画／张嵛菡

【词句翻译】

①黄鹤楼：中国著名的名胜古迹，故址在今湖北武汉市武昌蛇山的黄鹄矶上，属于长江下游地带，传说三国时期的费祎于此登仙乘黄鹤而去，故称黄鹤楼。原楼已毁，现存楼为1985年修葺。孟浩然：李白的朋友。之：往、到达。广陵：即扬州。②故人：老朋友，这里指孟浩然。其年龄比李白大，在诗坛上享有盛名。李白对他很敬佩，彼此感情深厚，因此称之为"故人"。辞：辞别。③烟花：形容柳絮如烟、鲜花似锦的春天景物，指艳丽的春景。下：顺流向下而行。④碧空尽：消失在碧蓝的天际。尽：尽头，消失了。碧空：一作"碧山"。⑤唯见：只看见。天际流：流向天边 天际：天边，天边的尽头。

【全诗译文】

友人在黄鹤楼向我挥手告别，阳光明媚的三月他要去扬州。他的帆影渐渐消失在碧空中，只看见滚滚长江在天边奔流。

【作者简介】

李白（701－762），字太白，号青莲居士，又号"谪仙人"，是唐代伟大的浪漫主义诗人，被后人誉为"诗仙"，与杜甫并称为"李杜"，为了与另两位诗人李商隐与杜牧即"小李杜"区别，杜甫与李白又合称"大李杜"。据《新唐书》记载，李白为兴圣皇帝（凉武昭王李暠）九世孙，与李唐诸王同宗。其人爽朗大方，爱饮酒作诗，喜交友。李白深受黄老列庄思想影响，有《李太白集》传世，诗作中多以醉时写的，代表作有《望庐山瀑布》《行路难》《蜀道难》《将进酒》《梁甫吟》《早发白帝城》等多首。李白所作词赋，宋人已有传记（如文莹《湘山野录》卷上），就其开创意义及艺术成就而言，"李白词"享有极为崇高的地位。

【创作背景】

　　他在安陆住了有十年之久，不过很多时候都是以诗酒会友，在外游历，用他自己的话说就是"酒隐安陆，蹉跎十年"。也就是寓居安陆期间，李白结识了长他十二岁的孟浩然。孟浩然对李白非常赞赏，两人很快成了挚友。开元十八年（730年）三月，李白得知孟浩然要去广陵（今江苏扬州），便托人带信，约孟浩然在江夏（今武汉市武昌区）相会。几天后，孟浩然乘船东下，李白亲自送到江边。送别时写下了这首《黄鹤楼送孟浩然之广陵》。

【思想主题】

　　这是一首送别诗，寓离情于写景。表达了作者因为朋友孟浩然的离去而依依不舍，表达了作者的依依惜别之情及深深的眷恋，同时也体现出两人深厚的友情。

【写作特色】

　　诗作以绚丽斑驳的烟花春色和浩瀚无边的长江为背景，极尽渲染之能事，绘出了一幅意境开阔、情丝不绝、色彩明快、风流偶傥的诗人送别画。此诗虽为惜别之作，却写得飘逸灵动，情深而不滞，意永而不悲，辞美而不浮，韵远而不虚。

【阅读训练】

1. 用"/"给诗句加朗读停顿节拍。

故 人（／）西 辞（／）黄 鹤 楼，烟 花（／）三 月（／）下（／）扬 州。孤 帆（／）远 影（／）碧（／）空 尽，唯 见（／）长 江（／）天 际（／）流。

2. 故事发生的时间是（　三月　）地点是（　黄鹤楼　）；被送的人要去的地方是（　扬州　）

3. 写事的诗句是：（　故人西辞黄鹤楼，烟花三月下扬州）。

写景的诗句是：（　孤帆远影碧空尽，唯见长江天际流）。

4. 这首诗写的是：（李白在黄鹤楼送别友人孟浩然）。

书包里的古诗词

5. 这首诗句的中心意思是:

    答:（<u>这是一首送别诗,寓离情于写景。表达了作者因为朋友孟浩然的离去而依依不舍,表达了作者的依依惜别之情及深深的眷恋,同时也体现出两人深厚的友情</u>）。

【考试链接】

1. 解释下列字词在诗句中的意思。

（1）故人:（ <u>老朋友,这里指孟浩然</u> ）

（2）下:（ <u>顺流向下而行</u> ）

（3）尽:（ <u>尽头,消失了</u> ）

（4）惟:（ <u>只看见</u> ）

2. 这是一首送别诗,但诗中只字未提送别,诗中最能表现诗人对朋友的深情厚谊、依依不舍之情的句子是:（ <u>孤帆远影碧空尽,唯见长江天际流</u>）。

3. 古人写送别的诗很多,请你再写出两句来。

    <u>桃花潭水深千尺,不及汪伦送我情。</u>

4. 照样子,换部首,组新字。

例:汪—（旺）

唯—（<u>惟</u>）   辞—（<u>梓</u>）   鹤—（<u>榷</u>）

陵—（<u>凌</u>）   孤—（<u>狐</u>）   故—（<u>枯</u>）

159

5. 比较下列加点字的意思。

（1）忽闻岸上踏歌声。（<u>听到</u>）

    我闻到了一股香味。（<u>用鼻子嗅气味</u>）

    你听到了什么新闻。（<u>听见的事情、消息</u>）

（2）孤帆远影碧空尽。（<u>尽头,消失了</u>）

    敌人已经到了山穷水尽的地步。（<u>达到极端</u>）

    我们应该尽全力帮助山区地区的朋友。（<u>全部用出</u>）

sòng yuán èr shǐ ān xī
送 元 二 使 安 西

táng wáng wéi
[唐]王 维

wèi chéng zhāo yǔ yì qīng chén
渭 城① 朝 雨② 浥 轻 尘 ，

kè shè qīng qīng liǔ sè xīn
客 舍③ 青 青 柳 色 新 。

quàn jūn gèng jìn yì bēi jiǔ
劝 君 更 尽④ 一 杯 酒 ，

xī chū yáng guān wú gù rén
西 出 阳 关⑤ 无 故 人 。

绘画／李天添

【词句翻译】

①渭城： 在今陕西省西安市西北，渭水北岸。即秦代咸阳古城。②朝雨： 早晨下的雨。浥（yì）：润湿。③客舍：驿馆，旅馆。柳色：柳树象征离别。④更尽： 再喝干，再喝完。⑤阳关：在今甘肃省敦煌西南，为古代通西域的要道。故人：老朋友。

【全诗译文】

渭城早晨一场春雨沾湿了轻尘，客舍周围青青的柳树格外清新。老朋友请你再干一杯饯别酒吧，出了阳关西路再也没有老友人。

【作者简介】

王维（701 — 761，一说 699—761），河东蒲州（今山西运城）人，祖籍山西祁县。唐朝著名诗人、画家，字摩诘，号摩诘居士。王维出身河东王氏，于开元十九年（731 年）状元及第。历官右拾遗、监察御史、河西节度使判官。唐玄宗天宝年间，王维拜吏部郎中、给事中。安禄山攻陷长安时，王维被迫受伪职。长安收复后，被责授太子中允。唐肃宗乾元年间任尚书右丞，故世称"王右丞"。王维参禅悟理，学庄信道，精通诗、书、画、音乐等，以诗名盛于开元、天宝间，尤长五言，多咏山水田园，与孟浩然合称"王孟"，有"诗佛"之称。书画特臻其妙，后人推其为南宗山水画之祖。苏轼评价其："味摩诘之诗，诗中有画；观摩诘之画，画中有诗。"存诗 400 余首，代表诗作有《相思》《山居秋暝》等。著作有《王右丞集》《画学秘诀》。

【创作背景】

此诗是王维送朋友去西北边疆时作的诗，后有乐人谱曲，名为"阳关三叠"。诗题又名"送元二使安西"。安西，是唐中央政府为统辖西域地区而设的安西都护府的简称，治所在龟兹城（今新疆库车）。元二奉朝廷之命出使安西都护府，王维到渭城为之饯行，因作这首七绝。

【思想主题】

描写了作者与朋友依依惜别的情景，表达了作者与朋友之间的浓浓深情。表达了对友人的分别不舍之情和相见不知期的惆怅。

【写作特色】

全诗以洗尽雕饰、明朗自然语言抒发别情，写得情景交融，韵味深永，具有很强的艺术感染力，写成之后便被人披以管弦，殷勤传唱，并成为流传千古的名曲。

【阅读训练】

1. 解释词语。

客舍：（ 驿馆，旅馆 ）　　　　　　故人：（ 老朋友 ）

2. 诗的前两句点明了送别的时令是：（ 春季 ），地点是： 渭城 ，景物是：（ 客舍 ）和（ 柳树 ），这样为送别创造了一个愁郁的环境气氛。

3. 诗中作者用一个"（ 劝 ）"字委婉地表达依依离别之情。

4. 王维的这首诗由于写出了人们深情惜别的普遍感受，后来被编入乐府，成为离筵上反复吟唱的歌曲《阳关三叠》。有评者认为，这首诗中的"朝雨"扮演了一个重要角色，为什么这样说？（4分）

答：（ 因为有"朝雨"，道路才显得洁净、清爽，客舍、杨柳也别具清新的风貌。从而构成了一幅清新明朗的图景 ）。

5. "劝君更尽一杯酒"一句内蕴丰富，请简要分析。

答：（ 不仅有依依惜别的情谊，而且包含着对远行者处境、心境的细心体察，包含一路珍重的殷殷祝福 ）。

【考试链接】

1.《送元二使安西》是唐代诗人（ 王维 ）写的，字（ 摩诘 ），世称（ 王右丞 ），他的诗尤以山水诗成就为最，是唐代山水田园诗的代表，有"（ 诗佛 ）"之称。

2. 请写出下列经典送别诗中的名句。

《赠汪伦》（李白）：（ 桃花潭水深千尺，不及汪伦送我情 ）。

《送杜少府之任蜀州》（王勃）：（ 海内存知己，天涯若比邻 ）。

《别董大》（高适）：（ 莫愁前路无知己，天下谁人不识君 ）。

《山中送别》（王维）：（ 山中相送罢，日暮掩柴扉 ）。

《芙蓉楼送辛渐》（王昌龄）：（ <u>洛阳亲友如相问，一片冰心在玉壶</u> ）。

3. 我会读。（在正确读音下面打"√"）

　　浥轻尘（sì　yì √）　　　客舍青青（shě　shè √）

　　更尽（jǐn　jìn √）　　　朝雨（zhāo √　cháo）

4. 精挑细选。（把正确答案的序号填入括号里）

（1）"渭城朝雨浥轻尘"中"浥"的意思是（ <u>B</u> ）。

　　　　　A. 城市　　　B. 湿润　　　C. 吹洒

（2）"劝君更尽一杯酒"中"尽"的意思是（ <u>A</u> ）。

　　　　　A. 饮完　　　B. 全，都　　　C. 尽

（3）"西出阳关无故人"中"故人"指（ <u>B</u> ）。

　　　　　A. 死去的人　　　B. 老朋友　　　C. 故事中的人

5. 诗句诊所。（把错别字圈出来，并改正）

（1）胃城朝雨邑清晨，客社清清柳色新。

（ <u>错字：胃、邑、晨、社、清清；改正：渭、浥、尘、舍、青青</u> ）。

（2）劝军更近一杯洒，西出洋关无顾人。

（ <u>错字：军、近、洋、顾；改正：君、尽、阳、故</u> ）

wàng dòng tíng

望 洞 庭①

sòng liú yǔ xī
[宋]刘 禹 锡

hú guāng qiū yuè liǎng xiāng hé
湖 光② 秋 月 两 相 和 ，

tán miàn wú fēng jìng wèi mó
潭 面③ 无 风 镜 未 磨 。

yáo wàng dòng tíng shān shuǐ cuì
遥 望 洞 庭 山 水 翠④ ，

bái yín pán lǐ yì qīng luó
白 银 盘⑤ 里 一 青 螺 。

绘画／杨皓惟

【词句翻译】

①洞庭：湖名，在今湖南省北部。②湖光：湖面的波光。两：指湖光和秋月。和：和谐。指水色与月光交相辉映。③潭面：指湖面。镜未磨：古人的镜子用铜制作、磨成。此句意思一说是湖面无风，水平如镜；一说是远望湖中的景物，隐约不清，如同镜面没打磨时照物模糊。④山水翠：一作"山水色"。山，指洞庭湖中的君山。⑤白银盘：形容平静而又清的洞庭湖面。白银，一作"白云"。青螺：这里用来形容洞庭湖中的君山。

【全诗译文】

洞庭湖上月光和水色交相融和，湖面风平浪静如同未磨的铜镜。远远眺望洞庭湖山水苍翠如墨，好似洁白银盘里托着一枚青螺。

【作者简介】

刘禹锡（772—842），字梦得，河南洛阳人，自称"家本荥上，籍占洛阳"，又自言系出中山。其祖先为中山靖王刘胜。唐朝文学家、哲学家，有"诗豪"之称。刘禹锡贞元九年（793年），进士及第，初在淮南节度使杜佑幕府中任记室，为杜佑所器重，后从杜佑入朝，为监察御史。贞元末，与柳宗元，陈谏、韩晔等结交于王叔文，形成了一个以王叔文为首的政治集团。后历任朗州司马、连州刺史、夔州刺史、和州刺史、主客郎中、礼部郎中、苏州刺史等职。会昌时，加检校礼部尚书。卒年七十，赠户部尚书。刘禹锡诗文俱佳，涉猎题材广泛，与柳宗元并称"刘柳"，与韦应物、白居易合称"三杰"，并与白居易合称"刘白"，有《陋室铭》《竹枝词》《杨柳枝词》《乌衣巷》等名篇。哲学著作《天论》三篇，论述天的物质性，分析"天命论"产生的根源，具有唯物主义思想。有《刘梦得文集》，存世有《刘宾客集》。

【创作背景】

《望洞庭》是唐穆宗长庆四年（824年）秋刘禹锡赴和州刺史任、经洞庭湖时所作。刘禹锡在《历阳书事七十韵》序中称："长庆四年八月，予自夔州刺史转历阳（和州），浮岷江，观洞庭，历夏口，涉浔阳而东。"刘禹锡贬逐南荒，二十年间去来洞庭，据文献可考的约有六次。其中只有转任和州这一次，是在秋天。而此诗则是这次行脚的生动记录。

【思想主题】

此诗描写了秋夜月光下洞庭湖的优美景色，表达了诗人对洞庭风光的喜爱和赞美之情，表现了诗人壮阔不凡的气度和高卓清奇的情致。

【写作特色】

全诗选择了月夜遥望的角度，把千里洞庭尽收眼底，抓住最有代表性的湖光山色，轻轻着笔，通过丰富的想象、巧妙的比喻，独出心裁地把洞庭美景再现于纸上，显示出惊人的艺术功力。

【阅读训练】

1. 《望洞庭》是（ 唐 ）代诗人（ 刘禹锡 ）所作。在诗中，诗人采用了（ 比喻 ）的修辞手法，形象生动地描绘了诗人眼中的洞庭山水美景。

2. 洞庭湖位于我国（ 湖北 ）省境内，是我国五大淡水湖之一，我还知道其他的四大淡水湖分别是（ 鄱阳湖、太湖、洪泽湖、巢湖 ）。

3. 给下列诗句中加点的字和词选择正确的解释，在正确的一项后面打"√"。

湖光秋月两相和，潭面无风镜未磨。

和：（1）"和"的意思是相安、和谐。（ √ ）

（2）"和"的意思是连词，跟'同"相同。（ ）

镜：（1）"镜"指的是一面铜镜。（ ）

（2）"镜"指的是洞庭湖的湖面。（ √ ）

遥望洞庭山水翠，白银盘里一青螺。

白银盘：（1）"白银盘"指的是洞庭湖水。（ ）

（2）"白银盘"指的是洞庭湖面。（ √ ）

青螺：　　（1）"青螺" 指的是青色的田螺。（　　）

　　　　　（2）"青螺" 指的是洞庭湖中的君山。（✓）

4. 用自己的语言把"遥望洞庭山水翠，白银盘里一青螺"改成比喻句。

答：（　远远眺望洞庭湖山水苍翠如墨，好似洁白银盘里托着一枚青螺　）。

【考试链接】

1. 诗中采用（　打比方　）的写作手法，把（　湖面　）比作（　铜镜　），

（　湖面　）比作（　白银盘　），（　君山　）比作（　青螺　）。

2. 这首诗中的"两"字是指（　月光　）和（　水色　）。"和"的意思是和谐。

诗中描写的是（　指水色与月光交相辉映　秋夜月光下洞庭湖　）的景色。

3. 下列诗文中不是描写洞庭湖景色的一项是（B）。

　　A. 气蒸云梦泽，波撼岳阳城。　　　B. 秋风萧瑟，洪波涌起。

　　C. 衔远山，吞长江。　　　　　　　D. 吴楚东南坼，乾坤日夜浮。

4. 善用比喻是本诗的主要特色，请结合具体诗句加以赏析。

答：（第二句，将月色下的千里洞庭湖比作一面未加磨拭的巨大铜镜，写出了月下洞庭湖朦胧，静谧的美。（或：第四句，将皓月银辉下的山比成银盘中的青螺，写出了洞庭湖山水的外形美、色彩美）。

5. 后人认为，刘禹锡是一位"不以物喜，不以己悲"的人，请结合全诗说说理由。

答：（　刘禹锡被贬，并没有表现出悲观、失落情怀，而是浓墨重彩地勾勒洞庭湖山水和谐美，表现出诗人的豁达胸怀　）。

乡村四月
xiāng cūn sì yuè

[宋] 翁 卷
sòng wēng juàn

绿 遍 山 原① 白 满 川②，
lǜ biàn shān yuán bái mǎn chuān

子 规③ 声 里 雨 如 烟 。
zǐ guī shēng lǐ yǔ rú yān

乡 村 四 月 闲 人 少 ，
xiāng cūn sì yuè xián rén shǎo

才 了④ 蚕 桑⑤ 又 插 田⑥ 。
cái liǎo cán sāng yòu chā tián

书包里的古诗词

绘画／念锦程

【词句翻译】

①山原：山陵和原野。②白满川：指稻田里的水色映着天光。川：平地。③子规：鸟名，杜鹃鸟。④才了：刚刚结束。⑤蚕桑：种桑养蚕。⑥插田：插秧。

【全诗译文】

山坡田野间草木茂盛，稻田里的水色与天光相辉映。天空中烟雨蒙蒙，杜鹃声声啼叫，大地一片欣欣向荣的景象。四月到了，没有人闲着，刚刚结束了蚕桑的事又要插秧了。

【作者简介】

翁卷，字续古，一字灵舒，乐清（今属浙江）人，南宋诗人。工诗，为"永嘉四灵"之一。曾领乡荐（《四库提要》作"尝登淳祐癸卯乡荐"，《乐清县志》承此，而近人以为是淳熙癸卯，相差一个甲子。衡诸翁卷生平，前者过早，后者过近，疑都不确，生平未仕。以诗游士大夫间。有《四岩集》《苇碧轩集》。清光绪《乐清县志》卷八有传。

【创作背景】

翁卷所生存的年代是中原萧条不振的朝代——南宋。北宋战乱让人人都处于一种短暂的苟活的状态，当时的南宋可谓几乎腐朽，恰看到乡村四月间，人们一片繁忙的生活气息，亲切自然，心中不由对国家生存发展有了感慨，对自由的生活更加向往。故创作了该诗，真切自然，贴近生活，清新淡远。

【思想主题】

这首诗以清新明快的笔调，出神入化地描写了江南农村初夏时节的旖旎风光，表达了诗人对乡村生活的热爱之情。

【写作特色】

这首诗以白描手法写江南农村初夏时节的田野风光和农忙景象，前两句描绘自然景物：绿原、白川、子规、烟雨，寥寥几笔就把水乡初夏时特有的景色勾勒出了出来。以"绿遍"形容草木葱郁，"白满"表示雨水充足，"子规声"暗寓催耕之意，生动地展现出"乡村四月"特有的风物。后两句叙述农事繁忙，画面上主要突出刚刚收完蚕茧便在水田插秧的农民形象，

169

从而衬托出"乡村四月"劳动的紧张、繁忙。前呼后应，交织成一幅色彩鲜明的图画卷。这首诗全篇语言朴实生动，风格平易自然，富有生活气息，表达了作者对农民辛勤劳动的赞美之情。

【阅读训练】

1. 比一比，再组词。

规（ 规矩 ）　　蚕（ 蚕桑 ）　　遍（ 遍布 ）　　村（ 山村 ）

现（ 出现 ）　　吞（ 吞咽 ）　　编（ 编织 ）　　衬（ 衬托 ）

2. 根据示例，积累有关多的成语。

例：兵马多（ 千军万马 ）

变化多（ 千变万化 ）

花样多（ 五花八门 ）

颜色多（ 五颜六色 ）

3. 解释下列字词在诗句中的意思。

川：（ 平地 ）

山原：（ 山陵和原野 ）

子规：（ 鸟名，杜鹃鸟 ）

闲人：（ 闲着的人 ）

雨如烟：（ 蒙蒙细雨如烟一样 ）

4. 想一想，填一填。

（1）我能从"（ 绿遍山原白满川，子规声里雨如烟 ）。"想象出山原翠绿、杜鹃啼鸣、细雨如烟的画面。

（2）我能从"（ 乡村四月闲人少，才了蚕桑又插田 ）。"想象出蚕桑结束、农人插田、乡村四月繁忙的景象。

5. 翻译诗句。

乡村四月闲人少，才了蚕桑又插田。

（ 四月到了，没有人闲着，刚刚结束了蚕桑的事又要插秧了 ）。

【考试链接】

1. 第四句中的"蚕桑"照应上面的"（ 绿遍山原 ）"，"插田"照应上面的"（ 白满川 ）"，一个"才"和一个"又"两个虚字极富表现力，勾画出乡村四月（ 农家的忙碌 ）气氛。

2. 这首诗表达了作者怎样的感情？
答：（ 表达了作者对农民辛勤劳动的赞美和对乡村生活的热爱之情 ）。

3. 请你发挥想象，描绘"子规声里雨如烟"所展示的优美画面。
答：（ 细雨密密地下个不停，天地间，如烟雾般迷蒙，淡淡的；又仿佛悬挂着一道薄纱，一切都显得那么清新自然。此时，传来几声杜鹃鸟的啼叫声，更添些许闲适安详 ）。

4. 这首诗是（ 宋 ）朝诗人（ 翁卷 ）所作。本诗描绘出（ 初夏 ）时节的景象。前两句着重写（ 水乡初夏时的田野风光 ），后两句着重写（ "乡村四月"劳动的紧张、繁忙的农忙景象 ）。这首诗不仅表现了诗人对（ 乡村生活 ）的热爱与欣赏，也表现出对（ 农民辛勤劳动 ）的赞美。

5. 读了《乡村四月》这首诗，你最喜欢哪一句，为什么？
　　如：子规声里雨如烟。如烟如雾的细雨好像是被子规的鸣叫唤来的，尤其富有境界感。子规使全诗充满了动感，把画面都带活了。

sì shí tián yuán zá xìng

四时田园杂兴 （其二）

qí èr

sòng fàn chéng dà

[宋]范 成 大

méi zǐ jīn huáng xìng zǐ féi

梅子① 金 黄 杏 子 肥 ，

mài huā xuě bái cài huā xī

麦花② 雪 白 菜 花 稀 。

rì zhǎng lí luò wú rén guò

日 长 篱 落③ 无 人 过 ，

wéi yǒu qīng tíng jiá dié fēi

惟 有 蜻 蜓 蛱④ 蝶 飞 。

172

书包里的古诗词

绘画/邓婷瑞

【词句翻译】

①梅子：梅树的果实，夏季成熟，可以吃。②麦花：荞麦花。荞麦是一种粮食作物，春秋都可以播种，生长期很短。花为白色或淡红色，果实磨成粉供食用。③篱落：篱笆。用竹子或树枝编成的遮拦的东西。④蛱（jiá）蝶：蝴蝶。

【全诗译文】

一树树梅子变得金黄，杏子也越长越大了；荞麦花一片雪白，油菜花倒显得稀稀落落。白天长了，篱笆的影子随着太阳的升高变得越来越短，没有人经过；只有蜻蜓和蝴蝶绕着篱笆飞来飞去。

【作者简介】

范成大（1126—1193），字至能，一字幼元，早年自号此山居士，晚号石湖居士。汉族，平江府吴县（今江苏苏州）人。南宋名臣、文学家。宋高宗绍兴二十四年（1154年），范成大登进士第，累官礼部员外郎兼崇政殿说书。乾道三年（1167年），知处州。乾道六年（1170年）出使金国，不畏强暴，不辱使命，还朝后出中书舍人。乾道七年（1171年），出知静江府。淳熙二年（1175年），受任敷文阁待制、四川制置使。淳熙五年（1178年），拜参知政事。晚年退居石湖，加资政殿大学士。绍熙四年（1193年）逝世，年六十八。累赠少师、崇国公，谥号"文穆"，后世遂称其为"范文穆"。范成大素有文名，尤工于诗。他从江西派入手，后学习中、晚唐诗，继承白居易、王建、张籍等诗人新乐府的现实主义精神，终于自成一家。风格平易浅显、清新妩媚。诗题材广泛，以反映农村社会生活内容的作品成就最高。与杨万里、陆游、尤袤合称南宋"中兴四大诗人"。其作品在南宋末年即产生了显著的影响，到清初影响更大，有"家剑南而户石湖"的说法。著有《石湖集》《揽辔录》《吴船录》《吴郡志》《桂海虞衡志》等。

【创作背景】

《四时田园杂兴》是南宋诗人范成大退居家乡后写的一组大型的田园诗，分春日、晚春、夏日、秋日、冬日五部分，每部分各十二首，共六十首。诗歌描写了农村春、夏、秋、冬四个季节的景色和农民的生活，同时也反映了农民遭受的剥削以及生活的困苦。这是其中的一首。

【思想主题】

表达了作者面对丰收的喜悦之情，及对诗意般农家生活的喜爱和对劳动人民的赞美。

【写作特色】

诗中用梅子黄、杏子肥、麦花白、菜花稀，写出了夏季南方农村景物的特点，有花有果，有色有形。前两句写出梅黄杏肥，麦白菜稀，色彩鲜丽。诗的第三句，从侧面写出了农民劳动的情况。最后一句又以"惟有蜻蜓蛱蝶飞"来衬托村中的寂静，静中有动，显得更静。后两句写出昼长人稀，蜓飞蝶舞，以动衬静。诗人用清新的笔调，对农村初夏时的紧张劳动气氛，作了较为细腻的描写，读来意趣横生。

【阅读训练】

1. 选词填空。

清风　　凉风　　寒风　　和风　　金风　　春风

（　凉风　）习习　　（　和风　）细雨　　（　春风　）拂面

（　金风　）送爽　　（　清风　）徐来　　（　寒风　）凛冽

2. 解释下列字词在诗句中的意思。

篱落：（　篱笆。用竹子或树枝编成的遮拦的东西　）

蛱蝶：（　蝴蝶　）

3. 诗中哪句是描写初夏江南的田园景色的？

（　梅子金黄杏子肥，麦花雪白菜花稀　）

【考试链接】

1. 诗中用梅子黄、（ 杏子肥 ）、 （ 麦花白 ）、菜花稀，写出了夏季南方农村景物的特点，有花有果，有色有形。

2. 下列诗句分别写的是什么季节的景色？请从"春、夏、秋、冬"中选择一个恰当的填入括号里。

（1）小荷才露尖尖角，早有蜻蜓立上头。（ 夏 ）

（2）孤舟蓑笠翁，独钓寒江雪。（ 冬 ）

（3）停车坐爱枫林晚，霜叶红于二月花。（ 秋 ）

（4）碧玉妆成一树高，万条垂下绿丝绦。（ 春 ）

3. 在括号里填上动物名。

（1）天苍苍，野茫茫，风吹草低见（ 牛羊 ）。

（2）江上往来人，但爱（ 鲈鱼 ）美。

（3）两个（ 黄鹂 ）鸣翠柳，一行（ 白鹭 ）上青天。

（4）两岸（ 猿 ）声啼不住，轻舟已过万重山。

4. 诗的一、二句中，作者抓住哪些景物描写向我们展示了初夏农村特有的景象？ 诗的三、四两句抒发了诗人怎样的思想感情？

答：（ 诗中一二句用梅子黄、杏子肥、麦花白、菜花稀，写出了夏季南方农村景物的特点，有花有果，有色有形。后两句写出昼长人稀，蜓飞蝶舞，以动衬静。表达了作者面对丰收的喜悦之情，及对诗意般农家生活的喜爱和对劳动人民的赞美 ）。

5. 诗歌中侧面烘托是较为常见的表现手法，请从这一角度赏析"唯有蜻蜓蛱蝶飞"。

答：（ 最后一句又以"惟有蜻蜓蛱蝶飞"来衬托村中的寂静，静中有动，显得更静 ）。

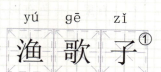

渔歌子① (yú gē zǐ)

[唐]张志和 (táng zhāng zhì hé)

西塞山②前白鹭③飞，
(xī sài shān qián bái lù fēi)

桃花流水④鳜鱼肥。
(táo huā liú shuǐ guì yú féi)

青箬笠⑤，绿蓑衣⑥，
(qīng ruò lì, lù suō yī)

斜风细雨不须归。
(xié fēng xì yǔ bù xū guī)

176

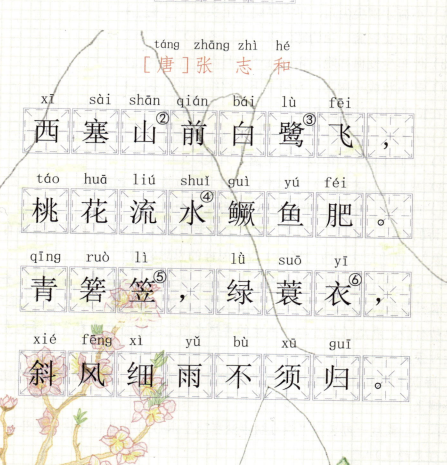

绘画/台静怡

【词句翻译】

①渔歌子：原是曲调名，后来人们根据它填词，又成为词牌名。②西塞山：在今浙江省湖州市西面。③白鹭：一种白色的水鸟。④桃花流水：桃花盛开的季节正是春水盛涨的时候，俗称桃花汛或桃花水。鳜鱼：俗称"花鱼""桂鱼"。扁平、口大、鳞细、黄绿色，味道鲜美。⑤箬笠：用竹篾、箬叶编的斗笠。⑥蓑衣：用草或棕麻编织的雨衣。

【全诗译文】

西塞山前白鹭在自由地飞翔，江岸桃花盛开，春水初涨，水中鳜鱼肥美。渔翁头戴青色的箬笠，身披绿色的蓑衣，冒着斜风细雨，乐然垂钓，用不着回家。

【作者简介】

张志和（732—774），字子同，初名龟龄，号玄真子。祁门县灯塔乡张村庞人，祖籍浙江金华，先祖湖州长兴房塘。张志和三岁就能读书，六岁做文章，十六岁明经及第，先后任翰林待诏、左金吾卫录事参军、南浦县尉等职。后有感于宦海风波和人生无常，在母亲和妻子相继故去的情况下，弃官弃家，浪迹江湖。唐肃宗曾赐给他奴、婢各一，称"渔童"和"樵青"，张志和遂偕婢隐居于太湖流域的东西苕溪与雪溪一带，扁舟垂纶，浮三江，泛五湖，渔樵为乐。唐大历九年（774年），张志和应时湖州刺史颜真卿的邀请，前往湖州拜会颜真卿，同年冬十二月，和颜真卿等东游平望驿时，不慎在平望莺脰湖落水身亡。著作有《玄真子》十二卷三万字，《大易》十五卷，有《渔夫词》五首、诗七首传世。

【创作背景】

唐代宗大历七年（772）九月，颜真卿任湖州刺史，次年到任。张志和驾舟往谒，时值暮春，桃花水涨，鳜鱼水美，他们即兴唱和，张志和首唱，作词五首，这首词是其中之一。这首词于宪宗时一度散失，长庆三年（823），李德裕访得之，著录于其《玄真子渔歌记》文中，始流传至今。

177

【思想主题】

这首词通过对自然风光和渔人垂钓的赞美，表现了作者向往自由生活的心情。李德裕访得之，著录于其《玄真子渔歌记》文中，始流传至今。

【写作特色】

这首词开头两句写垂钓的地方和季节。这两句里，出现了山、水、鸟、花、鱼，勾勒了一个垂钓的优美环境，为人物出场作好了铺垫。词的后两句写烟波上垂钓。尾句里的"斜风细雨"既是实写景物，又另含深意。这首词构思巧妙，意境优美，语言生动，格调清新，寄情于景，显现出一种出污泥而不染的清纯和淡泊，成为一首千古流传、脍炙人口的词作。

【阅读训练】

1. 张志和是（ 唐 ）代著名诗人，字（ 子同 ），初名（ 龟龄 ），自号（ 玄真子 ）。

2. 这首诗第一句点明地点，衬托渔夫的悠闲自得。第二句，表现了西塞山前的（ 白鹭、江边桃花和水中鳜鱼 ），第三句运用了（ 借物喻人 ）的修辞方法，第四句描写了捕鱼人的（ 悠闲情态 ）。

3. 默写《渔歌子》，写出句子意思。

（ 西塞山前白鹭飞，桃花流水鳜鱼肥。青箬笠，绿蓑衣，斜风细雨不须归。 ）

句意：（ 西塞山前白鹭在自由地飞翔，江岸桃花盛开，春水初涨，水中鳜鱼肥美。渔翁头戴青色的箬笠，身披绿色的蓑衣，冒着斜风细雨，乐然垂钓，用不着回家 。 ）

4. 《渔歌子》中表示颜色的词有（ 白、青、绿 ）

5. 这首词前三句写景，时间是在（ 春 ）季，地点是在（ 西塞山前 ），作者写景十分注重色彩的描绘，如鹭的颜色是（ 白色 ），桃花的颜色是（ 粉色 ），箬笠和蓑衣的颜色是（ 青色 ）和（ 绿色 ），给人秀丽、清新之感。

【考试链接】

1. 我会给下列带点字注音。

不须（__xū__）归　　箬（__ruò__）笠（__lì__）

蓑（__suō__）衣　　鳜（__guì__）鱼

2. 形近字组词。

赛（__比赛__）　　　　鹭（__白鹭__）　　　　厥（__昏厥__）

塞（__塞外__）　　　　露（__露珠__）　　　　鳜（__鳜鱼__）

3. 《如梦令》和《渔歌子》都是词牌名，我知道的词牌名还有：

__《忆江南》__　　__《清平乐·村居》__　　__《西江月》__

4. 我能从"（__西塞山前白鹭飞，桃花流水鳜鱼肥__）。"感受到桃红水碧、鹭飞鱼肥的江南美景。

5. 《渔歌子》中张志和说"斜风细雨不须归"的原因是什么？

__　　雨小、鱼肥且穿戴了斗笠蓑衣，渔翁已经陶醉在春天的美景中了；实际是"不想归"，因为不愿再涉足朝廷的风浪。表现了诗人的淡泊之情和对大自然的喜爱。__

示儿①
shì ér

sòng lù yóu
[宋] 陆游

死去元知②万事空,
sǐ qù yuán zhī wàn shì kōng

但③悲不见九州同。
dàn bēi bú jiàn jiǔ zhōu tóng

王师④北定中原日,
wáng shī běi dìng zhōng yuán rì

家祭⑤无忘告乃翁。
jiā jì wú wàng gào nǎi wēng

绘画/谢肖霖

书包里的古诗词

【词句翻译】

①示儿：写给儿子们看。②元知：原本知道。元，通"原"。本来。在苏教版等大部分教材中本诗第一句为"死去元知万事空"，但在老的人教版等教材中为"死去原知万事空"，因为是通假字，所以并不影响本诗的意境，尚有争议。人教版等教材多为"元"，不常用通假字。万事空：什么也没有了。③但：只是。悲：悲伤九州：这里代指宋代的中国。古代中国分为九州，所以常用九州指代中国。同：统一。④王师：指南宋朝廷的军队。北定：将北方平定。中原：指淮河以北被金人侵占的地区。⑤家祭：祭祀家中先人。无忘：不要忘记。乃翁：你的父亲，指陆游自己。

【全诗译文】

我本来知道，当我死后，人间的一切就都和我无关了；唯一使我痛心的，就是我没能亲眼看到祖国的统一。因此，当朝廷军队收复中原失地的那一天到来之时，你们举行家祭，千万别忘把这好消息告诉你们的父亲！

【作者简介】

陆游（1125—1210），字务观，号放翁，汉族，越州山阴（今浙江绍兴）人，尚书右丞陆佃之孙，南宋文学家、史学家、爱国诗人。陆游生逢北宋灭亡之际，少年时即深受家庭爱国思想的熏陶。宋高宗时，参加礼部考试，因受秦桧排斥而仕途不畅。宋孝宗即位后，赐进士出身，历任福州宁德县主簿、敕令所删定官、隆兴府通判等职，因坚持抗金，屡遭主和派排斥。乾道七年（1171年），应四川宣抚使王炎之邀，投身军旅，任职于南郑幕府。次年，幕府解散，陆游奉诏入蜀，与范成大相知。宋光宗继位后，升为礼部郎中兼实录院检讨官，不久即因"嘲咏风月"罢官归居故里。嘉泰二年（1202年），宋宁宗诏陆游入京，主持编修孝宗、光宗《两朝实录》和《三朝史》，官至宝章阁待制。书成后，陆游长期蛰居山阴，嘉定二年（1210年）与世长辞，留绝笔《示儿》。陆游一生笔耕不辍，诗词文具有很高成就。其诗语言平易晓畅、章法整饬谨严，兼具李白的雄奇奔放与杜甫的沉郁悲凉，尤以饱含爱国热情对后世影响深远。

【创作背景】

《示儿》诗为陆游的绝笔，作于宋宁宗嘉定二年十二月（公元1210年元月）。此时陆游八十五岁，一病不起，在临终前，给儿子们写下了这首诗。这既是诗人的遗嘱，也是诗人发出的最后的抗战号召。

【思想主题】

此诗"悲壮沉痛""可泣鬼神"，歌颂陆游爱国精神光照千秋。传达出诗人临终时复杂的思想情绪和忧国忧民的爱国情怀，表现了诗人一生的心愿，倾注了诗人满腔的悲慨，既有对抗金大业未就的无穷遗恨，也有对神圣事业必成的坚定信念。

【写作特色】

全诗语言不假雕饰，直抒胸臆。诗中所蕴含和积蓄的情感是极其深厚、强烈的，但却出之以极其朴素、平淡的语言，从而自然得达到真切动人的艺术效果。语言浑然天成，没有丝毫雕琢，全是真情的自然流露，但比着意雕琢的诗更美、更感人。

【阅读训练】

1. 陆游，字（ 务观 ），号（ 放翁 ），是我国杰出的（ 爱国 ）诗人，他一生留下了九千多首诗歌。

2. 《示儿》是陆游的（ 绝笔 ）之作。诗的最后两句作者告诉儿子，即便是他死了，也不要忘记把国家统一的消息告诉他，表达了作者的（ 爱国 ）之情。

3. "王师北定中原日"中的"北定"指的是（ 将北方平定 ），"家祭无忘告乃翁"中的"乃翁"指的是（ 你的父亲，指陆游自己 ）。

4. 诗中，临终前，诗人的遗憾是（用原句回答）（ 死去元知万事空 ），遗恨是（用原句回答）（ 但悲不见九州同 ），遗愿是（用原句回答）（ 王师北定中原日 ）

5. 古诗常识选择。

（1）"独在异乡为异客，每逢佳节倍思亲"的作者是（ A ）。

  A. 王维   B. 王之涣   C. 王勃

（2）《天净沙•秋思》的作者是元代的（__B__）。

 A. 张养浩　　　B. 马致远　　　C. 元好问

（3）"野火烧不尽，春风吹又生"一句出自（__A__）。

 A. 白居易的《赋得古草原送别》　　　B. 王昌龄的《出塞》

 C. 杜牧的《江南春》

（4）"忽如一夜春风来，千树万树梨花开"写的是（__C__）。

 A. 春色　　　B. 梨花　　　C. 雪景

（5）"春蚕到死丝方尽，蜡炬成灰泪始干"一句出自（__C__）的《无题》。

 A. 李贺　　　B. 李清照　　　C. 李商隐

【考试链接】

1. 下面的字有多种解释，你能根据句子内容选择正确的解释吗？

（1）"但"的解释有：A. 只　　　B. 但是　　　C. 姓

但悲不见九州同。（__A__）

但爱鲈鱼美。（__A__）

我爱听歌，但不爱唱歌。（__B__）

（2）"却"的解释有：A. 后退　　　B. 推辞　　　C. 再

却看妻子愁何在。（__C__）

我见他诚意相邀，就没有推却。（__B__）

山高路险，令人望而却步。（__A__）

（3）"漫"的解释有：

A. 到处都是　　　B. 不受约束；随便　　　C. 广阔，长

漫卷诗书喜欲狂。（__B__）

漫山遍野都是英勇的战士。（__A__）

我们度过了漫长的一夜。（__C__）

2. 给下列字和词注释。

元：（ 通"原"，本来 ）

但悲：（ 只是悲伤 ）

九州：（ 这里代指宋代的中国 ）

同：（ 统一 ）

王师：（ 指南宋朝廷的军队 ）

乃翁：（ 你的父亲，指陆游自己 ）

北定：（ 将北方平定 ）

3. 翻译《示儿》。

答：（ 我本来知道，当我死后，人间的一切就都和我无关了；唯一使我痛心的，就是我没能亲眼看到祖国的统一。因此，当朝廷军队收复中原失地的那一天到来之时，你们举行家祭，千万别忘把这好消息告诉你们的父亲！ ）

4. 《示儿》这首诗表达了作者怎样的思想感情

答：（ 此诗"悲壮沉痛""可泣鬼神"，歌颂陆游爱国精神光照千秋。传达出诗人临终时复杂的思想情绪和忧国忧民的爱国情怀，表现了诗人一生的心愿，倾注了诗人满腔的悲慨，既有对抗金大业未就的无穷遗恨，也有对神圣事业必成的坚定信念 ）。

5. 赏析《示儿》的情感表达特点。

答：（ 全诗语言不假雕饰，直抒胸臆。诗中所蕴含和积蓄的情感是极其深厚、强烈的，但却出之以极其朴素、平淡的语言，从而自然得达到真切动人的艺术效果。语言浑然天成，没有丝毫雕琢，全是真情的自然流露，但比着意雕琢的诗更美、更感人 ）。

四时田园杂兴① （其一）
sì shí tián yuán zá xìng　qí yī

[宋] 范成大
sòng fàn chéng dà

昼②出耘田③夜绩麻④，
zhòu chū yún tián yè jì má

村庄儿女各当家⑤。
cūn zhuāng ér nǚ gè dāng jiā

童孙⑥未解⑦供⑧耕织，
tóng sūn wèi jiě gōng gēng zhī

也傍⑨桑阴⑩学种瓜。
yě bàng sāng yīn xué zhòng guā

185

绘画／肖帮华

【词句翻译】

①杂兴：随兴写来，没有固定题材的诗篇。②昼：白天。③耘田：除掉杂草。④绩麻：把麻搓成线。⑤各当家：各人都担任一定的工作。⑥童孙：指儿童⑦未解：不懂。⑧供：从事，参加。⑨傍：靠近。⑩桑阴：桑树底下阴凉地方。

【全诗译文】

白天出去耕田，到了夜晚回来搓麻绳，农家男女都各自挑起家庭的重担。儿童不明白怎么耕耘，但也在桑树下学着大人的样子种瓜。

【作者简介】

范成大（1126—1193），字至能，一字幼元，早年自号此山居士，晚号石湖居士。汉族，平江府吴县（今江苏苏州）人。南宋名臣、文学家。宋高宗绍兴二十四年（1154年），范成大登进士第，累官礼部员外郎兼崇政殿说书。乾道三年（1167年），知处州。乾道六年（1170年）出使金国，不畏强暴，不辱使命，还朝后除中书舍人。乾道七年（1171年），出知静江府。淳熙二年（1175年），受任敷文阁待制、四川制置使。淳熙五年（1178年），拜参知政事。晚年退居石湖，加资政殿大学士。绍熙四年（1193年）逝世，年六十八。累赠少师、崇国公，谥号"文穆"，后世遂称其为"范文穆"。范成大素有文名，尤工于诗。他从江西派入手，后学习中、晚唐诗，继承白居易、王建、张籍等诗人新乐府的现实主义精神，终于自成一家。风格平易浅显、清新妩媚。诗题材广泛，以反映农村社会生活内容的作品成就最高。与杨万里、陆游、尤袤合称南宋"中兴四大诗人"。其作品在南宋末年即产生了显著的影响，到清初影响更大，有"家剑南而户石湖"的说法。著有《石湖集》《揽辔录》《吴船录》《吴郡志》《桂海虞衡志》等。

【创作背景】

《四时田园杂兴》是南宋诗人范成大退居家乡后写的一组大型的田园诗，分春日、晚春、夏日、秋日、冬日五部分，每部分各十二首，共六十首。诗歌描写了农村春、夏、秋、冬四个季节的景色和农民的生活，同时也反映了农民遭受的剥削以及生活的困苦。这是其中的一首，描写农村夏日生活中的一个场景。

【思想主题】

流露出对热爱劳动的农村儿童的赞扬。诗中描写的儿童形象，天真纯朴，令人喜爱。全诗有概述，有特写，从不同侧面反映出乡村男女老少参加劳动的情景，具有浓郁的生活气息。

【写作特色】

诗人用清新的笔调，对农村初夏时的紧张劳动气氛作了较为细腻的描写，读来意趣横生。

【阅读训练】

1.《四时田园杂兴·其一》的作者是南宋名臣、文学家

（ 范成大 ），早年自号（ 此山居士 ），晚号（ 石湖居士 ）。

2. 字词课堂。读诗句，解释加点字的意思，并写出诗句的意思。

昼出耕田夜绩麻，村庄儿女各当家。

昼：（ 白天 ）

诗句意思：（ 白天出去耕田，到了夜晚回来搓麻绳，农家男女都各自挑起家庭的重担 ）

童孙未解供耕织，也傍桑阴学种瓜。

傍：（ 靠近 ）

诗句意思：（儿童不明白怎么耕耘，但也在桑树下学着大人的样子种瓜）

3. 我能用"（ 童孙未解供耕织，也傍桑阴学种瓜 ）"想象出小孩在树阴下学习种瓜的场景。

4. 解释"四时田园杂兴"的意思。

答：（ 看见四季的田园风光有感而发 。）

5. 诗句中"儿女各当家"指的是什么？

答：（ 指的是男女都各自挑起家庭的重担 。）

【考试链接】

1. 简要赏析诗中"村庄儿女各当家"在诗作中的作用。

答：（ 承上启下的作用，乘上写出了农村儿女昼夜劳作的辛勤，启下写出了儿童也在桑树下学着大人的样子种瓜 ）。

2. 诗歌一二句写了什么内容？请用简洁的语言加以概括。

答：（ 描绘出春耕时节，男耕女织，老幼不息的忙碌景象 ）。

3. 最后一句写幼童"也傍桑阴学种瓜"的细节，意在表现什么？诗中流露出作者怎样的思想感情？

答：（ 示例：儿童学种瓜有两点意义，一是表明农家孩子从小便养成了热爱劳动的习惯，二是用幼童的形象衬托出农民的辛苦和繁忙。作品中流露出诗人对劳动者的赞美 ）。

4. 诗中写了哪些人物，他们分别在干什么？

答：（ 村庄儿女、童孙；耘田绩麻、学种瓜 ）。

5. 诗歌三、四句写儿童天真可爱的目的是什么？

答：（ 一是表现作者对孩子的喜爱，二是衬托农民们的勤劳和农事的繁忙 ）。

yuán rì
元日①

sòng wáng ān shí
[宋]王 安 石

bào zhú shēng zhōng yí suì chú
爆 竹② 声 中 一 岁 除 ，

chūn fēng sòng nuǎn rù tú sū
春 风 送 暖 入 屠 苏③ 。

qiān mén wàn hù tóng tóng rì
千 门 万 户④ 曈 曈 日 ，

zǒng bǎ xīn táo huàn jiù fú
总 把 新 桃⑤ 换 旧 符 。

189

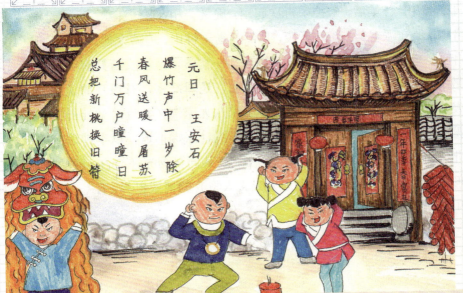

绘画／彭承俊

【词句翻译】

①元日：农历正月初一，即春节。②爆竹：古人烧竹子时使竹子爆裂发出的响声。用来驱鬼避邪，后来演变成放鞭炮。一岁除：一年已尽。除，逝去。③屠苏："指屠苏酒，饮屠苏酒也是古代过年时的一种习俗，大年初一全家合饮这种用屠苏草浸泡的酒，以驱邪避瘟疫，求得长寿。④千门万户：形容门户众多，人口稠密。瞳瞳：日出时光亮而温暖的样子。⑤桃：桃符，古代一种风俗，农历正月初一时人们用桃木板写上神荼、郁垒两位神灵的名字，悬挂在门旁，用来压邪。也作春联。

【全诗译文】

阵阵轰鸣的爆竹声中，旧的一年已经过去；和暖的春风吹来了新年，人们欢乐地畅饮着新酿的屠苏酒。初升的太阳照耀着千家万户，他们都忙着把旧的桃符取下，换上新的桃符。

【作者简介】

王安石（1021－1086），字介甫，号半山，汉族，临川人，北宋著名思想家、政治家、文学家、改革家。庆历二年（1042年），王安石进士及第。历任扬州签判、鄞县知县、舒州通判等职，政绩显著。熙宁二年（1069年），任参知政事，次年拜相，主持变法。因守旧派反对，熙宁七年（1074年）罢相。一年后，宋神宗再次起用，旋又罢相，退居江宁。元祐元年（1086年），保守派得势，新法皆废，郁然病逝于钟山，追赠太傅。绍圣元年（1094年），获谥"文"，故世称王文公。在文学上，王安石具有突出成就。其散文简洁峻切，短小精悍，论点鲜明，逻辑严密，有很强的说服力，充分发挥了古文的实际功用，名列"唐宋八大家"；其诗"学杜得其瘦硬"，擅长于说理与修辞，晚年诗风含蓄深沉、深婉不迫，以丰神远韵的风格在北宋诗坛自成一家，世称"王荆公体"；其词写物咏怀吊古，意境空阔苍茫，形象淡远纯朴，营造出一个士大夫文人特有的情致世界。有《王临川集》《临川集拾遗》等存世。

【创作背景】

此诗作于作者初拜相而始行己之新政时。1067 年宋神宗继位，起用王安石为江宁知府，旋即诏为翰林学士兼侍讲，为摆脱宋王朝所面临的政治、经济危机以及辽、西夏不断侵扰的困境,1068 年,神宗召王安石"越次入对"，王安石即上书主张变法。次年任参知政事，主持变法。同年新年，王安石见家家忙着准备过春节，联想到变法伊始的新气象，有感创作了此诗。

【思想主题】

这首诗描写新年元日热闹、欢乐和万象更新的动人景象，抒发了作者革新政治的思想感情，充满欢快及积极向上的奋发精神。

【写作特色】

这首诗虽然用的是白描手法，极力渲染喜气洋洋的节日气氛，同时又通过元日更新的习俗来寄托自己的思想，表现得含而不露。

【阅读训练】

1. 在噼噼啪啪的爆竹声中，送走了旧年迎来了新年。人们迎着和煦的春风，开怀畅饮美酒，在此情景中，你想到的诗句是：（ 爆竹声中一岁除，春风送暖入屠苏 ）。 这首诗是"唐宋八大家"之一的（ 王安石 ）写的（ 元日烧竹子 ），描写了他在 这一天看到的有趣的风俗，如：（ 饮屠苏酒 ）和（ 换新桃符 ）。

2. 火眼金睛，辨字组词。

孤（ 孤立 ）　符（ 符号 ）　屠（ 屠户 ）　爆（ 爆炸 ）
狐（ 狐狸 ）　付（ 支付 ）　著（ 著名 ）　瀑（ 瀑布 ）

3. 这首诗最后两句的意思是（ 初升的太阳照耀着千家万户，他们都忙着把旧的桃符取下，换上新的桃符 ）。

4. 给下列加点字注音。

交换（ huàn ）　音符（ fú ）
爆（ bào ）炸　屠（ tú ）苏

191

5. 加偏旁组新字，再给新字组词。

易（ 剔 ）（ 挑剔 ）　办（ 苏 ）（ 屠苏 ）

昔（ 惜 ）（ 可惜 ）　付（ 符 ）（ 符合 ）

【考试链接】

1. 查字典。

（1）"屠"字是（ 半包围 ）结构，用音序查字法应先查音序（ T ），再查音节（ ú ）。

（2）"瞳"是（ 左右 ）结构，用部首查字法应先查部首（ 目 ），再查（ 十二 ）画。

2. 根据意思写词语。

（1）指农历的正月初一。（ 春节 ）

（2）指一年过去了。（ 旧岁 ）

（3）指千家万户。（ 家家户户 ）

3. 解释下列词语的意思。

元日：（ 农历正月初一，即春节 ）

一岁除：（ 一岁除：一年已尽 ）

瞳瞳：（ 日出时光亮而温暖的样子。 ）

4. 写出几个带有下列部首的字。

木：（ 桃 ）（ 树 ）（ 桥 ）（ 枝 ）（ 柳 ）

目：（ 眼 ）（ 睛 ）（ 盼 ）（ 看 ）（ 眠 ）

艹：（ 花 ）（ 草 ）（ 芽 ）（ 莲 ）（ 药 ）

5. 我会选择诗中带点字词的意思。

（1）爆竹声中一岁除。（ B ）

A. 去掉　　B. 过去　　　C. 数学中用一个数区分另一个数

（2）千门万户瞳瞳日。（ A ）

A. 初升的太阳　　　　B. 太阳正当日头

（3）爆竹声中一岁除。（ B ）

A. 计量年龄的单位　　B. 年　　　C. 年成

小学必背古诗词

tí lín ān dǐ
题 临 安① 邸

sòng lín shēng
[宋]林 升

shān wài qīng shān lóu wài lóu
山 外 青 山 楼 外 楼，

xī hú gē wǔ jǐ shí xiū
西 湖② 歌 舞 几 时 休。

nuǎn fēng xūn dé yóu rén zuì
暖 风 熏③ 得 游 人 醉，

zhí bǎ háng zhōu zuò biàn zhōu
直④ 把 杭 州 作 汴 州。

193

绘画 / 叶子源

【词句翻译】

①临安：南宋的都城，今浙江省杭州市。金人攻陷北宋首都汴京后，南宋统治者逃亡到南方，建都于临安。邸（dǐ）：旅店。②西湖：在浙江杭州城西。汉时称明圣湖、唐后始称西湖，为著名游览胜地。几时休：什么时候停止。③熏（xūn）：吹，用于温暖馥郁的风。④直：简直。汴州：即汴京，北宋的都城，今河南省开封市。

【全诗译文】

青山无尽楼阁连绵望不见头，西湖上的歌舞几时才能停休？暖洋洋的香风吹得贵人如醉，简直是把杭州当成了那汴州。

【作者简介】

林升，字云友，又名梦屏，号平山居士，南宋诗人（1123—1189），浙江平阳（今浙江苍南县繁枝林坳）人。1126年，金人攻陷北宋首都汴梁，俘虏了徽宗、钦宗两个皇帝，中原国土全被金人侵占。赵构逃到江南，在临安即位，史称南宋。南宋小朝廷并没有接受北宋亡国的惨痛教训而发愤图强，当政者不思收复中原失地，只求苟且偏安，对外屈膝投降，对内残酷迫害岳飞等爱国人士；政治上腐败无能，达官显贵一味纵情声色，寻欢作乐。《题临安邸》这首诗就是针对这种黑暗现实而作的，它倾吐了郁结在广大人民心头的义愤，也表达了诗人对国家民族命运的深切忧虑。

【创作背景】

这首《题临安邸》系南宋淳熙时士人林升所作，此为写在南宋皇都临安的一家旅舍墙壁上，是一首古代的"墙头诗"，疑原无题，此题为后人所加。北宋靖康元年（1126年），金人攻陷北宋首都汴梁，俘虏了宋徽宗、宋钦宗两个皇帝，中原国土全被金人侵占。赵构逃到江南，在临安即位，史称南宋。南宋小朝廷并没有接受北宋亡国的惨痛教训而发愤图强，当政者不思收复中原失地，只求苟且偏安，对外屈膝投降，对内残酷迫害岳飞等爱国人士；政治上腐败无能，达官显贵一味纵情声色，寻欢作乐。南宋绍兴二年（1132），宋高宗赵构第二次回到杭州，这水光山色冠绝东南的"人间天堂"被他看中了，有终焉之志，于是上自帝王将相，下至士子商人，在以屈辱换得苟安之下，大修楼堂馆所，建明堂，修太庙，宫殿楼观一时兴起，达官显宦、富商大贾也相继经营宅第，壮大这"帝王之居"，并大肆歌舞享乐，沉沦于奢侈糜烂的腐朽生活中，致西湖有"销金锅"之号。几十年中，把临时苟安的杭州当作北宋的汴州（今河南开封），成了这班寄生虫们的安乐窝。这首诗就是针对这种黑暗现实而作的。

【思想主题】

这是一首写在临安城一家旅店墙壁上，不但通过描写乐景来表哀情，使情感倍增，而且在深邃的审美境界中，蕴含着深沉的意蕴。同时，诗人以讽刺的语言，不露声色地揭露了"游人们"的反动本质，也由此表现出诗人的愤激之情。

【写作特色】

此诗第一句点出临安城青山重重叠叠、楼台鳞次栉比的特征，第二句用反问语气点出西湖边轻歌曼舞无休无止。后两句以讽刺的语言写出当政者纵情声色，并通过"杭州"与"汴州"的对照，不露声色地揭露了"游人们"的腐朽本质，也由此表现出作者对当政者不思收复失地的愤激以及对国家命运的担忧。全诗构思巧妙，措词精当，冷言冷语的讽刺，偏从热闹的场面写起；愤慨已极，却不作谩骂之语：确实是讽喻诗中的杰作。

【阅读训练】

1. 诗的头两句"山外青山楼外楼，西湖歌舞几时休"，抓住了临安城的特点：（ 重重叠叠 ）的青山，（ 鳞次栉比 ）的楼台和无休止的轻歌曼舞，写出当年虚假的繁荣太平景象。（各填一个四字词语）

2. "暖风""游人"在诗中有怎样的含义？

答：（ "暖风"既指自然界的春风，又指社会上的靡靡之风。"游人"既指一般游客，更是指那些忘了国难，苟且偷安、寻欢作乐的南宋统治阶级 ）。

3. 诗中用"（ 几时休 ）"三个字，责问统治者：骄奢淫逸的生活何时才能停止？言外之意是：抗金复国的事业几时能着手？

195

4. 解释下列词语的意思。

游人：（ 既指一般游客，更是指那些腐朽的南宋统治阶级 ）。

暖风：（ 既指暖洋洋春风，又指社会上的靡靡之风 ）。

醉：（ 头脑不清醒，像喝了酒一样。　几时：什么时候 ）。

几时：（ 什么时候 ）

5. 《题临安邸》中诗人对统治者提出质问的诗句是"（ 山外青山楼外楼，西湖歌舞几时休 ）。"表达了诗人（ 对当政者不思收复失地的愤激以及对国家命运担忧 ）的思想感情。

【考试链接】

1. 比一比，再组词。

秦（ 先秦 ）　　邸（ 府邸 ）　　熏（ 熏陶 ）　　汴（ 汴京 ）

泰（ 泰山 ）　　抵（ 抵达 ）　　墨（ 墨水 ）　　咔（ 咔嚓 ）

2. 宋代林升的《题临安邸》一诗中的前两句"（ 山外青山楼外楼，西湖歌舞几时休 ）。"意思是（ 青山无尽楼阁连绵望不见头，西湖上的歌舞几时才能停休 ）。诗句表达了作者对南宋统治者（ 纵情享乐 ）的生活（ 无情 ）的批判。

3. 给下列字注音。

邸（ dǐ ）　　熏（ xūn ）　　醉（ zuì ）　　汴（ biàn ）

4. 翻译诗句。

山外青山楼外楼，西湖歌舞几时休？

答：（ 青山无尽楼阁连绵望不见头，西湖上的歌舞几时才能停休？ ）

5. 《题临安邸》的题目"题临安邸"是什么意思？

答：（ 写诗在南宋皇都临安的一家旅舍墙壁上 ）。

chū sài
出 塞

sòng wáng chāng líng
[宋]王 昌 龄

qín shí míng yuè hàn shí guān
秦 时 明 月 汉 时 关 ,

197

wàn lǐ cháng zhēng rén wèi huán
万 里 长 征 人 未 还 。

dàn shǐ lóng chéng fēi jiàng zài
但 使① 龙 城 飞 将② 在 ,

bú jiāo hú mǎ dù yīn shān
不 教③ 胡 马④ 度⑤ 阴 山⑥ 。

绘画/曾钰然

【词句翻译】

①但使：只要。②龙城飞将，所谓的龙城飞将是指汉武帝时期的两位著名的军事将领，飞将指的是李广，如果和龙城联系起来，指的就是卫青，所以说这里的龙城飞将指的是汉朝飞将军李广和大将军、大司马卫青。③不教：不叫，不让。教，让。④胡马：指侵扰内地的外族骑兵。⑤度：越过。⑥阴山：昆仑山的北支，起自河套西北，横贯绥远、察哈尔及热河北部，是中国北方的屏障。

【全诗译文】

秦汉以来，明月就是这样照耀着边塞，但是离家万里的士卒却没能回还。如果有像卫青和李广这样骁勇善战的将军立马阵前，一定不会让敌人的铁蹄踏过阴山。

【作者简介】

王昌龄（698—757），字少伯，汉族，河东晋阳（今山西太原）人，又一说京兆长安人（今西安）人。盛唐著名边塞诗人。王昌龄早年贫苦，主要依靠农耕维持生活，30岁左右进士及第。初任秘书省校书郎，而后又担任博学宏辞、氾水尉，因事被贬岭南。开元末返长安，改授江宁丞。被谤谪龙标尉。安史乱起，被刺史闾丘晓所杀。王昌龄与李白、高适、王维、王之涣、岑参等人交往深厚。其诗以七绝见长，尤以登第之前赴西北边塞所作边塞诗最著，有"诗家夫子王江宁"之誉，又被后人誉为"七绝圣手"。王昌龄诗绪密而思清，与高适、王之涣齐名，时谓王江宁。有文集六卷，今编诗四卷。代表作有《从军行七首》《出塞》《闺怨》等。

【创作背景】

《出塞》是王昌龄早年赴西域时所做，《出塞》是乐府旧题。王昌龄所处的时代，正值盛唐，这一时期，唐在对外战争中屡屡取胜，全民族的自信心极强，边塞诗人的作品中，多能体现一种慷慨激昂的向上精神，和克敌制胜的强烈自信。 同时，频繁的边塞战争，也使人民不堪重负，渴望和平，《出塞》正是反映了人民的这种和平愿望。

【思想主题】

　　这首诗虽然只有短短四行，但是通过对边疆景物和征人心理的描绘，表现的内容是复杂的。既有对久戍士卒的浓厚同情和结束这种边防不顾局面的愿望；又流露了对朝廷不能选贤任能的不满，同时又以大局为重，认识到战争的正义性，因而个人利益服从国家安全的需要，发出了"不教胡马度阴山"的誓言，洋溢着爱国激情。

【写作特色】

　　诗人并没有对边塞风光进行细致的描绘，他只是选取了征戍生活中的一个典型画面来揭示士卒的内心世界。景物描写只是用来刻画人物思想感情的一种手段，汉关秦月，无不是融情入景，浸透了人物的感情色彩。把复杂的内容熔铸在四行诗里，深沉含蓄，耐人寻味。这首诗意境雄浑，格调昂扬，语言凝练明快。诗歌之美，诗歌语言之美，往往就表现在似乎很平凡的字上，或者说，就表现在把似乎很平凡的字用在最确切最关键的地方。而这些地方，往往又最能体现诗人高超的艺术造诣。

【阅读训练】

1. 诗中的"飞将"是指汉代大将（ 李广、卫青 ）。

2. 前两句诗的意思是：（ 秦汉以来，明月就是这样照耀着边塞，但是离家万里的士卒却没能回还 ）。

3. 这首诗里的最后一句是什么意思？"胡马"指什么？"阴山"又代指什么？"教"是什么意思？

答：（ 最后一句意思是一定不会让敌人的铁蹄踏过阴山。胡马指侵扰内地的外族骑兵。阴山指昆仑山的北支，代指祖国山河。教的意思是让 ）。

4.《出塞》一诗表达了诗人怎样的思想感情？

答：（ 这首诗表达了诗人对久戍士卒的浓厚同情和结束这种边防不顾局面的愿望；流露了对朝廷不能选贤任能的不满，同时又以大局为重，认识到战争的正义性，因而个人利益服从国家安全的需要，发出了"不教胡马度阴山"的誓言，洋溢着爱国激情 ）。

199

【考试链接】

1. 王昌龄是（ 唐 ）代诗人。《出塞》一诗中"秦时明月汉时关，万里长征人未还。"两句向我们展示了一幅（ 边关 ）图。后两句"（ 但使龙城飞将在，不教胡马度阴山 ）。"表达了世世代代人们的共同愿望，就是（ 早日平息边塞战争，国家得到安宁，人民过上安定的生活 ）。

2. 解释词语。

但使：（ 只要 ）

不教：（ 不叫，不让 ）

胡马：（ 指侵扰内地的外族骑兵 ）

度：（ 越过 ）

3. 怎样理解"秦时明月汉时关"一句的意思？这句诗用了什么修辞方法？

答：（ 秦汉时的明月，秦汉时的关。修辞手法：互文 ）。

4. 诗歌的主题是什么？

答：（ 希望平息胡乱，安定边防 ）。

5. 有人推奖此诗是唐人七绝压卷之作，乃是平凡之中见妙处，而妙就妙在"秦时明月汉时关"，试分析这句诗的妙处。

答：（ 明月和关平凡普通，但增加了秦、汉两个时间性的限制词，自然形成了一种雄浑苍茫的独特意境；该句运用互文手法，将秦汉两个时代联为一体，引发读者抚今思昔，与下句联系起来，表达出古往今来人们向往和平的共同愿望 ）。

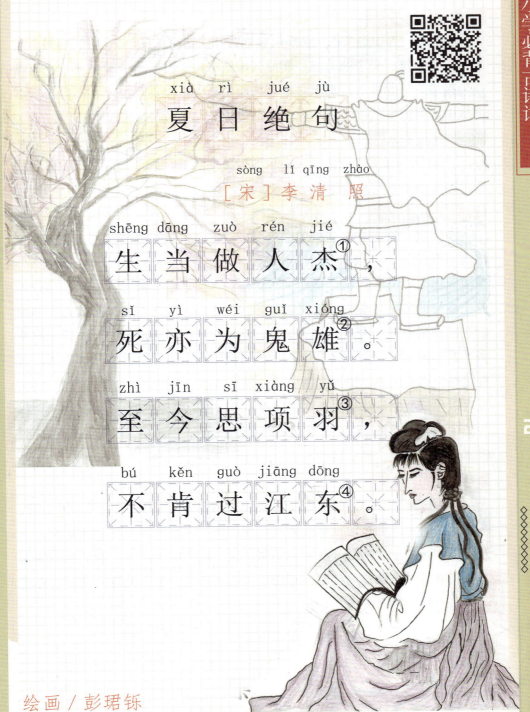

xià rì jué jù

夏 日 绝 句

sòng lǐ qīng zhào

[宋] 李 清 照

shēng dāng zuò rén jié

生 当 做 人 杰①，

sǐ yì wéi guǐ xióng

死 亦 为 鬼 雄②。

zhì jīn sī xiàng yǔ

至 今 思 项 羽③，

bú kěn guò jiāng dōng

不 肯 过 江 东④。

小学必背古诗词

201

绘画／彭珺铄

【词句翻译】

①人杰：人中的豪杰。汉高祖曾称赞开国功臣张良、萧何、韩信是"人杰"。②鬼雄：鬼中的英雄。屈原《国殇》："身既死兮神以灵，子魂魄兮为鬼雄。"③项羽：秦末时自立为西楚霸王，与刘邦争夺天下，在垓下之战中，兵败自杀。④江东：项羽当初随叔父项梁起兵的地方。

【全诗译文】

生时应当做人中豪杰，死后也要做鬼中英雄。到今天人们还在怀念项羽，因为他不肯苟且偷生，退回江东。

【作者简介】

李清照（约 1084—1155），号易安居士，汉族，齐州济南（今山东省济南市章丘区）人。宋代女词人，婉约词派代表，有"千古第一才女"之称。李清照出生于书香门第，早期生活优裕，其父李格非藏书甚富，她小时候就在良好的家庭环境中打下文学基础。出嫁后与夫赵明诚共同致力于书画金石的搜集整理。金兵入据中原时，流寓南方，境遇孤苦。所作词，前期多写其悠闲生活，后期多悲叹身世，情调感伤。形式上善用白描手法，自辟途径，语言清丽。论词强调协律，崇尚典雅，提出词"别是一家"之说，反对以作诗文之法作词。能诗，留存不多，部分篇章感时咏史，情辞慷慨，与其词风不同。有《易安居士文集》《易安词》，已散佚。后人有《漱玉词》辑本。今有《李清照集校注》。

【创作背景】

靖康二年（1127），金兵入侵中原，砸烂宋王朝的琼楼玉苑，掳走徽、钦二帝，赵宋王朝被迫南逃。后来，李清照之夫赵明诚出任建康知府。一天夜里，城中爆发叛乱，赵明诚不思平叛，反而临阵脱逃。李清照为国为夫感到耻辱，在路过乌江时，有感于项羽的悲壮，创作此诗，同时也有暗讽南宋王朝和自己丈夫之意。

【思想主题】

这首诗起调高亢，鲜明地提出了人生的价值取向：人活着就要做人中的豪杰，为国家建功立业；死也要为国捐躯，成为鬼中的英雄。爱国激情，溢于言表，在当时确有振聋发聩的作用。南宋统治者不管百姓死活，只顾自己逃命；抛弃中原河山，苟且偷生。因此，诗人想起了项羽，借项羽的壮举鞭挞南宋当权派的无耻行径，正气凛然。

【写作特色】

这是一首借古讽今、抒发悲愤的怀古诗。诗的前两句，语出惊人，直抒胸臆，提出人"生当作人杰"，为国建功立业，报效朝廷；"死"也应该做"鬼雄"，方才不愧于顶天立地的好男儿。深深的爱国之情喷涌出来，震撼人心。最后两句，诗人通过歌颂项羽的悲壮之举来讽刺南宋当权者不思进取、苟且偷生的无耻行径。全诗只有短短的二十个字，却连用三个典故，可谓字字珠玑，字里行间透出一股正气。

【阅读训练】

1. 比一比，再组词。

刁（ 刁难 ）　鬼（ 鬼怪 ）　项（ 项目 ）　杰（ 杰出 ）　亦（ 亦然 ）

羽（ 羽毛 ）　兔（ 兔子 ）　顶（ 头顶 ）　木（ 木头 ）　变（ 变化 ）

2. 用下面的字组成词语，再写句子。

杰（ 杰出 ）他是一位杰出的文学家　　　　　　　　　　　。

雄（ 雄伟 ）长城在明媚的阳光下显得雄伟壮丽　　　　　　。

羽（ 羽毛 ）雪花像一片片羽毛从天空飘落下来　　　　　　。

3. 这首诗怀念项羽，表达了诗人什么样的价值观念？找出诗中赞颂项羽英雄气概的两个词语。

答：（ 表达了诗人视死如归，不做亡国奴的价值观念。赞颂项羽英雄气概的两个词语是人杰、鬼雄 ）。

203

4. 试分析这首诗的风格特色。

答：（ 这是一首借古讽今、抒发悲愤的怀古诗。诗的前两句，语出惊人，直抒胸臆，提出人"生当做人杰"，为国建功立业，报效朝廷；"死"也应该做"鬼雄"，方才不愧于顶天立地的好男儿。深深的爱国之情喷涌出来，震撼人心。最后两句，诗人通过歌颂项羽的悲壮之举来讽刺南宋当权者不思进取、苟且偷生的无耻行径。全诗只有短短的二十个字，却连用三个典故，可谓字字珠玑，字里行间透出一股正气 ）。

5. 阅读下面三首关于项羽的诗，完成问题。

题乌江亭 （杜牧）

胜败兵家事不期，包羞忍辱是男儿。江东子弟多才俊，卷土重来未可知。

题乌江亭 （王安石 ）

百战疲劳壮士哀，中原一败势难回。江东子弟今虽在，肯与君王卷土来？

夏日绝句 （李清照）

生当作人杰，死亦为鬼雄。至今思项羽，不肯过江东。

（1）这三首诗咏的都是西楚霸王项羽，但对项羽评价的角度并不一样，他们的角度分别是什么？

答：（ 第一首是从兵家用兵的角度来评价的。第二首是从民心向背的角度来评价的。第三首是从节操（气节）角度来评价的 ）。

（2）这三首诗借对项羽的评价分别表达了什么观点？

答：（ 杜牧通过这首诗，表达了对胜败得失、历史兴衰的看法，即胜败乃兵家常事，只要忍辱负重、重整旗鼓，定能东山再起。王安石认为民心和形势决定了战争的胜负，历史的规律不可违背。李清照认为人要讲求气节，活着要干一番轰轰烈烈的事业，死了也要气壮山河 ）。

【考试链接】

1. 给下列字词注释。

人杰：（　人中的豪杰　）　　　　鬼雄：（　鬼中的英雄　）

思：（　怀念　）　　　　江东：（　项羽当初随叔父项梁起兵的地方　）

2. 解释下列句子。

生当做人杰，死亦为鬼雄。

（　生时应当做人中豪杰，死后也要做鬼中英雄　）。

至今思项羽，不肯过江东。

（　到今天人们还在怀念项羽，因为他不肯苟且偷生，退回江东　）。

3. 古诗知识选择题。

（1）"海内存知己，天涯若比邻"是（　A　）的诗句。

A. 王勃　　　　B. 李白　　　　C. 白居易

（2）"人生自古谁无死，留取丹心照（　A　）"是文天祥的诗句。

A. 汗青　　　　B. 汉青　　　　C. 汗清

（3）"停车坐爱枫林晚，霜叶红于二月花"中"坐"的意思是（　A　）。

A. 因为　　　　B. 坐下　　　　C. 座位

（4）杜牧的《江南春》中"南朝四百八十寺"的下句是（　A　）。

A. 多少楼台烟雨中　　　B. 多少楼台烟波中　　　C. 多少楼台风雨中

4. 古诗地名园。（填地名）

（1）山外青山楼外楼，（　西湖　）歌舞几时休？

（2）劝君更尽一杯酒，西出（　阳关　）无故人。

（3）（　姑苏　）城外寒山寺，夜半钟声到客船。

（4）（　渭城　）朝雨浥轻尘，客舍青青柳色新。

5. 判断题。（正确的打"√"，错误的打"×"）

（1）李清照是宋代诗人。（　√　）

（2）江东指今湛江。（　×　）

（3）人杰是指人中的豪杰。（　√　）

205

fú róng lóu sòng xīn jiàn
芙 蓉 楼① 送 辛 渐

sòng wáng chāng líng
[宋]王 昌 龄

hán yǔ lián jiāng yè rù wú
寒 雨② 连 江 夜 入 吴 ，

píng míng sòng kè chǔ shān gū
平 明③ 送 客 楚 山 孤 。

luò yáng qīn yǒu rú xiāng wèn
洛 阳④ 亲 友 如 相 问 ，

yí piàn bīng xīn zài yù hú
一 片 冰 心⑤ 在 玉 壶 。

206

绘画/代雨冉

书包里的古诗词

【词句翻译】

①芙蓉楼：原名西北楼，登临可以俯瞰长江，遥望江北，在润州（今江苏省镇江市）西北。据《元和郡县志》卷二十六《江南道·润州》丹阳："晋王恭为刺史，改创西南楼名万岁楼，西北楼名芙蓉楼。"一说此处指黔阳（今湖南黔城）芙蓉楼。辛渐：诗人的一位朋友。②寒雨：秋冬时节的冷雨。连江：雨水与江面连成一片，形容雨很大。吴：古代国名，这里泛指江苏南部、浙江北部一带。江苏镇江一带为三国时吴国所属。③平明：天亮的时候。客：指作者的好友辛渐。楚山：楚山：楚地的山。这里的楚也指镇江市一带，因为古代吴、楚先后统治过这里，所以吴、楚可以通称。孤：独自，孤单一人。④洛阳：现位于河南省西部、黄河南岸。⑤冰心，比喻纯洁的心。玉壶，道教概念妙真道教义，专指自然无为虚无之心。陆机《汉高祖功臣颂》有"心若怀冰"句，比喻心地纯洁。鲍照《代白头吟》："直如朱丝绳，清如玉壶冰。"也是以"玉壶冰"比喻清白的操守。唐人有时也以此比喻为官廉洁，如姚崇《冰壶诫》序云"夫洞澈无瑕，澄空见底，当官明白者，有类是乎？故内怀冰清，外涵玉润，此君子冰壶之德也"。

【全诗译文】

冷雨洒满江天的夜晚，我来到吴地，天明送走好友后，只留下楚山的孤影。到了洛阳，如果有亲友向您打听我的情况，就请转告他们，我的心依然像玉壶里的冰一样纯洁，未受功名利禄等世情的玷污。

【作者简介】

王昌龄 （698—757），字少伯，汉族，河东晋阳（今山西太原）人，又一说京兆长安人（今西安）人。盛唐著名边塞诗人。王昌龄早年贫苦，主要依靠农耕维持生活，30岁左右进士及第。初任秘书省校书郎，而后又担任博学宏辞、汜水尉，因事被贬岭南。开元末返长安，改授江宁丞。被谤谪龙标尉。安史乱起，被刺史闾丘晓所杀。王昌龄与李白、高适、王维、王之涣、岑参等人交往深厚。其诗以七绝见长，尤以登第之前赴西北边塞所作边塞诗最著，有"诗家夫子王江宁"之誉，又被后人誉为"七绝圣手"。王昌龄诗绪密而思清，与高适、王之涣齐名，时谓王江宁。有文集六卷，今编诗四卷。代表作有《从军行七首》《出塞》《闺怨》等。

【创作背景】

　　这首诗大约作于天宝元年（742年）王昌龄出为江宁（今南京）县丞时。王昌龄开元十五年（727）进士及第；开元二十七年（739年）远谪岭南；次年北归，自岁末起任江宁丞，仍属谪宦。辛渐是王昌龄的朋友，这次拟由润州（今镇江）渡江，取道扬州，北上洛阳。王昌龄可能陪他从江宁到润州，然后在此分手。这首诗当为此时所作。

【思想主题】

　　寄托了作者即将离去，与友人的不舍之情。也是对飘零生活的无奈感慨，此去他乡前途一片缥缈。也表明自己不为遭贬而改变玉洁冰清的节操。构思新颖，委屈、怨恨之情含而不露。

【写作特色】

　　全诗即景生情，寓情于景，含蓄蕴藉，韵味无穷。

【阅读训练】

　　1.《芙蓉楼送辛渐》的作者是唐代的"七绝圣手"（　王昌龄　），盛唐时期著名的（　边塞　）诗人。

　　2. 结句一片冰心在玉壶是这首诗的诗眼所在。冰心和玉壶有什么特点？有什么寓意？

　　答：（　冰心：比喻纯洁的心。玉壶：指自然无为虚无之心。冰心和玉壶冷而洁，有冷于名利而洁身自好之意　）。

　　3. 请你说说这句诗表达了诗人怎样的情怀。

　　答：（　作者以晶莹透明的冰心、玉壶自喻，表明自己没有追求功名富贵的欲念，坚持玉洁冰清操守的情怀　）。

　　4. 赏析一片冰心在玉壶

　　答：（运用比喻的修辞手法，生动形象地表现了诗人坚守高洁、清白的品格的志向）。

【考试链接】

　　1. 首句中（　寒雨　）点明了诗人送别辛渐的季节是在（　秋天　）。

　　2. 请说说第二句中"孤"字好在何处？

　　答：（　"孤"字面上指楚山孤独，没有其他景致陪伴它。更指作者内心之孤独，表达了自己的孤寂之情　）。

　　3. 一二句是怎样写出了送明友辛渐时的离情别绪的？

　　答：（　首句写秋雨连江，夜暮降临，以凄清的景物来衬托离情别绪；二句写清晨雾中的远山，显得分外孤独，楚山孤象征了作者的离情　）。

　　4. 这首诗歌的中心思想是什么？

　　答：（寄托了作者即将离去，与友人的不舍之情。也是对飘零生活的无奈感慨，此去他乡前途一片飘渺。也表明自己不为遭贬而改变玉洁冰清的节操）。

小学必背古诗词

江畔独步寻花
jiāng pàn dú bù xún huā

[唐]杜甫
táng dù fǔ

黄师塔①前江水东，
huáng shī tǎ qián jiāng shuǐ dōng

春光懒困②倚微风。
chūn guāng lǎn kùn yǐ wēi fēng

桃花一簇开无主③，
táo huā yí cù kāi wú zhǔ

可爱④深红爱浅红。
kě ài shēn hóng ài qiǎn hóng

209

绘画/胡宸溪

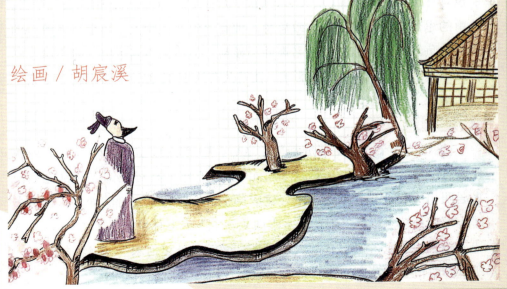

【词句翻译】

①黄师塔：和尚所葬之塔。陆游《老学庵笔记》：余以事至犀浦，过松林甚茂，问驭卒，此何处？答曰："师塔也。"蜀人呼僧为师，葬所为塔，乃悟少陵"黄师塔前"之句。②懒困：疲倦困怠。③无主：自生自灭，无人照管和玩赏。④爱：一作"映"，一作"与"。

【全诗译文】

来到黄师塔前江水的东岸，又困又懒沐浴着和煦春风。一株无主的桃花开得正盛，我该爱那深红还是爱浅红？

【作者简介】

杜甫（712—770），字子美，汉族，原籍湖北襄阳，后徙河南巩县。自号少陵野老，唐代伟大的现实主义诗人，与李白合称"李杜"。为了与另两位诗人李商隐与杜牧即"小李杜"区别，杜甫与李白又合称"大李杜"，杜甫也常被称为"老杜"。杜甫在中国古典诗歌中的影响非常深远，被后人称为"诗圣"，他的诗被称为"诗史"。后世称其杜拾遗、杜工部，也称他杜少陵、杜草堂。杜甫创作了《登高》《春望》《北征》《三吏》《三别》等名作。乾元二年（759年）杜甫弃官入川，虽然躲避了战乱，生活相对安定，但仍然心系苍生，胸怀国事。虽然杜甫是个现实主义诗人，但他也有狂放不羁的一面，从其名作《饮中八仙歌》不难看出杜甫的豪气干云。杜甫的思想核心是儒家的仁政思想，他有"致君尧舜上，再使风俗淳"的宏伟抱负。杜甫虽然在世时名声并不显赫，但后来声名远播，对中国文学和日本文学都产生了深远的影响。杜甫共有约1500首诗歌被保留了下来，大多集于《杜工部集》。

【创作背景】

这组诗作于杜甫定居成都草堂之后，唐肃宗上元二年（761年）或唐代宗宝应元年（762年）春。上元元年（760年）杜甫在饱经离乱之后，寓居四川成都，在西郊浣花溪畔建成草堂，暂时有了安身的处所。杜甫卜居成都郊外草堂，是"浣花溪水水西头，主人为卜林塘幽"（《卜居》）；诗人感到很满足，"但有故人供禄米，微躯此外更何求"（《江村》）。所以，时值春暖花开，更有赏心乐事，杜甫对生活是热爱的。

这是他写这组诗的生活和感情基础。第二年（一说第三年）春暖花开时节，他独自在锦江江畔散步赏花，写下了《江畔独步寻花七绝句》这一组诗，这是其中的一首。

【思想主题】

本诗突出了诗人内心欢悦、兴奋的感情，歌颂、赞美了春天，同时也表达了诗人向往宁静的生活的思想感情。

【写作特色】

诗题为独步寻花，"黄师塔前江水东"写具体的地点。"春光懒困倚微风"则写自己的倦态，春暖人易懒倦，所以倚风小息。但这为的是更好地看花，看那"桃花一簇开无主，可爱深红爱浅红"，这里叠用"爱"字，爱深红，爱浅红，爱这爱那，应接不暇，但又是紧跟着"开无主"三字来的，"开无主"就是自由自在地开，尽量地开，大开特开，所以下句承接起来更显出绚烂绮丽，诗也如锦似绣。

【阅读训练】

1. 给下列字注音。

畔（ pàn ）　　　塔（ tǎ ）　　　懒（ lǎn ）

倚（ yǐ ）　　　簇（ cù ）　　　浅（ qiǎn ）

2. 按照要求，各写一句诗。

最长的瀑布：（ 飞流直下三千尺，疑是银河落九天。 ）

最长的头发：（ 白发三千丈，缘愁似个长。 ）

最深的感情：（ 桃花潭水深千尺，不及汪伦送我情。 ）

3. 诗句中的"簇"可不可以用"丛"来代替？为什么？

答：（ 不可以。"一簇"可以看出桃花开的很茂盛，非常多，满树都是，而"一丛"却体现不出桃花开得繁盛 ）。

4. 这首诗表达的思想感情是什么？

答：（ 本诗突出了诗人内心欢悦、兴奋的感情，歌颂、赞美了春天，同时也表达了诗人向往宁静的生活的思想感情 ）。

【考试链接】

1. 给下列字词注释。

江畔：（ 江边 ） 独步：（ 独自一人散步 ） 塔：（ 墓地 ）

一簇：（ 开得茂盛的样子 ） 无主：（自生自灭，无人照管和玩赏）

2. 形近字组词。

半（ 半路 ） 寻（ 寻找 ） 倚（ 倚靠 ）

畔（ 江畔 ） 浔（ 江浔 ） 绮（ 绮丽 ）

3. 填空题。

（1）诗中描写地点的诗句是（ 黄师塔前江水东 ）。

（2）诗中描写时间的诗句是（ 春光懒困倚微风 ）。

（3）"可爱深红爱浅红"一句，不仅写出了（ 桃花争奇斗艳的景象 ），而且（ 为画面增添亮丽的色彩 ）。

4. 翻译诗句。

桃花一簇开无主，可爱深红爱浅红。

答：（ 一株无主的桃花开得正盛，我该爱那深红还是爱浅红？ ）

5. 古诗扩展，（在括号里填上植物名）

（1）离离原上（ 草 ），一岁一枯荣。

（2）人间四月芳菲尽，山寺（ 桃 ）花始盛开。

（3）借问酒家何处有，牧童遥指（ 杏 ）花村。

（4）遥知兄弟登高处，遍插（ 茱萸 ）少一人。

（5）月落乌啼霜满天，江（ 枫 ）渔火对愁眠。

小学必背古诗词

zǎo fā bái dì chéng
早 发① 白 帝 城

táng lǐ bái
[唐]李 白

zhāo cí bái dì cǎi yún jiān
朝② 辞 白 帝 彩 云 间，

qiān lǐ jiāng líng yí rì huán
千 里 江 陵③ 一 日 还。

liǎng àn yuán shēng tí bú zhù
两 岸 猿④ 声 啼 不 住，

qīng zhōu yǐ guò wàn chóng shān
轻 舟 已 过⑤ 万 重 山。

213

绘画／朱柯润

【词句翻译】

①发：启程。白帝城：故址在今重庆市奉节县白帝山上。杨齐贤注："白帝城，公孙述所筑。初，公孙述至鱼复，有白龙出井中，自以承汉土运，故称白帝，改鱼复为白帝城。"王琦注："白帝城，在夔州奉节县，与巫山相近。所谓彩云，正指巫山之云也。"②朝：早晨。辞：告别。彩云间：因白帝城在白帝山上，地势高耸，从山下江中仰望，仿佛耸入云间。白帝：今重庆市奉节县东白帝山，山上有白帝城，位于长江上游。③江陵：今湖北省荆州市。从白帝城到江陵约一千二百里，其间包括七百里三峡。一日还：一天就可以到达；还：归；返回。④猿：猿猴。啼：鸣、叫。住：停息。一作"尽"。⑤轻舟已过：一作"须臾过却"。万重山：层层叠叠的山，形容有许多。

【全诗译文】

清晨告别白云之间的白帝城，千里外的江陵一日就能到达。江两岸的猿在不停地啼叫着，轻快的小舟已驶过万重青山。

【作者简介】

李白（701－762），字太白，号青莲居士，又号"谪仙人"，是唐代伟大的浪漫主义诗人，被后人誉为"诗仙"，与杜甫并称为"李杜"，为了与另两位诗人李商隐与杜牧即"小李杜"区别，杜甫与李白又合称"大李杜"。据《新唐书》记载，李白为兴圣皇帝（凉武昭王李暠）九世孙，与李唐诸王同宗。其人爽朗大方，爱饮酒作诗，喜交友。李白深受黄老列庄思想影响，有《李太白集》传世，诗作中多以醉时写的，代表作有《望庐山瀑布》《行路难》《蜀道难》《将进酒》《梁甫吟》《早发白帝城》等多首。李白所作词赋，宋人已有传记（如文莹《湘山野录》卷上），就其开创意义及艺术成就而言，"李白词"享有极为崇高的地位。

【创作背景】

此诗作于唐肃宗乾元二年（759年）三月。当年春天，李白因永王李璘案，流放夜郎，取道四川赶赴被贬谪的地方。行至白帝城的时候，忽然收到赦免的消息，惊喜交加，随即乘舟东下江陵。此诗即回舟抵江陵时所作，所以诗题一作"白帝下江陵"。前人曾认为这首诗是李白青年时期出蜀时所作。然而根据"千里江陵一日还"的诗意，以及李白曾从江陵上三峡，因此，这首诗应当是他返还时所作。

【思想主题】

诗人以急剧特色的回荡在耳边的猿啼声和早已越过重重高山，来衬托"舟轻""水急"，既概括了长江沿岸崇山峻岭的雄伟风光，又表现出了船行速度之快。在这里，声音的传递好像还赶不上行舟的飞驰。诗中"舟"前所加的一个"轻"字，匠心独运地传达出了诗人轻松愉快的欣喜之情。诵读诗句，我们可以想见诗人挺立于飞舟前头，乘风破浪的身姿，感到诗人欣喜万分的心情。

【写作特色】

此诗意在描摹自白帝至江陵一段长江，水急流速，舟行若飞的情况。首句写白帝城之高；二句写江陵路遥，舟行迅速；三句以山影猿声烘托行舟飞进；四句写行舟轻如无物，点明水势如泻。全诗把诗人遇赦后愉快的心情和江山的壮丽多姿、顺水行舟的流畅轻快融为一体，运用夸张和奇想，写得流丽飘逸，惊世骇俗，又不假雕琢，随心所欲，自然天成。全诗洋溢的是诗人经过艰难岁月之后突然迸发的一种激情，所以在雄峻和迅疾中，又有豪情和欢悦。快船快意，给读者留下了广阔的想象余地。为了表达畅快的心情，诗人还特意用上平"删"韵的"间""还""山"来作韵脚，使全诗显得格外悠扬、轻快，回味悠长。明人杨慎赞曰："惊风雨而泣鬼神矣！"

【阅读训练】

1. 连一连。

诗仙 李贺   山水诗人 陶渊明
诗圣 李白   边塞诗人 王昌龄
诗鬼 杜甫   田园诗人 孟浩然

2. 给句子中加点字标上正确的读音。

（1）早晨，我迎着朝（ zhāo ）阳朝（ cháo ）学校走去。

（2）这个东西很重（ zhòng ），我重（ chóng ）新提起来。

（3）我发（ fā ）现妈妈有白头发（ fà ）了。

3. 比一比，再组词。

成（__成就__）　　辛（__辛苦__）　　山（__山峰__）　　舟（__轻舟__）

城（__城市__）　　辞（__言辞__）　　岸（__岸边__）　　船（__渔船__）

4. 写出下面词语的反义词。

白一（__黑__）　　　　重一（__轻__）　　　　还一（__借__）

【考试连接】

1. 重点词语解释。

（1）早发白帝城：（__早发白帝城：清晨在白帝城启程__）

（2）朝辞：（__早晨告别__）

（3）千里江陵：（__千里外的江陵__）

2. 《早发白帝城》是写唐朝大诗人（__李白__）在（__清晨__）时从（__白帝城__）出发，"万重山"与"一日还"突出了诗人回家时的（__欣喜__）心情。

3. 李白擅于运用夸张的修辞方法。《赠汪伦》中桃花潭水深千尺与《望庐山瀑布》诗中的哪一句同样运用了夸张的修辞方法？

答：（__飞流直下三千尺，疑是银河落九天__）。

4. 诗的前两句和郦道元的《三峡》中的"有时朝发白帝，暮到江陵。"有异曲同工之妙，做简要分析。

答：（__都写出来三峡水流湍急的特点__）。

5. "轻舟已过万重山"中的"轻"字用的极妙，做简要赏析。

答：（__"轻"字既写出了船的轻快，也写出了诗人的轻松和喜悦__）。

216

fēng
蜂

táng luó yǐn
[唐]罗　隐

bú lùn píng dì yǔ shān jiān
不 论 平 地 与 山 尖①，

wú xiàn fēng guāng jìn bèi zhàn
无 限 风 光② 尽 被 占 。

cǎi dé bǎi huā chéng mì hòu
采③ 得 百 花 成 蜜 后 ，

wèi shuí xīn kǔ wèi shuí tián
为 谁 辛 苦 为 谁 甜 。

绘画/台静怡

217

【词句翻译】

①山尖：山峰。②无限风光：极其美好的风景。占：占有，占据。③采：采取，这里指采取花蜜。

【全诗译文】

无论在平原还是在山尖，美丽的春光尽被蜜蜂占。采集百花酿成了蜜以后，不知道为谁辛苦为谁甜？

【作者简介】

罗隐（833－909），字昭谏，杭州新城（今浙江省杭州市富阳区新登镇）人，唐代诗人。大中十三年（公元859年）底至京师，应进士试，历七年不第。咸通八年（公元867年）乃自编其文为《谗书》，益为统治阶级所憎恶，所以罗衮赠诗说："谗书虽胜一名休"。后来又断断续续考了几年，总共考了十多次，自称"十二三年就试期"，最终还是铩羽而归，史称"十上不第"。黄巢起义后，避乱隐居九华山，光启三年（公元887年），55岁时归乡依吴越王钱镠，历任钱塘令、司勋郎中、给事中等职。公元909年（五代后梁开平三年）去世，享年77岁。著有《谗书》及《太平两同书》等，思想属于道家，其书乃在力图提炼出一套供天下人使用的"太平匡济术"，是乱世中黄老思想复兴发展的产物。

【创作背景】

大中十三年（859）底，罗隐至京师考进士，考了许多年，都没中第，史称"十上不第"。诗人对当时的考试制度、朝廷很失望，在这样的情绪下，看见人民辛苦劳作在田间地头与部分朝廷官员不劳而获这样相对立的情景而产生愤懑。这大致是罗隐作出这首讽喻不劳而获者的《蜂》的原因。

【思想主题】

这首诗通过描写蜜蜂采花酿蜜供人享受这一自然现象，比喻广大劳动人民的劳动成果被封建统治阶级残酷剥削的现实，表现了诗人对劳动人民的同情。

【写作特点】

　　这首诗体物工妙，词近旨远，夹叙夹议的手法配合默契，语言叙述中不尚辞藻，平淡而具思致，清雅辅以言深。此诗艺术表现上值得注意的有三点：一、欲夺故予，反跌有力。此诗寄意集中在末二句的感叹上，愤慨蜜蜂一生经营，除"辛苦"而外并无所有。然而前两句却用几乎是矜夸的口吻，说无论是平原田野还是崇山峻岭，凡是鲜花盛开的地方，都是蜜蜂的领域。二、叙述反诘，唱叹有情。此诗运用了夹叙夹议的手法，但议论并未明确发出，而运用反诘语气道之。前二句主叙，后二句主议。三、寓意遥深，可以两解。此诗抓住蜜蜂特点，不做作，不雕绘，不尚词藻，虽平浅而有思致，使读者能从这则"动物故事"中若有所悟，觉得其中寄有人生感喟。

【阅读训练】

1. 解释下列字词的意思。

山尖：（　__山峰__　）　　　　无限风光：（　__极其美好的风景__　）

占：（　__占有，占据__　）　　　采：（　__采取（花蜜）__　）

2. "不论平地与山尖，无限风光尽被占。"这句诗中哪些词可以看出蜜蜂辛勤采蜜，如果你要选一个最关键的，你会选哪个？

答：（　__平地与山尖　无限风光　尽被占　这些词语写出了蜜蜂到处采蜜的情景__　）。

3. 解释下列同一个字在不同诗句中的意思。

秋风吹不尽，总是玉关情。　尽：（　__都__　）

秋色无远近，出门尽寒山。　尽：（　__全部__　）

白日依山尽，黄河入海流。　尽：（　__消失__　）

春蚕到死丝方尽，蜡炬成灰泪始干。　尽：（　__死亡__　）

4. 翻译诗句。

采得百花成蜜后，为谁辛苦为谁甜。

答：（　__采集百花酿成了蜜以后，不知道为谁辛苦为谁甜？__　）

5. 请再写出一句赞美蜜蜂的诗句。

　　__纷纷穿飞万花间，终生未得半日闲。__

219

【考试连接】

1. 在诗中，与"甜"字相呼应的词是"（ ___蜜___ ___采得百花___ ）"，与"辛苦"相呼应的词或短语是"（ ___不论 无限 尽___ ）"。

2. 诗中作者运用（ ___百花___ ）等词语，称赞蜜蜂占尽风光，这是正言欲反、欲夺故予的手法。

3. 请简要赏析一下全诗。诗无达诂，本诗可引起你哪些联想？

答：（ ___①欲抑先仰或正言欲反，欲夺故予的表现手法。前两举句几乎用矜夸的口吻，用不论无限突出蜜蜂占尽风光，后两句一跌，将尽占二字一扫而光，引人思考。②叙述反诘，唱叹有情。前三句叙述，末句议论反问。百花成蜜已够辛苦了，却来一反问，反复咏叹，令人感慨不已，而诗人怜之意则不言而喻。___ ）

4. 作者借蜂表达了怎样的思想感情？

答：（ ___这首诗通过描写蜜蜂采花酿蜜供人享受这一自然现象，比喻广大劳动人民的劳动成果被封建统治阶级残酷剥削的现实，表现了诗人对劳动人民的同情。___ ）

5. 阅读下面两首诗，回答问题。

陶者	蜂
梅尧臣	罗隐
陶尽门前土，屋上无片瓦。	不论平地与山尖，无限风光尽被占。
十指不沾泥，鳞鳞居大厦。	采得百花成蜜后，为谁辛苦为谁甜。

（1）从体裁角度看，两首诗都属于（ ___绝句___ ）。

（2）对诗歌分析不正确的是（ ___C___ ）。

A. 陶者是底层社会的劳动者，其生活贫苦以至于屋无瓦片。

B.“鳞鳞”二字既是写大厦之多，同时写出剥削者比比皆是。

C.“尽被占”写出了蜜蜂享受尽无限风光和采花酿蜜的自由。

D.“为谁辛苦为谁甜”无疑而问，以反诘语气抒发强烈情感。

6. 两首诗都运用了对比手法，但又各具特色，试结合诗歌内容进行分析。

答：（____《陶者》整首诗歌层层对比，前两句以陶者的辛劳与居无片瓦对比，后两句以剥削者的无所作与居住大厦对比，突出付出与收获的悬殊。同时，诗歌前后更是形成鲜明对比，突出了社会的不公平，表达了作者的愤慨与对劳苦大众的同情《蜂》这首诗把蜜蜂辛勤采蜜与自己不能获取”甜”蜜进行对比，整首诗托物言志，借助所咏之”蜜蜂”象征劳动者，表达了对这种社会不公的愤慨，对不劳而获者的讽刺与控诉____）。

别董大①
bié dǒng dà

[唐]高 适
táng gāo shì

千里黄云②白日曛，
qiān lǐ huáng yún bái rì xūn

北风吹雁雪纷纷。
běi fēng chuī yàn xuě fēn fēn

莫愁前路无知己，
mò chóu qián lù wú zhī jǐ

天下谁人③不识君。
tiān xià shuí rén bù shí jūn

222

书包里的古诗词

绘画／谢妍

【词句翻译】

①董大：指董庭兰，是当时有名的音乐家，在其兄弟中排名第一，故称"董大"。②黄云：天上的乌云，在阳光下，乌云是暗黄色，所以叫黄云。白日曛（xūn）：太阳黯淡无光。曛，即曛黄，指夕阳西沉时的昏黄景色。③谁人：哪个人。君：你，这里指董大。

【全诗译文】

千里黄云蔽天日色暗昏昏，北风吹着归雁大雪纷纷。不要担心前路茫茫没有知己，普天之下哪个不识君？

【作者简介】

高适（704—765），字达夫，一字仲武，渤海蓨（今河北沧州）人，后迁居宋州宋城（今河南商丘睢阳）。安东都护高侃之孙，唐代大臣、诗人。曾任刑部侍郎、散骑常侍，封渤海县侯，世称高常侍。于永泰元年正月病逝，卒赠礼部尚书，谥号忠。作为著名边塞诗人，高适与岑参并称"高岑"，与岑参、王昌龄、王之涣合称"边塞四诗人"。其诗笔力雄健，气势奔放，洋溢着盛唐时期所特有的奋发进取、蓬勃向上的时代精神。有文集二十卷。

【创作背景】

这两首送别诗当作于唐玄宗天宝六年（747年），送别的对象是著名的琴师董庭兰。当年春天，吏部尚书房琯被贬出朝，门客董庭兰也离开长安。当年冬天，高适与董庭兰会于睢阳（故址在今河南省商丘县南），写了《别董大二首》。这是其中的一首。

【思想主题】

这首诗是高适与董大久别重逢，经过短暂的聚会以后，又各奔他方的赠别之作。作品勾勒了送别时晦暗寒冷的愁人景色，表现了作者当时处在困顿不达的境遇之中，但没有因此沮丧、沉沦，既表露出作者对友人远行的依依惜别之情，也展现出作者豪迈豁达的胸襟。

【写作特色】

在唐人赠别诗篇中，那些凄清缠绵、低徊留连的作品，固然感人至深，但另外一种慷慨悲歌、出自肺腑的诗作，却又以它的真诚情谊，坚强信念，为灞桥柳色与渭城风雨涂上了另一种豪放健美的色彩。高适的《别董大二首》便是后一种风格的佳篇。

【阅读训练】

1. 为下列字注音。

曛（___xūn___）　　雁（___yàn___）　　纷（___fēn___）

愁（___chóu___）　　君（___jūn___）

2. 形近字组词。

央（___中央___）　段（___段落___）　翻（___翻越___）　　脖（___脖子___）

秧（___秧苗___）　缎（___绸缎___）　番（___三番五次___）　勃（___兴致勃勃___）

3. 近义词。

偶尔—（___偶然___）　依赖—（___依靠___）　特别—（___特殊___）

模仿—（___仿照___）　优雅—（___高雅___）

4. 诗的后两句是（___莫愁前路无知己，天下谁人不识君？___）。意思是
（___不要担心前路茫茫没有知己，普天之下哪个不识君？___）

5. 诗中描写别时的景物有（___黄云、白日、雁、雪___）。

【考试连接】　1.《别董大》作者是（___唐___）代诗人（___高适___）这
是一首（___送别___）诗。送别的季节是（___冬季___），时间是（___白天___），
表达了诗人（___对友人远行的依依惜别___）的感情。

2. 有人把"千里"写作"十里"，你认为用哪个更好？为什么？

答：（___用"千"字好，"千里"境界壮阔，可以着力渲染凄寒悲苦的气氛，
又与诗的后两句情调相谐___）。

3. 诗的后两句表达了对友人怎样的情谊？这两句与王维送别诗"劝君更尽
一杯酒，西出阳关无故人"的格调有什么不同？

答：（___表达了对友人的劝慰和赞美之情，鼓励朋友乐观豪迈，积极进取。
这两句诗气势雄壮，胸襟开阔，一扫缠绵忧怨的老调，是壮伟之音___）。

4. 本诗前两句所写之景有何特点？对后面的抒情有何作用？

答：（___白描手法；日暮黄昏，北风呼号，大雪纷飞，寒雁瑟瑟出没在寒
云之上。特点：辽阔、苍凉、渺茫___）。

凉 州 词①
liáng zhōu cí

[唐] 王 翰
táng wáng hàn

葡 萄 美 酒 夜 光 杯②，
pú tao měi jiǔ yè guāng bēi

欲③ 饮 琵 琶④ 马 上 催⑤。
yù yǐn pí pa mǎ shàng cuī

醉 卧 沙 场⑥ 君⑦ 莫 笑，
zuì wò shā chǎng jūn mò xiào

古 来 征 战⑧ 几 人 回？
gǔ lái zhēng zhàn jǐ rén huí

225

绘画/许婷

【词句翻译】

①凉州词：唐乐府名。《晋书 地理志》："汉改雍州为凉州"，《乐苑》："凉州宫词曲，开元中，西凉都督郭知运所进"，属《近代曲辞》，是《凉州曲》的唱词，盛唐时流行的一种曲调名。凉州词：王翰写有《凉州词》两首，慷慨悲壮，广为流传。而这首《凉州词》被明代王世贞推为唐代七绝的压卷之作。②夜光杯：用白玉制成的酒杯，光可照明，这里指华贵而精美的酒杯。据《海内十洲记》所载，为周穆王时西胡所献之宝。③欲：将要。④琵琶：这里指作战时用来发出号角的声音时用的。⑤催：催人出征；也有人解作鸣奏助兴。⑥沙场：平坦空旷的沙地，古时多指战场。⑦君：你。⑧征战：打仗。

【全诗译文】

酒筵上甘醇的葡萄美酒盛满在精美的夜光杯之中，歌伎们弹奏起急促欢快的琵琶声助兴催饮，想到即将跨马奔赴沙场杀敌报国，战士们个个豪情满怀。今日一定要一醉方休，即使醉倒在战场上又何妨？此次出征为国效力，本来就打算马革裹尸，没有准备活着回来。

【作者简介】

王翰（687—726），字子羽，并州晋阳（今山西太原市）人，唐代边塞诗人。与王昌龄同时，王翰这样一个有才气的诗人，其集不传。其诗载于《全唐诗》的，仅有14首。登进士第，举直言极谏，调昌乐尉。复举超拔群类，召为秘书正字。擢通事舍人、驾部员外。出为汝州长史，改仙州别驾。

【创作背景】

唐人七绝多是乐府歌词，凉州词即其中之一。它是按凉州（今甘肃省河西、陇右一带）地方乐调歌唱的。《新唐书·乐志》说："天宝间乐调，皆以边地为名，若凉州、伊州、甘州之类。"这首诗地方色彩极浓。从标题看，凉州属西北边地；从内容看，葡萄酒是当时西域特产，夜光杯是西域所进，琵琶更是西域所产，胡笳更是西北流行乐器。这些无一不与西北边塞风情相关。这组七绝正是一组优美的边塞诗。这是其中的一首。

【思想主题】

全诗抒发的是反战的哀怨，所揭露的是自有战争以来生还者极少的悲惨事实，却出以豪迈旷达之笔，表现了一种视死如归的悲壮情绪，这就使人透过这种貌似豪放旷达的胸怀，更加看清了军人们心灵深处的忧伤与幻灭。

【写作特色】

诗人以饱蘸激情的笔触，用铿锵激越的音调，奇丽耀眼的词语，定下这开篇的第一句——"葡萄美酒夜光杯"，犹如突然间拉开帷幕，在人们的眼前展现出五光十色、琳琅满目、酒香四溢的盛大筵席。这景象使人惊喜，使人兴奋，为全诗的抒情创造了气氛，定下了基调。第二句开头的"欲饮"二字，渲染出这美酒佳肴盛宴的不凡的诱人魅力，表现出将士们那种豪爽开朗的性格。正在大家"欲饮"未得之时，乐队奏起了琵琶，酒宴开始了，那急促欢快的旋律，像是在催促将士们举杯痛饮，使已经热烈的气氛顿时沸腾起来。这句诗改变了七字句习惯用的音节，采取上二下五的句法，更增强了它的感染力。这里的"催字"，有人说是催出发，和下文似乎难以贯通。有人解释为：催尽管催，饮还是照饮。这也不切合将士们豪放俊爽的精神状态。"马上"二字，往往又使人联想到"出发"，其实在西域胡人中，琵琶本来就是骑在马上弹奏的。"琵琶马上催"，是着意渲染一种欢快宴饮的场面。

【阅读训练】

1. 古时描写战争的著名诗句很多，如（ 宋 ）朝（ 岳飞 ）写过：壮士饥餐胡虏，笑谈渴饮匈奴血。

2. 这首写战争的诗，不写 激烈的战争场景 ，而写 将士们开怀痛饮 ，表现了边塞战士在边地荒寒艰苦的环境下，过着紧张动荡的征戍生活。

3. 这首诗写的事情是什么？

边疆的将士在开怀痛饮，尽情酣醉。

4. 假如你当时就在即将出征前的现场，你会有什么感慨？

表现出豪放、开朗、兴奋的情形，有一点视死如归的样子。此外还可能感慨战争的无情与残酷。

【考试链接】

1. 给下列字词注释。

欲：_____将要。_____

催：_____催人出征；也有人解作鸣奏助兴。_____

沙场：_____平坦空旷的沙地，古时多指战场。_____

征战：_____打仗。_____

2. 连线题。

黄沙百战穿金甲，不破楼兰终不还。　　　　李白《塞下曲》

晓战随军鼓，宵眠抱玉鞍。　　　　　　　　戚继光《马上作》

一年三百六十日，多是横戈马上行。　　　　王昌龄《从军行》

3. 若按你的理解，诗的前二句的气氛描写对整首诗思想情感的表达，产生了怎样的作用呢？

_____哀痛之情。诗的前二句通过描写戍卒酣饮时激昂畅快的气氛，烘托了将士们豪放开朗的豪情性格。_____

4. 用自己的话说说"葡萄美酒夜光杯，欲饮琵琶马上催。"的意思。

_____酒筵上甘醇的葡萄美酒盛满在精美的夜光杯之中，歌伎们弹奏起急促欢快的琵琶声助兴催饮，想到即将跨马奔赴沙场杀敌报国，战士们个个豪情满怀。_____

5. 三、四两句，有人认为是悲伤之语，有人认为是豪放之词，你同意哪种看法？请作简析。

_____同意后者的看法。这两句是欢宴痛饮时的劝酒之语，意谓：醉就醉吧，就是醉卧沙场，也请莫笑，我们不是早将生死置之度外了吗？所以这不是厌恶战争，哀叹生命的悲伤语，这里表现出来的是豪放、开朗、兴奋的感情，是视死如归的勇气。_____

小学必背古诗词

yì jiāng nán

忆 江 南①

táng bái jū yì

[唐] 白 居 易

jiāng nán hǎo

江 南 好 ，

fēng jǐng jiù céng ān

风 景 旧 曾 谙② 。

rì chū jiāng huā hóng shèng huǒ

日 出 江 花③ 红 胜 火④ ，

chūn lái jiāng shuǐ lù rú lán

春 来 江 水 绿 如 蓝⑤ ，

néng bú yì jiāng nán

能 不 忆 江 南 ？

229

绘画/王雪清

【词句翻译】

①忆江南：唐教坊曲名。作者题下自注说："此曲亦名'谢秋娘'，每首五句。"按《乐府集》："'忆江南'一名'望江南'，因白氏词，后遂改名'江南好'。"至晚唐、五代成为词牌名。这里所指的江南主要是长江下游的江浙一带。②谙（ān）：熟悉。作者年轻时曾三次到过江南。③江花：江边的花朵。一说指江中的浪花。④红胜火：颜色鲜红胜过火焰。⑤绿如蓝：绿得比蓝还要绿。如，用法犹"于"，有胜过的意思。蓝，蓝草，其叶可制青绿染料。

【全诗译文】

江南的风景多么美好，如画的风景久已熟悉。春天到来时，太阳从江面升起，把江边的鲜花照得比火红，碧绿的江水绿得胜过蓝草。怎能叫人不怀念江南？

【作者简介】

白居易（772－846），字乐天，号香山居士，又号醉吟先生，祖籍太谷，到其曾祖父时迁居下邽，生于河南新郑。是唐代伟大的现实主义诗人，唐代三大诗人之一。白居易与元稹共同倡导新乐府运动，世称"元白"，与刘禹锡并称"刘白"。白居易的诗歌题材广泛，形式多样，语言平易通俗，有"诗魔"和"诗王"之称。官至翰林学士、左赞善大夫。公元846年，白居易在洛阳逝世，葬于香山。有《白氏长庆集》传世，代表诗作有《长恨歌》《卖炭翁》《琵琶行》等。

【创作背景】

作词的具体时间，历来说法不同。有说在白居易离苏州之后；有说在大和元年（827年）。这些说法，缺乏事实根据。刘禹锡曾作《忆江南》词数首，是和白居易唱和的，所以他在小序中说："和乐天春词，依《忆江南》曲拍为句。"此词在唐文宗开成二年（837年）初夏作于洛阳，由此可推白居易所作的三首词也应在开成二年初夏。

【思想主题】

这首词是他回忆江南景物的作品，表达了作者对江南的喜爱和江南的令人留恋忘返。

【写作特色】

　　白居易用的是异色相衬的描写手法，因而江南的春色，在白居易的笔下，从初日，江花，江水之中获得了色彩，又因烘染、映衬的手法而形成了一幅图画，色彩绚丽耀眼，层次丰富。

【阅读训练】

1. "江南好"中的"好"字，包含着诗人深情的<u>　赞叹　</u>。

2.《忆江南》是一首（<u>　B　</u>）。

A. 曲　　　B. 词　　　C. 诗

3. 诗人描写了江南的<u>　日出　</u>、<u>　江花　</u>和<u>　江水　</u>的景色之美。"<u>　江南好　</u>"一句是对江南风景总的赞美，与"<u>　能不忆江南　</u>"一句相呼应。

4. 请用自己的语言描写"日出江花红胜火，春来江水绿如蓝"的画面。

　　<u>春天来了，在阳光的照耀下，江边的花开得比火还要红，碧绿的江水像靛草那么蓝，江水是多么清澈啊！</u>

5. 这首词表达了诗人怎样的思想感情？可从文中的哪两个字看出来？

　　<u>本首词概括而形象地写出了江南的春景，表达了词人对江南春天的喜爱、赞美、眷恋之情。"好"和"忆"可以看出来。</u>

【考试链接】

1. 给下列字词注释。

谙：<u>　熟悉。　</u>

江边：<u>　江边的花朵。　</u>

红胜火：<u>　颜色鲜红胜过火焰。　</u>

绿如蓝：<u>　绿得比蓝还要绿。　</u>

2. "日出江花红胜火，春来江水绿如蓝。"用了什么修辞手法，有什么好处？

　　　是用比喻的修辞手法描写的。春风吹拂的满江绿水，就像青青的蓝草一样绿；晨光映照的岸边红花，比熊熊的火焰还要红。这样形象的比喻，把江南的春天渲染得多么绚丽多彩，多么生机勃勃啊！

3. 该诗的作者是（　唐　）朝的（　白居易　），以下哪首诗也是他写的？（　A　）

　　A.《赋得古原草离别》

　　B.《登鹳雀楼》

　　C.《静夜思》

4. "能不忆江南？"是（　B　）。从哪一句能看出诗人来过江南？（　B　）

　　A. 设问句　　日出江花红胜火

　　B. 反问句　　风景旧曾谙

　　C. 陈述句　　江南好

5. 请再写出一句描写江南风光的诗或词。

　　春风又绿江南岸，明月何时照我还。

小学必背古诗词

sài xià qǔ
塞下曲①

táng lú lún
[唐]卢 纶

yuè hēi yàn fēi gāo
月 黑② 雁 飞 高，

chán yú yè dùn táo
单 于③ 夜 遁④ 逃。

yù jiāng qīng qí zhú
欲 将⑤ 轻 骑⑥ 逐⑦，

dà xuě mǎn gōng dāo
大 雪 满⑧ 弓 刀。

233

绘画／肖云瑞

【词句翻译】

①塞下曲：古时边塞的一种军歌。②月黑：没有月光。③单于（chán yú）：匈奴的首领。这里指入侵者的最高统帅。④遁：逃走。⑤将：率领。⑥轻骑：轻装快速的骑兵。⑦逐：追赶。⑧满：沾满。

【全诗译文】

暗淡的月夜里，一群大雁惊叫着高飞而起，暴露了单于的军队想要趁夜色潜逃的阴谋。将军率领轻骑兵一路追杀，顾不得漫天的大雪已落满弓和刀。

【作者简介】

卢纶（739—799），字允言，今保定涿州市卢家场村人。唐代诗人，大历十才子之一。唐玄宗天宝末年举进士，遇乱不第；唐代宗朝又应举，屡试不第。大历六年，经宰相元载举荐，授阌乡尉；后由宰相王缙荐为集贤学士，秘书省校书郎，升监察御史。出为陕州户曹、河南密县令。之后元载、王缙获罪，遭到牵连。唐德宗朝，复为昭应县令，出任河中元帅浑瑊府判官，官至检校户部郎中。不久去世。著有《卢户部诗集》。

【创作背景】

这首诗写于卢纶的人生和仕途都极为不顺时。早年间他多次应举不第，后经元载、王缙等举荐才谋得官职。朱泚之乱过后，咸宁王浑瑊出镇河中，提拔卢纶为元帅府判官。这是卢纶边塞生活的开始，在军营中，卢纶看到的都是雄浑肃穆的边塞景象，接触到的都是粗犷豪迈的将士，故而创作了这首边塞诗。

【思想主题】

这首诗写将军雪夜准备率兵追敌的壮举，气概豪迈。诗句虽然没有直接写激烈的战斗场面，但留给了读者广阔的想象空间，营造了诗歌意蕴悠长的氛围。

【写作特色】

全诗只有短短20个字，却饱含了大量的信息，激发读者产生无穷的想象。作者并没有直接描写战斗的场面，但通过读诗，完全可以通过领悟诗意和丰富想象，绘出一幅金戈铁马的战争画图来。

【阅读训练】

1. 给下列字注音。

纶（ __lún__ ）　　遁（ __dùn__ ）　　骑（ __qí__ ）　　弓（ __gōng__ ）

2. 给下列字词注释。

月黑：（ __没有月光__ ）　　遁：（ __逃走__ ）　　将：（ __率领__ ）

轻骑：（ __轻装快速的骑兵__ ）　　　　逐：（ __追赶__ ）

3. 翻译全诗。

答：（ __暗淡的月夜里，一群大雁惊叫着高飞而起，暴露了单于的军队想要趁夜色潜逃的阴谋。将军率领轻骑兵一路追杀，顾不得漫天的大雪已落满弓和刀__ ）。

【考试链接】

1. 这首诗从题材分，应属于（ __边塞诗__ ），一二句所描写的环境和事件是（ __二个没有月亮的夜晚，单于的军队准备乘夜色逃跑，惊起了栖息的大雁飞向高空__ ）。（要求概括准确，描写生动）

2. 下列字有多个读音，请写出来。

塞（ __sāi__ ）（ __sè__ ）（ __sài__ ）

骑（ __qí__ ）（ __jì__ ）

3. 研读三四句，分析"逐"和"满"两个词的妙处。

答：（ __逐：追逐，指边防守军准备追击逃跑的单于部队。满：大雪突降，刹那间落满了弓刀。两个动词，前一个写边防将士的警惕与果敢，后一个写环境的恶劣，两相映衬，表现守边将士爱国热情和大无畏的精神__ ）。

4. 诗的一二两句暗示了什么？

答：（ __前两句暗示了敌军的溃逃。"月黑雁飞高"，月亮被云遮掩，一片漆黑，宿雁惊起，飞得高高。"单于夜遁逃"，在这月黑风高的不寻常的夜晚，敌军偷偷地逃跑了__ ）。

5. 整首诗表达了诗人什么样点的思想感情？

答：（ __这首诗描写了一个风雪之夜，将军冒着严寒率领轻骑兵追击逃敌的情景，充分表现了守边将士勇敢顽强的战斗精神。全诗没有写将士与敌军如何拼搏，而是截取整个战斗中一个富有意义的场面，表达对祖国的热爱和对边塞军人们的赞美之情__ ）。

235

舟夜书所见

[清] 查 慎 行

月 黑 见 渔 灯 ，
孤 光① 一 点 萤 。
微 微 风 簇② 浪 ，
散 作 满 河 星 。

绘画／黄鑫

书包里的古诗词

【词句翻译】

①孤光：孤零零的灯光。②簇：拥起。

【全诗译文】

漆黑之夜不见月亮，只见那渔船上的灯光，孤独的灯光在茫茫的夜色中像萤火虫一样发出一点微亮。微风阵阵，河水泛起层层波浪，渔灯微光在水面上散开，河面好像撒落无数的星星。

【作者简介】

查慎行（1650—1727），清代诗人，浙江杭州府海宁花溪（今袁花镇）人，其族叔查继佐为清初文字狱案庄廷鑨明史案首告者之一，当代著名作家金庸先祖。初名嗣琏，字夏重，号查田；后改名慎行，字悔余，号他山，赐号烟波钓徒，晚年居于初白庵，所以又称查初白。为"清初六家"之一。康熙四十二年（1703年）进士，特授翰林院编修，入直内廷，五十二年（1713年），乞休归里，家居10余年；雍正四年（1726年），因弟查嗣庭讪谤案，以家长失教获罪，被逮入京，次年放归，不久去世。查慎行诗学苏轼、陆游，尝注苏诗。自朱彝尊去世后，为东南诗坛领袖，著有《他山诗钞》。

【创作背景】

这首五言绝句是诗人在船上过夜时，写下的所见到的景物，所以题目叫做"舟夜书所见"。

237

【思想主题】

诗人通过对自然景色细致的观察，运用动静结合的方法，展示了一幅美丽的河上夜景，抒发了诗人对自然之美的兴奋之情。

【写作特色】

前两句是静态描写，把暗色和亮色联系在一起，显得形象鲜明。后两句为动态描写。不难想象，当诗人见到微风腾起细浪，灯影由一点散作千万这动人一幕的时候，心情是何等的兴奋。

【阅读训练】

1. 这首诗是诗人在 <u>船上</u> （地点）， <u>夜晚</u> （时间）看见的景色。
2. 诗中写 <u>微风</u> 把河中水吹起浪，使河中灯光的倒影散作 <u>星星</u> 。

3. 请用自己的话对"微微风簇浪，散作满河星"进行描绘。

答：微风阵阵，河水泛起层层波浪，渔灯微光在水面上散开，河面好像撒落无数的星星。

4. 从"一点萤"到"满河星"，诗人的心情经历了怎样的变化？

答："一点萤"，写渔灯微光像江岸边一点萤火，河面幽黑，只有孤零零的一点灯光闪烁着，仿佛是一只萤火虫在原野里发出微弱的光；"满河星"，作者抓住了那倒映在水中的渔火化作满天星星的片刻。不难想象，当诗人见到微风腾起细浪，灯影由一点散作千万这动人一幕的时候，心情是何等的兴奋。

【考试链接】

1. 解释下列字词。

舟：　　小船

书：　　记、写

所见：　　所看见的东西

2. 《舟夜书所见》这首诗中哪几句诗运用了比喻的手法？

答：第二句"孤光一点萤"，写渔灯微光像江岸边一点萤火，是意中之象，描写渔灯的形象；第四句"散作满河星"，那如萤的孤光，刹那间似乎变成万船灯火，点缀河中，又如风吹云散，满天明星。

3. 诗题目"舟夜书所见"的意思是什么？

答：夜晚在小船上过夜时写下所看见的景物。

4. 读了《舟夜书所见》这首诗，你受到了什么样的启发？

答：诗歌写出了少中有多、小中有大的哲理。同时启发我们，只要用心，就会发现生活中的美，美在你的心中，美在你的眼中。

5. 《舟夜书所见》中有一句诗故意夸大了事物（即用了夸张的修辞方法），是哪一句？

答：微微风簇浪，散作满河星。

浪淘沙
làng táo shā

[唐]刘禹锡
táng liú yǔ xī

九曲黄河万里沙，
jiǔ qǔ huáng hé wàn lǐ shā

浪淘风簸自天涯。
làng táo fēng bǒ zì tiān yá

如今直上银河①去，
rú jīn zhí shàng yín hé qù

同到牵牛织女家。
tóng dào qiān niú zhī nǚ jiā

绘画／洪雯婷

239

【词句翻译】

①直上银河：古代传说黄河与天上的银河相通。据《荆楚岁时记》载：汉武帝派张骞出使大夏，寻找黄河源头。张骞走了一个多月，见到了织女。织女把支机石送给张骞。骞还。同书又载：织女是天帝的孙女，长年织造云锦。自从嫁了牛郎，就中断了织锦。天帝大怒，责令她与牛郎分居银河两岸，隔河相望，每年七月初七之夜相会一次。

【全诗译文】

万里黄河弯弯曲曲挟带着泥沙，波涛滚滚如巨风掀簸来自天涯。到今天我们可以沿着黄河径直到银河，我们一起去寻访牛郎织女的家。

【作者简介】

刘禹锡（772—842），字梦得，河南洛阳人，自称"家本荥上，籍占洛阳"，又自言系出中山。其先为中山靖王刘胜。唐朝文学家、哲学家，有"诗豪"之称。刘禹锡贞元九年（793年），进士及第，初在淮南节度使杜佑幕府中任记室，为杜佑所器重，后从杜佑入朝，为监察御史。贞元末，与柳宗元，陈谏、韩晔等结交于王叔文，形成了一个以王叔文为首的政治集团。后历任朗州司马、连州刺史、夔州刺史、和州刺史、主客郎中、礼部郎中、苏州刺史等职。会昌时，加检校礼部尚书。卒年七十，赠户部尚书。刘禹锡诗文俱佳，涉猎题材广泛，与柳宗元并称"刘柳"，与韦应物、白居易合称"三杰"，并与白居易合称"刘白"，有《陋室铭》《竹枝词》《杨柳枝词》《乌衣巷》等名篇。

【创作背景】

唐朝自安史之乱后，气势顿衰。藩镇割据，宦官专权。才人被外放，愤激之际，怨刺之作应运而生。刘禹锡从京官调到地方官之后亦有流芳之作，如《浪淘沙九首》。此组诗当为刘禹锡后期之作，且非创于一时一地。据诗中所涉黄河、洛水、汴水、清淮、鹦鹉洲、濯锦江等，或为辗转于夔州、和州、洛阳等地之作，后编为一组。有学者认为这组诗作于夔州后期，即长庆二年春（公元822年）在夔州贬所所作。这是其中的一首。

【思想主题】

表达了诗人豪迈气概，奋发向上的情怀。

【写作特色】

这是民歌体诗，既通俗易懂，又非常纯正，无浮华之词。

【阅读训练】

1. 给下列字词注释。

浪淘沙：（ 唐代教坊曲名，也做词牌名 ）　　天涯：（ 天边 ）

银河：（ 古人以为黄河和银河相通 ）

牵牛：（ 即传说中的牛郎。他和织女因触怒天帝，被分隔在银河两岸，每年只许他们在农历七月初七相会一次 ）。

2. 比一比，再组词。

沙（ 沙土 ） 浪（ 浪花 ） 淘（ 淘气 ） 涯（ 天涯 ） 织（ 组织 ）

砂（ 砂石 ） 狼（ 狼烟 ） 陶（ 陶醉 ） 崖（ 山崖 ） 帜（ 旗帜 ）

3. 作者之所以想到"同到牵牛织女家"，是因为他觉得这"九曲黄河"是来自牛郎织女相会的"（ 银河 ）"，借用这一传说，表达了作者（ 奋发向上 ）的情怀。同时，"直上银河去"表达了诗人（ 豪迈 ）的气概。

4. 诗的后两句用了什么表现手法来描写黄河？请简要分析。

答：（ 这两句运用了夸张手法来描写黄河。这首绝句用淘金者的口吻，表明他们对美好生活的向往。同是在河边生活，牛郎织女生活的天河恬静而优美，黄河边的淘金者却整天在风浪泥沙中奔波，直上银河，同去牛郎织家，寄托了他们心底对宁静的田园牧歌生活的憧憬。这种浪漫的理想，以豪迈的口语倾吐出来，是一种朴实无华直白的美 ）。

5. 本诗抒发了作者怎样的思想感情？

答：（ 这首绝句赞颂了黄河的气势宏大，抒发了诗人对祖国大好河山的热爱，对未来美好生活的向往 ）

【考试链接】

1. 给带点的字标注正确的读音或是解释。

（1）九曲（ qǔ ）黄河万里沙。

（2）浪淘（冲洗）风簸（ bǒ ）自天涯。（边际）。

2. 写出下面诗句所用的修辞手法。

（1）九曲黄河万里沙，浪淘风簸自天涯。（ 夸张 ）

（2）遥望洞庭山水翠，白银盘里一青螺。（ 比喻 ）

（3）本是同根生，相煎何太急？　　　　（ 反问 ）

3. 判断下面说法是否正确，正确的打"√"，错误的打"×"。

（1）"九曲黄河里沙"中的"九曲"指的是九条河道。（ × ）

（2）"浪淘风簸"形容风浪很大。（ √ ）

（3）"如今直上银河去"中的"银河"指银色的河。（ × ）

（4）"浪淘沙"是唐代一种曲子的名称，后用于词牌名。（ √ ）

4. 这首诗写作者看到的诗句是：（ 九曲黄河万里沙，浪淘风簸自天涯 ），写作者想象的诗句是：（ 如今直上银河去，同到牵牛织女家 ）。

5. "九曲"是形容（ 黄河弯弯曲曲 ），"万里"是形容（ 黄河悠长 ）。古诗中有很多诗句都含有这样的数量词，如（ 千里、万重等 ）

小学必背古诗词

jiāng xuě
江 雪

táng liǔ zōng yuán
[唐] 柳 宗 元

qiān shān niǎo fēi jué
千 山 鸟 飞 绝①，

wàn jìng rén zōng miè
万 径② 人 踪③ 灭 。

gū zhōu suō lì wēng
孤④ 舟 蓑 笠⑤ 翁 ，

dú diào hán jiāng xuě
独⑥ 钓 寒 江 雪 。

243

绘画／韩沁原

【词句翻译】

①绝：无，没有。②万径：虚指，指千万条路。③人踪：人的脚印。④孤：孤零零。⑤蓑笠（suō lì）：蓑衣和斗笠。蓑：古代用来防雨的衣服；笠：古代用来防雨的帽子，用竹篾编成。⑥独：独自。

【全诗译文】

群山中的鸟儿飞得不见踪影，所有的道路都不见人的踪迹。江面孤舟上一位披戴着蓑笠的老翁，独自在寒冷的江面上钓鱼。

【作者简介】

柳宗元（773—819），字子厚，汉族，河东（现山西运城永济一带）人，唐宋八大家之一，唐代文学家、哲学家、散文家和思想家世称"柳河东""河东先生"，因官终柳州刺史，又称"柳柳州"。柳宗元与韩愈并称为"韩柳"，与刘禹锡并称"刘柳"，与王维、孟浩然、韦应物并称"王孟韦柳"。柳宗元一生留诗文作品达600余篇，其文的成就大于诗。骈文有近百篇，散文论说性强，笔锋犀利，讽刺辛辣。游记写景状物，多所寄托，有《河东先生集》，代表作有《溪居》《江雪》《渔翁》。

【创作背景】

《江雪》这首诗作于柳宗元谪居永州期间（805—815）。唐顺宗永贞元年（805），柳宗元参加了王叔文集团发动的永贞革新运动，推行内抑宦官、外制藩镇、维护国家统一的政治措施。但由于反动势力的联合反对，改革很快失败，柳宗元被贬为永州司马，流放十年，实际上过着被管制、软禁的"拘囚"生活。险恶的环境压迫，并没有把他压垮。在政治上不利，他就把人生的价值和理想志趣，通过诗歌来加以展现。这首诗便是其中一首代表作。

【思想主题】

诗中运用典型概括的手法，选择千山万径，人鸟绝迹这种最能表现山野严寒的典型景物，描绘大雪纷飞，天寒地冻的图景；接着勾画独钓寒江的渔翁形象，借以表达诗人在遭受打击之后不屈而又深感孤寂的情绪。

【写作特色】

全诗构思独特，语言简洁凝练，意蕴丰富。用具体而细致的手法来摹写背景，用远距离画面来描写主要形象；精雕细琢和极度的夸张概括，错综地统一在一首诗里，是这首山水小诗独有的艺术特色。

【阅读训练】

1. 我会背，我会填。

（1）把古诗补充完整

江　雪

千山（　鸟飞绝　），万径（　人踪灭　）。

（　孤舟　）蓑笠翁，（　独　）钓（　寒江雪　）。

（2）这首诗的作者是（　唐　）代的诗人（　柳宗元　）。

（3）解释词语。

径：（　路　）　　　舟：（　小船　）

2．我会填词语

（　孤独　）的老翁　　　　　（　弯弯　）的小船

（　洁白　）的雪花　　　　　（　快乐　）的小鸟

3．柳宗元与当时唐朝另一位大文豪（　韩愈　）一起倡导古文运动，与宋朝的（　欧阳修　）、（　苏洵　）、（　苏轼　）、（　苏辙　）、（　曾巩　）、王安石一起被称为唐宋八大家。孤舟蓑笠翁中的老渔翁是（　柳宗元　）的精神写照。

【考试连接】

1. 下列对这首诗的理解和赏析，不正确的一项是（ B ）。

A. 《江雪》是唐代诗人柳宗元的一首山水诗，描述了一幅江乡雪景图。

B. 第一二句用"千山""万径"这两个词，再加上一个"绝"和一个"灭"字，这就把最常见的、最一般化的静态，一下子给变成极端的喧闹、绝对的空旷，形成一种不平常的景象。

C. 第三四句原来是属于静态的描写，由于摆在这种绝对幽静、绝对沉寂的背景之下，倒反而显得玲珑剔透，有了生气，在画面上浮动起来、活跃起来了。

D. 诗题是"江雪"。但是作者入笔并不点题，他先写千山万径之静谧凄寂。栖鸟不飞，行人绝迹。然后笔锋一转，推出正在孤舟之中垂纶而钓的蓑翁形象。一直到结尾才著"寒江雪"三字，正面破题。

2. 这首《江雪》诗人只用了二十个字描绘了一幅怎样的画面？（2分）
答：（ 描绘一幅在下着大雪的江面上，一叶小舟，一个老渔翁，独自在寒冷的江心垂钓的图景 ）。

3. 第三、四句中最生动传神的字是什么字？为什么？请结合全诗简析。
答：（ 最生动传神的是"独"字。"独"是"独自""一个"的意思。千山耸立，万径纵横，山无鸟飞，径无人行，只有一个孤独的垂钓者。"独"字准确形象地刻画出钓者远离尘俗、清高脱俗、傲岸不群的个性特征 ）。

4. 诗句"千山鸟飞绝，万径人踪灭"采用了哪些修辞手法？
答：（夸张和对偶）。

5. 说出本诗表达了诗人怎样的思想感情及体现这些思想情感的关键词语。
答：（ "绝""灭""孤""独"表现出孤独、凄凉；"独钓"表现出倔强、执着、孤傲 ）。

bó chuán guā zhōu
泊 船① 瓜 洲

sòng wáng ān shí
[宋]王 安 石

jīng kǒu guā zhōu yì shuǐ jiān
京 口② 瓜 洲③ 一 水 间④ ，

zhōng shān zhǐ gé shù chóng shān
钟 山⑤ 只 隔 数 重 山 。

chūn fēng yòu lǜ jiāng nán àn
春 风 又 绿⑥ 江 南 岸 ，

míng yuè hé shí zhào wǒ huán
明 月 何 时 照 我 还⑦ 。

绘画／杜承勋

247

小学必背古诗词

【词句翻译】

①泊船：停船。泊：停泊，指停泊靠岸。②京口：古城名，故址在江苏镇江市。③瓜洲：镇名，在长江北岸，扬州南郊，即今扬州市南部长江边，京杭运河分支入江处。④一水间：指一水相隔之间。一水：一条河。古人除将黄河特称为"河"，长江特称为"江"之外，大多数情况下称河流为"水"，如汝水、汉水、浙水、湘水、澧水等。这里的"一水"指长江。⑤钟山：今南京市紫金山。⑥绿：吹绿，拂绿。⑦还：回。

【全诗译文】

站在瓜洲渡口，放眼南望，京口和瓜洲之间只隔着一条长江，我所居住的钟山隐没在几座山峦的后面。暖和的春风又一次吹绿了江南的田野，明月什么时候才能照着我回到钟山下的家里？

【作者简介】

王安石（1021－1086），字介甫，号半山，汉族，临川人，北宋著名思想家、政治家、文学家、改革家。庆历二年（1042年），王安石进士及第。历任扬州签判、鄞县知县、舒州通判等职，政绩显著。熙宁二年（1069年），任参知政事，次年拜相，主持变法。因守旧派反对，熙宁七年（1074年）罢相。一年后，宋神宗再次起用，旋又罢相，退居江宁。元祐元年（1086年），保守派得势，新法皆废，郁然病逝于钟山，追赠太傅。绍圣元年（1094年），获谥"文"，故世称王文公。王安石潜心研究经学，著书立说，被誉为"通儒"，创"荆公新学"，促进宋代疑经变古学风的形成。在哲学上，他用"五行说"阐述宇宙生成，丰富和发展了中国古代朴素唯物主义思想；其哲学命题"新故相除"，把中国古代辩证法推到一个新的高度。在文学上，王安石具有突出成就。其散文简洁峻切，短小精悍，论点鲜明，逻辑严密，有很强的说服力，充分发挥了古文的实际功用，名列"唐宋八大家"；其诗"学杜得其瘦硬"，擅长于说理与修辞，晚年诗风含蓄深沉、深婉不迫，以丰神远韵的风格在北宋诗坛自成一家，世称"王荆公体"；其词写物咏怀吊古，意境空阔苍茫，形象淡远纯朴，营造出一个士大夫文人特有的情致世界。有《王临川集》《临川集拾遗》等存世。

【创作背景】

《泊船瓜洲》作于王安石晚期，但对具体的写作时间长期以来都有争议，具体主要有三种意见：

①宋神宗熙宁元年（1068 年），王安石应召自江宁府赴京任翰林学士，途经瓜洲后所作；

②神宗熙宁七年（1074 年），王安石第一次罢相自京还金陵，途经瓜洲时所作；

③神宗熙宁八年（1075 年），王安石第二次拜相，自江宁赴京途经瓜洲时所作。

【思想主题】

诗中首句通过写京口和瓜洲距离之短及船行之快，流露出一种轻松、愉悦的心情；第二句写诗人回望居住地钟山，产生依依不舍之情；第三句描写了春意盎然的江南景色；最后以疑问语气结尾，再一次强调了对故乡的思念。

【写作特色】

全诗不仅借景抒情，寓情于景，而且在叙事上也富有情致，境界开阔，格调清新。诗歌开篇写景，既兼具比兴，更通过夸张将空间的近与时间的久构成了有力的反差，直逼出末尾"明月何时照我还"的情感迸发，大有银瓶乍破之势。

【写作特色】

1.《泊船瓜洲》的作者是（ 宋 ）代诗人（ 王安石 ）。

2.作者的家乡在（ 京口 ），从（ 瓜洲 ）到作者的家乡只隔着几座山

3."春风又绿江南岸"中的"绿"是什么意思？（ 吹绿、拂绿 ）。

4."明月何时照我还"这句诗的意思是

（ 明月什么时候才能照着我回到钟山下的家里？ ）。

5.全诗，作者借（ 景 ）抒情，表达了作者（ 思念家乡 ）的思想感情。

【考试链接】

1. 这首诗的写作背景是什么？

答：（ 《泊船瓜洲》作于王安石晚期，但对具体的写作时间长期以来都有争议，具体主要有三种意见：①宋神宗熙宁元年（1068年），王安石应召自江宁府赴京任翰林学士，途经瓜洲后所作；②神宗熙宁七年（1074年），王安石第一次罢相自京还金陵，途经瓜洲时所作；③神宗熙宁八年（1075年），王安石第二次拜相，自江宁赴京途经瓜洲时所作 ）。

2. 你从"春风又绿江南岸"这句话中的"又"体会到了什么？

答：（ "又"点明了诗人已漂泊异乡多年，表现出作者身为游子的无奈和对故乡浓浓的相思眷恋之情 ）。

3. "春风又绿江南岸"中的"绿"可以用哪些字替换？这句诗让你想象到一幅怎样的画面？

答：（ 绿字可以用"到""入""过""满"等替代！这句诗让人想象到春天的江南江岸一片葱绿的美好景象！ ）。

4. "绿"字用得好吗？好在哪里？

答：（ 绿：本是形容词，这里是使动用法，使之（江南岸）绿了。绿字形象鲜活，春意盎然，读来仿佛有阵阵春风扑面而来 ）。

5. 春风又绿江南岸，想象一下春风怎样把江南吹绿？写成一段话。

　　春风柔和的呼唤，唤醒了沉睡的大地，于是草儿钻出了调皮的头，花儿展开了羞涩的笑颜；或许是春风暖和的温度，温暖了冰冷的世界，于是孩子们换下了沉重的冬衣，大人们也轻装上阵出来踏青；又或许是春风流动的诗意，装点了一年的开始，于是柳树拂动了她的秀发，河流奏响了叮咚的曲目，万事万物都跟随着春风的节奏，一起绿仙了江南。

shū hú yīn xiān shēng bì
书① 湖 阴 先 生 壁

sòng wáng ān shí
[宋] 王 安 石

máo yán cháng sǎo jìng wú tái
茅 檐② 长 扫 净 无 苔 ，

huā mù chéng qí shǒu zì zāi
花 木 成 畦③ 手 自 栽 。

yì shuǐ hù tián jiāng lǜ rào
一 水 护 田④ 将 绿 绕 ，

liǎng shān pái tà sòng qīng lái
两 山 排 闼⑤ 送 青 来 。

绘画／夏文平

【词句翻译】

①书：书写，题诗。湖阴先生：本名杨德逢，隐居之士，是王安石晚年居住金陵（今江苏南京）紫金山时的邻居。②茅檐：茅屋檐下，这里指庭院。无苔：没有青苔。③成畦（qí）：成垄成行。畦：经过修整的一块块田地。④护田：这里指护卫环绕着园田。语出《汉书·西域传序》："自敦煌西至盐泽，往往起亭，而轮台、渠犁，皆有田卒数百人，置使者校尉领护。"⑤排闼（tà）：开门。语出《汉书·樊哙传》："高帝尝病，恶见人，卧禁中，诏户者无得入群臣。哙乃排闼直入。"闼：小门。送青来：送来绿色。

【全诗译文】

长把茅草屋檐扫干干净净无鲜苔，花木规整成行成垄是你亲手培栽。一条流水护着田将丛绿缠绕如带，两山排列矗立把碧清的翠色送来。

【作者简介】

庆历二年（1042年），王安石进士及第。历任扬州签判、鄞县知县、舒州通判等职，政绩显著。熙宁二年（1069年），任参知政事，次年拜相，主持变法。因守旧派反对，熙宁七年（1074年）罢相。一年后，宋神宗再次起用，旋又罢相，退居江宁。元祐元年（1086年），保守派得势，新法皆废，郁然病逝于钟山，追赠太傅。绍圣元年（1094年），获谥"文"，故世称王文公。王安石潜心研究经学，著书立说，被誉为"通儒"，创"荆公新学"，促进宋代疑经变古学风的形成。在哲学上，他用"五行说"阐述宇宙生成，丰富和发展了中国古代朴素唯物主义思想；其哲学命题"新故相除"，把中国古代辩证法推到一个新的高度。在文学上，王安石具有突出成就。其散文简洁峻切，短小精悍，论点鲜明，逻辑严密，有很强的说服力，充分发挥了古文的实际功用，名列"唐宋八大家"；其诗"学杜得其瘦硬"，擅长于说理与修辞，晚年诗风含蓄深沉、深婉不迫，以丰神远韵的风格在北宋诗坛自成一家，世称"王荆公体"；其词写物咏怀吊古，意境空阔苍茫，形象淡远纯朴，营造出一个士大夫文人特有的情致世界。有《王临川集》《临川集拾遗》等存世。

【创作背景】

《书湖阴先生壁二首》是王安石题在杨德逢屋壁上的一组诗。王安石于神宗熙宁九年（1076）二次罢相后，直到哲宗元祐元年（1086）因病逝世，在金陵郊外的半山园居住长达十年。据李壁《王荆文公诗笺注》，王安石故居距城七里，距紫金山亦七里，路程恰为由城入山的一半，故安石晚年号半山老人，园亦因此得名。在这段时间里，王安石与隐居紫金山的杨德逢交往甚密。在王安石诗集中，作者所写有关杨德逢的诗，至今尚保存在十首以上。半山园约落成于元丰二年至五年（1079—1082）之间，这首诗应当是元丰前期的作品。

【思想主题】

第一首诗前两句写他家的环境，洁净清幽，暗示主人生活情趣的高雅；后两句转到院外，写山水对湖阴先生的深情，暗用典故，把山水化成了具有生命感情的形象，山水主动与人相亲，正是表现人的高洁。全诗既赞美了主人朴实勤劳，又表达了诗人退休闲居的恬淡心境，从田园山水和与平民交往中领略到无穷的乐趣。

【写作特色】

拟人和描写浑然一体，交融无间。"一水护田"加以"绕"字，正见得那小溪曲折生姿，环绕着绿油油的农田，这不恰像一位母亲双手护着小孩的情景吗？著一"护"字，"绕"的神情明确显示。至于"送青"之前冠以"排闼"二字，更是神来之笔。它既写出了山色不只是深翠欲滴，也不只是可掬，而竟似扑向庭院而来！这种描写给予读者的美感极为新鲜、生动。它还表明山的距离不远，就在杨家庭院的门前，所以似乎伸手可及。尤其动人的，是写出了山势若奔，仿佛刚从远方匆匆来到，兴奋而热烈。所有这些都把握住了景物的特征，而这种种描写，又都和充分的拟人化结合起来，那情调、那笔致，完全像在表现"有朋自远方来"的情景：情急心切，竟顾不得敲门就闯进庭院送上礼物。二者融合无间，相映生色，既奇崛又自然，既经锤炼又无斧凿之痕，清新隽永，韵味深长。

253

【阅读训练】

1. 给下列字注音。

①苔（ tái ）   ②闼（ tà ）

2. 解释下列字词的意思。

长：（ 通"常"，经常 ）   净：（ 干净 ）   手：（ 亲手 ）

闼：（ 小门 ）

3. 句中朗读节奏有错误的一句是（ D ）。

A. 茅檐｜长扫｜静｜无苔，   B. 花木｜成畦｜手自｜栽，

C. 一小｜护田｜将绿｜绕，   D. 两山｜排闼｜送｜青来。

4. 指出下列诗句所用的修辞方法

①茅檐长扫净无苔。（ 借代 ）

②一水护田将绿绕。（ 拟人 ）

5. 《书湖阴先生壁》的作者是（ 宋 ）代的（ 王安石 ），本诗选自《（ 王荆文公诗笺注 ）》，体裁是（ 七绝 ）。写法是以（ 院内 ）写到（ 院外 ），由赞美（ 庭院 ）到赞美（ 庭院主人 ），抒发了诗人高雅的生活情趣。

【考试连接】

1. 诗中写景从（ 院内 ）写到（ 院外 ），既是对主人的赞叹，又写出了山水的情态。

2. 下面对诗歌内容和手法的分析不恰当的两项是（ C D ）。

A. 诗歌前两句写庭前优美的景色，突出了湖阴先生居住环境干净、香雅、清幽的特点，侧面烘托了主人湖阴先生的高洁形象。

B. 诗歌后两句用"护田"和"排闼"两词，表达了对湖阴先生的热爱和赞美之情，还体现了诗人在退居时期仍有对高洁清雅品格的喜爱和向往之心。

C. 诗歌赞美了庭院的清幽，表达了对湖阴先生生活方式、生活情趣的肯定，也流露了诗人对这种渴望而不可得的生活的无奈和苦痛。

D. 诗歌景物描写极具层次，从院内写到了院外，多角度观察，由远及近，既是对主人的赞叹，又写出了山水的情态。

E.诗中虽然没有正面写人，但写山水就是写人，景与人处处照应，句句关合，既奇崛又自然，既经锤炼又无斧凿之痕，韵味深长。

3. 本诗描写了什么样的环境？反映了作者怎样的生活情趣？

答： （ 茅草房庭院洁净得没有一丝青苔，花草树木成行成垄，庭院外一条小河保护着农田，并且环绕着农田；两座大山打开门来为人们送去绿色。全诗表达了作者对田园生活的喜爱之情 ）。

4. "两山排闼送青来"一句使用了什么修辞手法？这样写有什么好处？结合全诗看，表达了作者怎样的情感？

答： （ 诗人运用了拟人、借代的修辞手法，把山水描写得有情且有趣。山水本是无情之物，可诗人说水"护田"，山"送青"，水对田有一种护措之情，山对人有一种友爱之情，这就使本来没有生命的山水具有了人的情思，显得柔婉可爱，生动活泼 ）。

5. 诗的后两句采用了哪些手法？请结合诗句简要分析。

答： （ 诗人运用了对偶、拟人、借代的修辞手法，把山水描写得有情且有趣，生动写出田园风光的盎然生机 ）。

255

qiū yè jiāng xiǎo chū lí mén yíng liáng yǒu gǎn
秋夜将晓①出篱门迎凉有感

sòng lù yóu
[宋]陆 游

sān wàn lǐ hé dōng rù hǎi
三万里②河东入海，

wǔ qiān rèn yuè shàng mó tiān
五千仞③岳上摩天。

yí mín lèi jìn hú chén lǐ
遗民④泪尽胡尘里，

nán wàng wáng shī yòu yì nián
南望⑤王师又一年。

256

绘画／沈贞伲

【词句翻译】

　　①将晓：天将要亮。篱门：竹子或树枝编的门。迎凉：出门感到一阵凉风。②三万里：长度，形容它的长，是虚指。河：指黄河。③五千仞（rèn）：形容它的高。仞，古代计算长度的一种单位，周尺八尺或七尺，周尺一尺约合二十三厘米。岳：指五岳之一西岳华山。黄河和华山都在金人占领区内。一说指北方泰、恒、嵩、华诸山。摩天：迫近高天，形容极高。摩，摩擦、接触或触摸。④遗民：指在金占领区生活的汉族人民，却认同南宋王朝统治的人民。泪尽：眼泪流干了，形容十分悲惨、痛苦。胡尘：指金人入侵中原，也指胡人骑兵的铁蹄践踏扬起的尘土和金朝的暴政。胡，中国古代对北方和西方少数民族的泛称。⑤南望：远眺南方。王师：指宋朝的军队。

【全诗译文】

　　三万里长的黄河奔腾向东流入大海，五千仞高的华山耸入云霄上摩青天。中原人民在胡人压迫下眼泪已流尽，他们盼望王师北伐盼了一年又一年。

【作者简介】

　　陆游（1125—1210），字务观，号放翁，汉族，越州山阴（今浙江绍兴）人，尚书右丞陆佃之孙，南宋文学家、史学家、爱国诗人。陆游生逢北宋灭亡之际，少年时即深受家庭爱国思想的熏陶。宋高宗时，参加礼部考试，因受秦桧排斥而仕途不畅。宋孝宗即位后，赐进士出身，历任福州宁德县主簿、敕令所删定官、隆兴府通判等职，因坚持抗金，屡遭主和派排斥。乾道七年（1171年），应四川宣抚使王炎之邀，投身军旅，任职于南郑幕府。次年，幕府解散，陆游奉诏入蜀，与范成大相知。宋光宗继位后，升为礼部郎中兼实录院检讨官，不久即因"嘲咏风月"罢官归居故里。嘉泰二年（1202年），宋宁宗诏陆游入京，主持编修孝宗、光宗《两朝实录》和《三朝史》，官至宝章阁待制。书成后，陆游长期蛰居山阴，嘉定二年（1210年）与世长辞，留绝笔《示儿》。陆游一生笔耕不辍，诗词文俱有很高成就。其诗语言平易晓畅、章法整饬谨严，兼具李白的雄奇奔放与杜甫的沉郁悲凉，尤以饱含爱国热情对后世影响深远。词与散文成就亦高，刘克庄《后村诗话续集》谓其词"激昂慷慨者，稼轩不能过"。

257

有手定《剑南诗稿》85卷，收诗9000余首。又有《渭南文集》50卷（其中包括《入蜀记》6卷，词2卷）、《老学庵笔记》10卷及《南唐书》等。书法道劲奔放，存世墨迹有《苦寒帖》等。

【创作背景】

　　这组爱国主义诗篇作于宋光宗绍熙三年（1192年）的秋天，当时陆游已经六十八岁，罢归山阴（今浙江绍兴）故里已经四年。但平静的村居生活并不能使老人的心平静下来。南宋时期，金兵占领了中原地区。诗人作此诗时，中原地区已沦陷于金人之手六十多年了。此时爱国诗人陆游被罢斥归故乡，在山阴乡下向往着中原地区的大好河山，也惦念着中原地区的人民，盼望宋朝能够尽快收复中原，实现统一。此时虽值初秋，暑威仍厉，天气的热闷与心头的煎沸，使他不能安睡。将晓之际，他步出篱门，以舒烦热，心头怅触，写下这两首诗。这是其中的一首。

【思想主题】

　　这首诗写大好河山，陷于敌手，以"望"字为眼，表现了诗人希望、失望而终不绝望的千回百转的心情。诗境雄伟、严肃、苍凉、悲愤。

【写作特色】

　　诗一开始劈空而来，气象森严。山河本来是不动的，由于用了"入""摩"二字，就使人感到这黄河、华山不仅雄伟，而且虎虎有生气。两句一横一纵，北方中原半个中国的形象，便鲜明突兀、苍莽无垠地展现出来了。奇伟壮丽的山河，标志着祖国的可爱，象征着民众的坚强不屈，已留下丰富的想象空间。然而，大好河山，陷于敌手，使人感到无比愤慨。前两句意境阔大深沉，对仗工整犹为余事。下两句笔锋一转，顿觉风云突起，诗境向更深远的方向开拓。

【阅读训练】

1. 对下列诗句节奏的划分正确的一项是（　B　）

A. 三万里／河东／入海，五千仞／岳上／摩天。

B. 三万里河／东／入海，五千仞岳／上／摩天。

C. 三万里河／东人／海，五千仞岳／上摩／天。

D. 三万里／河东入海，五千仞／岳上摩天。

2. 写出下列词语的正确含义。

晓：（ 天亮 ）

遗民：（ 指在金占领区生活的汉族人民，却认同南宋王朝统治的人民 ）

胡尘：（ 指金人入侵中原，也指胡人骑兵的铁蹄践踏扬起的尘土和金朝的暴政 ）

南：（ 南方 ）　尽：（ 流尽 ）王师：（ 指宋朝的军队 ）

3. 把诗句补充完整并回答问题。

三万里河（ 东入海 ），五千仞岳（ 上摩天 ）。

（ 遗民泪 ）胡尘里，（ 南望王师 ）又一年。

这首诗的题目是（ 秋夜将晓出篱门迎凉有感 ），作者是（ 宋 ）代诗人（ 陆游 ）。我还知道他写了《 咏梅 》《 示儿 》《 游山西村 》等诗。

4. "三万里河东入海，五千仞岳上摩天。"中的"河"和"岳"分别指什么？

答（ 这句诗中"河"指黄河，"岳"指五岳之一的西岳华山 ）。

【考试链接】

1. 请谈谈这首诗前两句中"入"字和"摩"字的表达效果。

答：（ "入"字表现出河的生气，"摩"字突出了山的高峻 ）。

2. 这首诗丰富的感情蕴涵在景物与人物活动的描写之中。结合全诗，对此作简要分析。

答：（ 这首诗前两句用夸张手法写祖国山河的雄阔壮丽，饱含热爱之情，并为进一步抒情作了铺垫；第三句"泪尽"二字将亡国之恨宣泄无遗；第四句一个"望"字写出遗民对南宋军队收复失地的企盼，一个"又"字则曲折地表达出对苟且偷安的南宋朝廷迟迟没有收复失地的失望与埋怨 ）。

3. 本诗重在写"迎凉有感"，在入题前却极言山高水长，这种"先言他物以引起所咏之辞"的手法，在诗歌表现手法上称作（ 起兴或比兴 ），陕北民歌"（ 信天游 ）"形式中常用这种表现手法。

4. 如果把本诗第三句中"尽"字换成"滴"字或"流"字行不行？为什么？

答：（ 不行，"尽"字强调眼泪流干，程度比"滴""流"要深 ）。

5. 本诗与陆游《示儿》诗的主题基本相同,表达了作者对（ 百姓 ）的同情，对（ 王师 ）的期盼，同时也暗含对（ 统治者（或统治者未能及早收复失地） ）的不满。

259

xiǎo chū jìng cí sì sòng lín zǐ fāng
晓 出① 净 慈 寺 送 林 子 方

sòng yáng wàn lǐ
[宋]杨 万 里

bì jìng xī hú liù yuè zhōng
毕 竟② 西 湖 六 月 中 ，

fēng guāng bú yǔ sì shí tóng
风 光 不 与 四 时③ 同 。

jiē tiān lián yè wú qióng bì
接 天④ 莲 叶 无 穷 碧 ，

yìng rì hé huā bié yàng hóng
映 日⑤ 荷 花 别 样 红 。

260

书包里的古诗词

绘画/沈贞伲

【词句翻译】

①晓出：太阳刚刚升起。净慈寺：全名"净慈报恩光孝禅寺"，与灵隐寺为杭州西湖南北山两大著名佛寺。林子方：作者的朋友，官居直阁秘书。②毕竟：到底。六月中：六月中旬。③四时：春夏秋冬四个季节。在这里指六月以外的其他时节。同：相同。④接天：像与天空相接。无穷：无边无际。无穷碧：因莲叶面积很广，似与天相接，故呈现无穷的碧绿。⑤映日：日红。别样：宋代俗语，特别，不一样。别样红：红得特别出色。

【全诗译文】

六月里西湖的风光景色到底和其他时节的不一样，那密密层层的荷叶铺展开去，与蓝天相连接，一片无边无际的青翠碧绿；那亭亭玉立的荷花绽蕾盛开，在阳光辉映下，显得格外的鲜艳娇红。

【作者简介】

杨万里（1127—1206），字廷秀，号诚斋。汉族江右民系。吉州吉水（今江西省吉水县黄桥镇湴塘村）人。南宋大臣，著名文学家、爱国诗人，与陆游、尤袤、范成大并称"南宋四大家"（又作"中兴四大诗人"）。因宋光宗曾为其亲书"诚斋"二字，故学者称其为"诚斋先生"。绍兴二十四年（1154年），杨万里登进士第，历仕高宗、孝宗、光宗、宁宗四朝，曾任国子博士、广东提点刑狱、太子侍读、秘书监等职，官至宝谟阁直学士，封庐陵郡开国侯。开禧二年（1206年），杨万里病逝，年八十。获赠光禄大夫，谥号"文节"。杨万里一生作诗两万多首，传世作品有四千二百首，被誉为一代诗宗。他创造了语言浅近明白、清新自然，富有幽默情趣的"诚斋体"。杨万里的诗歌大多描写自然景物，且以此见长。他也有不少篇章反映民间疾苦、抒发爱国感情的作品。著有《诚斋集》等。

261

【创作背景】

　　林子方举进士后，曾担任直阁秘书（负责给皇帝草拟诏书的文官，可以说是皇帝的秘书）。时任秘书少监、太子侍读的杨万里是林子方的上级兼好友，两人经常聚在一起畅谈强国主张、抗金建议，也曾一同切磋诗词文艺，两人志同道合、互视对方为知己。后来，林子方被调离皇帝身边，赴福州任职，职位知福州。林子方甚是高兴，自以为是仕途升迁。杨万里则不这么想，送林子方赴福州时，写下此诗，劝告林子方不要去福州。

【思想主题】

　　这首诗描写了西湖六月景色特点，色彩鲜明，对比分明，表达了作者热爱大自然的感情。

【写作特色】

　　其首二句以"毕竟"二字领起，一气而下，既协调了平仄，又强调了内心在瞬间掠过的独特感受。然后顺理成章，具体描绘这使他为之倾倒与动情的特异风光，着力表现在一片无穷无尽的碧绿之中那红得"别样"、娇艳迷人的荷花，将六月西湖那迥异于平时的绮丽景色，写得十分传神。诗的后两句是互文，文义上交错互见，使诗句既意韵生动，又凝练含蓄。

【阅读训练】

1. 首句似以"突兀"的语气开头，虽然读者还不曾从诗中领略到西湖美景，但已能从诗人（　赞叹　）的语气中感受到了。

2. 三、四两句诗人用一"（　碧　）"和"（　红　）"突出了莲叶和荷花给人带来的强烈的视觉冲击力。莲叶无边，既写出了莲叶之无际，又渲染了天地之壮阔。"（　映日　）"与"（　荷花　）"相衬，又使整幅画面绚烂生动。

3. 诗人先写（　感受　），再叙（　实景　），从而造成一种先虚后实的效果，让人感受到六月西湖"不与四时同"的美丽风光。全诗明白晓畅。

4. 结合诗句解释下列词语。

　　（1）毕竟：（　到底　）。　　　　（2）别样：（　特别出色　）。

5. 本诗是一首（　七言绝句　）（体裁）。这首诗描绘西湖美景的句子是：（接天莲叶无穷碧），（映日荷花别样红）。这首诗表达了诗人（对西湖景色的喜爱之情）的思想感情。

【考试链接】

1. 下面对这首诗的理解，不正确的一项是（　A　）。

A. 这首诗写的是六月里一个黄昏西湖的美丽景色。

B. 送别诗一般都是抒发诗人送别之情的，这首诗却以写景代替送人，构思别致。

C. 诗中的"莲""荷"指的是同一事物，诗人把二字错开使用，是为了避免重复。

D. 这首诗从大处着笔，着力渲染，描绘了一幅天空日丽、红碧交辉的彩色画面。

2. 诗歌描绘的是什么时候的荷花？有什么特点？

答：（　从"六月中"可以看出是夏天，"别样红"可以看出荷花主要的特点是"红"　）。

3. 诗歌描写景色运用了什么描写手法？有何作用？

答：（　从"风光不与四时同"可以看出，诗歌主要是用西湖的风光与其他时节的风光进行对比，突出西湖六月的风光与其他时节的不同　）。

4.《晓出净慈寺送林子方》诗中的"红"字与杜牧笔下的"千里莺啼绿映红"中的"红"字意思是否一样？为什么？

答：（　不一样。千里莺啼绿映红是形容春天里万木葱茏，绿叶红花开得鲜艳，绿叶衬着红花，所以，"红"以颜色来代替花朵；而《晓出净慈寺送林子方》中的"映日荷花别样红"中的"红"只是荷花艳丽鲜红　）。

5. 这首诗描绘的是夏日的景色，你从哪句诗能够看出来？

答：（　毕竟西湖六月中，风光不与四时同　）。

263

yóu yuán bù zhí
游 园 不 值①

sòng yè shào wēng
[宋] 叶 绍 翁

yīng lián jī chǐ yìn cāng tái
应 怜② 屐 齿③ 印 苍 苔 ,

xiǎo kòu chái fēi jiǔ bù kāi
小 扣④ 柴 扉⑤ 久 不 开 。

chūn sè mǎn yuán guān bú zhù
春 色 满 园 关 不 住 ,

yì zhī hóng xìng chū qiáng lái
一 枝 红 杏 出 墙 来 。

绘画／钱思敏

【词句翻译】

①游园不值：想游园没能进门儿。值，遇到。②应怜：大概是感到心疼吧。应，表示猜测；怜，怜惜。屐（jī）齿：屐是木鞋，鞋底前后都有高跟儿，叫屐齿。③小扣：轻轻地敲门。④柴扉（fēi）：用木柴、树枝编成的门。

【全诗译文】

也许是园主担心我的木屐踩坏他那爱惜的青苔，轻轻地敲柴门，久久没有人来开。可是这满园的春色毕竟是关不住的，你看，那儿有一枝粉红色的杏花伸出墙头来。

【作者简介】

叶绍翁，字嗣宗，号靖逸，龙泉（今浙江丽水市龙泉市）人，南宋中期文学家、诗人。祖籍建阳。原姓李，后嗣于龙泉叶氏，祖父李颖士于宋政和五年（1115）中进士，曾任处州刑曹，后知余姚。南宋建炎三年（1129），颖士抗金有功，升为大理寺丞、刑部郎中，后因赵鼎党事，被贬。绍翁因祖父关系受累，家业中衰，少时即给龙泉叶姓为子。光宗至宁宗期间，曾在朝廷做小官，与真德秀过从甚密。他长期隐居钱塘西湖之滨，又与葛天民互相酬唱。叶绍翁著有《四朝闻见录》，补正史之不足，被收入《四库全书》。诗集《靖逸小稿》《靖逸小稿补遗》，其诗语言清新，意境高远，属江湖诗派风格。

265

【思想主题】

诗句写的是作者游园，由于主人不在，久等而进不了门。本来是一件扫兴的事，但他从露出墙头的一枝红杏想象出满园的春色，仍感到十分快慰。表达了诗人喜爱春天，热爱大自然的思想感情。

【写作特色】

此诗先写诗人游园看花而进不了园门，感情上是从有所期待到失望遗憾；后看到一枝红杏伸出墙外，进而领略到园中的盎然春意，感情又由失望到意外之惊喜，写得十分曲折而有层次。尤其第三、四两句，既渲染了浓郁的春色，又揭示了深刻的哲理。全诗写得十分形象而又富有理趣，体现了取景小而含意深的特点，情景交融，脍炙人口。

【阅读训练】

1. 诗句中"柴扉"写出了"园" <u>简朴，自然</u> 的特征。

2. 诗中最后两句运用了 <u>拟人</u> 的修辞方法，不仅景中含情，而且景中寓理。

3. 从诗中的" <u>久</u> "字能看出这是作者的猜测。

4. 诗人看到 <u>一座紧闭大门的花园</u> ，想到了 <u>主人大概是怕园里的满地绿绿的青苔被人践踏，所以闭门谢客</u> ， 表达了诗人 <u>喜爱春天，热爱大自然</u> 的情怀。

5. 选择加点字、词的正确解释，在括号里面打"√"。

（1）应怜屐齿印苍苔。

应：A. 答应。（ ） B. 大概。（ <u>√</u> ）

怜：A. 可怜。（ ） B. 爱惜。（ <u>√</u> ）

（2）小扣柴扉久不开。

小扣：A. 轻轻地敲。（ <u>√</u> ） B. 很小的扣子。（ ）

【考试链接】

1. 读完这首诗，你知道了"游园不值"的"值"意思是 <u>遇到</u> ，"怜"的意思是 <u>怜惜、爱惜</u> 。

2. 下面对本诗的鉴赏不正确的两项是（ <u>AC</u> ）。

A. 首句说大概是园主人爱惜园内的青苔，怕我的屐齿在上面留下践踏的痕迹，所以"柴扉"久扣不开，表现了主人不好客与冷漠。

B. 春色满园关不住，一枝红杏出墙来"。这后两句诗形象鲜明，构思奇特，"春色"和"红杏"都被拟人化，不仅景中含情，而且景中寓理。

C. 这首诗写了诗人兴致很高地去拜访园的主人，但却吃了闭门羹，所以情绪低落。

D. 这是一首无法成游、却胜于成游的别具一格的记游诗，和陆游的"山重水复疑无路，柳暗花明又一村"表达的意境很接近。

E. 前两句将主人不在家，故意说成主人有意拒客，这是为了给下面的诗句作铺垫。

3. 结合诗歌内容说说园主人是一个怎样的人？

答：从"应怜屐齿印苍苔，小扣柴扉久不开。"可以看出园主人的淡泊名利、远离尘俗、与世无争；从"满园春色关不住"可以看出园主人栽种了满院的花草，是一个志趣高雅的人。

4. "应怜屐齿印苍苔，小扣柴扉久不开。"中的"小扣"一词传达出诗人怎样的情怀？

答：表达了作者诗人善解人意的品格和他那一片怜春惜春的情怀。

5. 请分析诗歌的三四句是如何做到虚实结合的，并说说"春色满园关不住，一枝红杏出墙来"给了你什么样的哲理感受。

答：满园春色被高墙深院锁住，是虚写。伸出院子的一只红杏是实写。通过一只红杏可以想象园中春色是何等的灿烂。哲理感受："春色"是锁不住的，"红杏"必然要"出墙来"宣告春天的来临。暗示一切新生的、美好的事物是封锁不住、禁锢不了的，它必能冲破任何束缚，蓬勃发展。

绘画／杨沛璋

mò　méi

墨 梅①

yuán　wáng　miǎn

[元]王 冕

wú　jiā　xǐ　yàn　chí　tóu　shù

吾 家② 洗 砚 池③ 头④ 树 ，

gè　gè　huā　kāi　dàn　mò　hén

个 个⑤ 花 开 淡 墨⑥ 痕⑦ 。

bú　yào　rén　kuā　hǎo　yán　sè

不 要 人 夸 好 颜 色 ，

zhǐ　liú　qīng　qì　mǎn　qián　kūn

只 留⑧ 清 气⑨ 满 乾 坤⑩ 。

【词句翻译】

①墨梅：用水墨画的梅花。也有作"淡墨色的梅，是梅花中的珍品"。②吾家：我家。晋代书法家王羲之家。因王羲之与王冕同姓、同乡，借此自比。③洗砚池：写字、画画后洗笔洗砚的池子。一说三国时期是钟繇年轻的时候练字，经常用家旁边的池子洗毛笔，以致整个池子最后都是墨色了。 一说东晋王羲之"临池学书，池水尽黑"，这里是化用典故自诩热爱书画艺术、热爱文化。④头：边上。⑤个个：朵朵的意思。⑥淡墨：水墨画中将墨色分为四种，如，清墨、淡墨、浓墨、焦墨。这里是说那朵朵盛开的梅花，是用淡淡的 墨迹点化成的。⑦痕：痕迹，留下的印记。⑧流：有流传、流布之意。有很多版本皆作"留"。⑨清气：所谓的清气，于梅花来说自然是清香之气，但此处也暗喻人之清高自爱的精神，所谓清气就是雅意，就是正见，就是和合之气。⑩满乾坤：弥漫在天地间。满：弥漫。乾坤：指人间天地间。

【全诗译文】

洗砚池边生长的一棵梅花，朵朵梅花都似乎是洗笔后淡墨留下的痕迹而没有鲜艳的颜色。它并不需要别人去夸许它的颜色，在意的只是要把清淡的香气充满在天地之间。

【作者简介】

王冕（1287—1359），字元章，号煮石山农，亦号"食中翁""梅花屋主"等，浙江省绍兴市诸暨枫桥人，元朝著名画家、诗人、篆刻家。他出身贫寒，幼年替人放牛，靠自学成才。王冕性格孤傲，鄙视权贵，诗作多同情人民苦难、谴责豪门权贵、轻视功名利禄、描写田园隐逸生活之作。有《竹斋集》3卷，续集2卷。一生爱好梅花，种梅、咏梅，又攻画梅。所画梅花花密枝繁，生意盎然，劲健有力，对后世影响较大。存世画迹有《南枝春早图》《墨梅图》《三君子图》等。能治印，创用花乳石刻印章，篆法绝妙。《明史》有传。

【创作背景】

此诗约作于元顺帝至正九年至十年（1349—1350）期间。王冕在长途漫游以后回到了绍兴，在会稽九里山买地造屋，名为梅花屋，自号梅花屋主。此诗就作于梅花屋内。此时正值元末农民大起义爆发前夕，作者面对现实生活中无法解决的矛盾，感慨之下作此诗。

269

【思想主题】

此诗开头两句直接描写墨梅，最后两句盛赞墨梅的高风亮节，赞美墨梅不求人夸，只愿给人间留下清香的美德，实际上是借梅自喻，表达自己对人生的态度以及不向世俗献媚的高尚情操。

【写作特色】

开头两句"我家洗砚池头树，朵朵花开淡墨痕"直接描写墨梅。画中小池边的梅树，花朵盛开，朵朵梅花都是用淡淡的墨水点染而成的。"洗砚池"，化用王羲之"临池学书，池水尽黑"的典故。三、四两句盛赞墨梅的高风亮节。它由淡墨画成，外表虽然并不娇艳，但具有神清骨秀、高洁端庄、幽独超逸的内在气质；它不想用鲜艳的色彩去吸引人，讨好人，求得人们的夸奖，只愿散发一股清香，让它留在天地之间。在这首诗中，一"淡"一"满"尽显个性，一方面，墨梅的丰姿与诗人傲岸的形象跃然纸上；另一方面令人觉得翰墨之香与梅花的清香仿佛扑面而来。从而使"诗格""画格"、人格巧妙地融合在一起，有境界，有气魄，淡中有味，直中有曲，在元诗中别具特色。

【阅读训练】

1. 诗的前两句写他一生苦练不着色的（ 坚贞品格 ），后两句突出墨梅的（ 颜色 ）和（ 气味 ），这两句诗一舍一取，先舍（ 颜色 ），后取（ 香气 ），一语双关，以物喻人。

2. 诗中的梅花有哪些特点？

　　神清骨秀、高洁端庄、幽独超逸。写出了墨梅的淡雅，不争奇斗艳。只有淡淡墨痕，高洁，托物言志地说出了作者与墨梅一样，不与俗人同流合污的高尚情操。

3. 诗人借墨梅要表达怎样的思想品格？

　　此诗开头两句直接描写墨梅，最后两句盛赞墨梅的高风亮节，赞美墨梅不求人夸，只愿给人间留下清香的美德，实际上是借梅自喻，表达自己对人生的态度以及不向世俗献媚的高尚情操的思想品格。

4. 诗中后两句用了什么修辞手法？有什么好处？

　　用了拟人和比喻的手法。表面上是赞美梅花的美丽，实际上写出了作者自己不向世俗献媚的胸襟气质和坚贞纯洁的情操。抒发了作者对流俗的不满，也体现了作者贞洁自守的高尚情操。

【考试链接】

1. 看拼音，写词语。

（1）这件事交给他办非常 wěn tuǒ（____稳妥____）。

（2）人们常常把月亮 bǐ yù（____比喻____）为玉盘。

（3）因为他的 shū hū（____疏忽____），这次生产的产品全部报废了。

2. 查字典填空。

"疏"用部首查字法应先查____足____部，再查____七____画；用音序查字法应先查大写字母____S____，再查音节____shū____。"疏"在字典中的解释有：①事物间距离大，空隙大，跟"密"相对；②不熟悉。③关系远的，不亲密；④清除阻塞使通畅。给下列加点的疏选择正确的解释。

疏远（____③____）　　疏密相间（____①____）　　疏通（____④____）

3. 判断对错。（正确的打"√"，错误的打"×"）

1. "不要人夸好颜色"中的"不要人夸"指的是王冕。　（____×____）

2. "不要／人夸好颜色，只留／清气／／满乾坤"这两句诗标示的节奏和重音节都是正确的。　　　　　　　　（____√____）

4. 先解释加点字词的意思再解释诗句的意思。

不要人夸好颜色，只留清气满乾坤。

满：____弥漫。____

乾坤：____指人间天地间。____

诗意：____它并不需要别人去夸许它的颜色，在意的只是要把清淡的香气弥漫在天地之间。____

5. 阅读理解。

梅　花

崔道融

数萼初含雪，孤标画本难。　香中别有韵，清极不知寒。

横笛和愁听，斜枝倚病看。　朔风如解意，容易莫摧残。

____寂寞（数萼），孤傲、美丽（孤标画本难），风韵（香中别有韵），清雅（清极不知寒）。____

（2）结合本诗运用的表达技巧，简要分析诗中所抒发的思想感情。

____寂寞（数萼），孤傲、美丽（孤标画本难），风韵（香中别有韵），清雅（清极不知寒）。____

271

shí huī yín
石 灰 吟①

míng yú qiān
[明]于 谦

qiān chuí wàn záo chū shēn shān
千 锤 万 凿② 出 深 山 ，

liè huǒ fén shāo ruò děng xián
烈 火 焚 烧 若 等 闲③ 。

fěn gǔ suì shēn quán bú pà
粉 骨 碎 身④ 全 不 怕 ，

yào liú qīng bái zài rén jiān
要 留 清 白⑤ 在 人 间 。

绘画／叶子源

【词句翻译】

①石灰吟：赞颂石灰。吟：吟颂，指古代诗歌体裁的一种名称（古代诗歌的一种形式）。②千锤万凿：也作"千锤万击"；指无数次的锤击开凿，形容开采石灰非常艰难。千、万：虚词，形容很多。锤：锤打。凿：开凿。③若等闲：好像很平常的事情。若：好像、好似；等闲：平常，轻松。④粉骨碎身：也作"粉身碎骨"；怕：也作"惜"。⑤清白：指石灰洁白的本色，又比喻高尚的节操。人间：人世间。

【全诗译文】

石灰石只有经过千万次锤打才能从深山里开采出来，它把熊熊烈火的焚烧当作很平常的一件事。即使粉身碎骨也毫不惧怕，甘愿把一身清白留在人世间。

【作者简介】

于谦（1398－1457），字廷益，号节庵，汉族，明朝名臣、民族英雄，杭州府钱塘县（今浙江省杭州市上城区）人。永乐十九年（1421年），于谦登进士第。宣德元年（1426年），以御史职随明宣宗平定汉王朱高煦之乱，因严词斥责朱高煦而受宣宗赏识，升为巡按江西，颂声满道。宣德五年（1430年），以兵部右侍郎巡抚河南、山西等地。明英宗时因入京觐见时不向权臣王振送礼，遭诬陷下狱，因两省百姓、官吏乃至藩王力请而复任。土木之变后，英宗兵败被俘，他力排南迁之议，坚请固守，升任兵部尚书。明代宗即位，整饬兵备，部署要害，亲自督战，率师二十二万，列阵北京九门外，抵御瓦剌大军。瓦剌太师也先挟英宗逼和，他以"社稷为重，君为轻"，不许。也先无隙可乘，被迫释放英宗。和议后，于谦仍积极备战，挑选京军精锐分十团营操练，又遣兵出关屯守，边境得以安宁。当时朝务繁杂，于谦独运征调，合乎机宜。其号令明审，令行政达。他忧国忘身，口不言功，平素俭约，居所仅能遮蔽风雨。但因个性刚直，招致众人忌恨。天顺元年（1457年），英宗复辟，大将石亨等诬陷于谦谋立襄王之子，致使其含冤遇害。明宪宗时，于谦被复官赐祭，弘治二年（1489年），追谥"肃愍"。明神宗时改谥"忠肃"。有《于忠肃集》传世。《明史》称赞其"忠心义烈，与日月争光"。他与岳飞、张煌言并称"西湖三杰"。

273

【创作背景】

于谦从小学习刻苦，志向远大。相传有一天，他信步走到一座石灰窑前，观看师傅及徒弟们煅烧石灰。只见一堆堆青黑色的山石，经过熊熊的烈火焚烧之后，都变成了白色的石灰。他深有感触，略加思索之后便写下了此诗。据说此时于谦才十二岁，他写下这首诗不只是石灰形象的写照，更是他日后的人生追求。

【思想主题】

此诗借吟石灰的锻炼过程，表现了作者不避千难万险，勇于自我牺牲，以保持忠诚清白品格的可贵精神。

【写作特色】

此诗托物言志，采用象征手法，字面上是咏石灰，实际借物喻人，托物寄怀，表现了诗人高洁的理想。全诗笔法凝练，一气呵成，语言质朴自然，不事雕琢，感染力很强；尤其是作者那积极进取的人生态度和大无畏的凛然正气更给人以启迪和激励。通篇用象征手法，以物比人，把物的性格和人的性格熔铸成一体。言在物，而意在人，不言人而人在其中，似呼之即出。风格豪迈，气势坦荡、铿锵有力。

【阅读训练】

1. "吟"是古代诗歌体裁的一种（__名称__），意思是（__吟颂__）。《石灰吟》就是赞颂（__石灰__）。

2. "若等闲"的意思是__好像很平常的事情__，清白指石灰的 __高洁品格__。

3. 我知道诗中（千锤）和（万凿）是一对同义词，（锤）和（凿）是描写动作的词，我还能写出"若"的同义词是（__似__）。

4. 我能在《石灰吟》这首诗中最少能找出3个体现石灰坚强不屈、洁身自好精神的词，并用横线划出来。

千锤万凿出深山，烈火焚烧若等闲。

粉骨碎身浑不怕，要留清白在人间。

5.《石灰吟》这首诗中最有名的诗句是（ <u>粉骨碎身全不怕，要留清白在</u> <u>人间。</u> ），意思是（ <u>即使粉身碎骨也毫不惧怕，甘愿把一身清白</u> <u>留在人世间。</u> ）。

【考试链接】

1. 这首诗借石灰表达了作者怎样的思想感情？

<u>　　表达了作者不畏艰险、不怕牺牲，在人生道路上清清白白做人的思想</u> <u>感情。</u>

2. 诗人用哪些方法来描写和赞美石灰呢？

<u>　　比喻和拟人。赞美了石灰洁身自好，坚贞不屈的精神，抒发了诗人不</u> <u>同流合污，坚决与恶势力抗争到底的精神。</u>

3. "粉骨碎身全不怕，要留清白在人间。"这两句借石灰之口，一语双关， 表达出作者怎样的人生追求？

<u>　　以拟人的创作方法，歌颂了石灰石坚贞不屈的精神，暗喻诗人为国为</u> <u>民建功立业，名垂青史的志向，不管要经历多少磨难，哪怕粉身碎骨，也</u> <u>要完成自己存在的价值和意义．这两句诗借石灰石之口，一语双关，表示</u> <u>出作者不怕牺牲的精神以及永留高尚的品格在人间的追求。</u>

4. 这首诗通过赞颂石灰（ <u>不怕牺牲的奉献</u> ）的精神，表达了于谦 也要像（ <u>石灰石</u> ）一样，任凭千（ <u>锤</u> ）万（ <u>凿</u> ），（ <u>烈</u> <u>火</u> ）焚烧，哪怕粉骨（ <u>碎身</u> ），都毫不畏惧坚决同恶势力斗争 到底的决心，《石灰吟》就是于谦一生的真实写照，这是用了（ <u>托物言</u> <u>志</u> ）的手法，"千锤万凿"这个成语用了（ <u>夸张</u> ）手法。

5. 形近字组词。

吟（ <u>吟唱</u> ）　　锤（ <u>锤炼</u> ）　　闲（ <u>清闲</u> ）　　焚（ <u>焚烧</u> ）

铃（ <u>铃铛</u> ）　　睡（ <u>睡眠</u> ）　　闭（ <u>封闭</u> ）　　楚（ <u>痛楚</u> ）

275

竹 石
zhú shí

［清］郑 燮
qīng zhèng xiè

咬 定①青 山 不 放 松，
yǎo dìng qīng shān bú fàng sōng

立 根②原 在 破 岩 中。
lì gēn yuán zài pò yán zhōng

千 磨 万 击③还 坚 劲，
qiān mó wàn jī huán jiān jìn

任④尔 东 西 南 北 风。
rèn ěr dōng xī nán běi fēng

276

绘画／台静怡

【词句翻译】

①咬定：咬紧。②立根：扎根。破岩：裂开的山岩，即岩石的缝隙。③千磨万击：指无数的磨难和打击。坚韧：坚强有力。④任：任凭，无论，不管。尔：你

【全诗译文】

紧紧咬定青山不放松，原本深深扎根石缝中。千磨万击身骨仍坚劲，任凭你刮东西南北风。

【作者简介】

郑板桥（1693—1765），原名郑燮，字克柔，号理庵，又号板桥，人称板桥先生，江苏兴化人，祖籍苏州。康熙秀才，雍正十年举人，乾隆元年（1736年）进士。官山东范县、潍县县令，政绩显著，后客居扬州，以卖画为生，为"扬州八怪"重要代表人物。郑板桥一生只画兰、竹、石，自称"四时不谢之兰，百节长青之竹，万古不败之石，千秋不变之人"。其诗书画，世称"三绝"，是清代比较有代表性的文人画家。代表作品有《修竹新篁图》《清光留照图》《兰竹芳馨图》《甘谷菊泉图》《丛兰荆棘图》等，著有《郑板桥集》。

【创作背景】

诗人是著名画家，他画的竹子特别有名，这是他题写在竹石画上的一首诗。作者73岁4月作《竹石图》，就是他这种傲岸和刚直人格的写照。在他为官期间，做了不少益民利众的好事，深得人民爱戴，但他在荒年为百姓请求赈济，却得罪了知府和地方豪绅。他刚正不阿，心系民众和"出淤泥而不染"的清高性格，耻于折腰，便藐视权贵，解绶挂印，毅然辞官而归，回扬州卖画为生。

【思想主题】

这首诗是一首咏竹诗。诗人所赞颂的并非竹的柔美，而是竹的刚毅。前两句赞美立根于破岩中的劲竹的内在精神。开头一个"咬"字，一字千钧，极为有力，而且形象化，充分表达了劲竹的刚毅性格。再以"不放松"来补足"咬"字，劲竹的个性特征表露无遗。次句中的"破岩"更衬托出劲竹生命力的顽强。后二句再进一层写恶劣的客观环境对劲竹的磨炼与考

验。不管风吹雨打，任凭霜寒雪冻，苍翠的青竹仍然"坚劲"，傲然挺立。"千磨万击""东南西北风"，极言考验之严酷。这首诗借物喻人，作者通过咏颂立根破岩中的劲竹，含蓄地表达了自己绝不随波逐流的高尚的思想情操。

【写作特色】

　　这是一首借物喻人、托物言志的诗，也是一首咏物诗。这首诗着力表现了竹子那顽强而又执着的品质，托岩竹的坚韧顽强，言自己刚正不阿、正直不屈、铁骨铮铮的骨气。全诗语言简易明快，执着有力。

【阅读训练】

1. 解释字词。

立根：　　扎根。

破岩：　　裂开的山岩，即岩石的缝隙。

咬定：　　咬住。

坚劲：　　坚强有力。

2. 辨字组词。

咬（　咬字　）　　磨（　磨炼　）　　坚（　坚定　）

校（　学校　）　　魔（　魔鬼　）　　竖（　横竖　）

较（　比较　）　　麻（　麻烦　）　　监（　监督　）

3. 能力提升，读古诗回答问题。

（1）《竹石》这首诗中，最能体现竹子品格特点的句子是　千磨万击还坚劲，任尔东西南北风。　。

（2）这首诗让我们体会到了竹子　坚强不屈　的精神。

4. 连词成句，并加上标点符号。

（1）泥土小溪里雨水都把冲进啦

　　　雨水把泥土都冲进小溪里啦！

（2）空气新鲜植树关系有什么和

　　　空气新鲜和植树有什么关系？

（3）少年儿童我们幸福多么啊

　　　我们少年儿童多么幸福啊！

（4）欢快树上小鸟在唱歌地

　　　小鸟在树上欢快地唱歌。

5. 翻译诗句。

千磨万击还坚劲，任尔东西南北风。

　　　千磨万击身骨仍坚劲，任凭你刮东西南北风。

【考试链接】

1. 照样子选字填空，组成词语。

　　　　　　　麻　　　磨

（　麻　）雀　　（　磨　）面　　（　磨　）难

　　　　　　　艰　　　坚

（　艰　）难　　（　坚　）硬　　（　艰　）苦

　　　　　　　击　　　出

（　出　）现　　打（　击　）　　（　出　）发

（　击　）鼓传花

2. 照样子，写词语。

东西南北　春夏秋冬　　前后左右　　、　　喜怒哀乐

千磨万击　千变万化　　千军万马　　、　　千愁万绪

3. 写出下列词语的反义词。

浪费—（　节约　）　　　　伟大—（　渺小　）

简单—（　复杂　）　　　　清闲—（　繁忙　）

4. 思考。

（1）花中四君子指　梅、兰、竹、菊。

（2）岁寒三友指　松、竹、梅。

jǐ hài zá shī
己 亥 杂 诗

qīng gōng zì zhēn
[清]龚 自 珍

jiǔ zhōu shēng qì shì fēng léi
九 州① 生 气 恃 风 雷 ，

wàn mǎ qí yīn jiū kě āi
万 马 齐 喑② 究 可 哀 。

wǒ quàn tiān gōng chóng dǒu sǒu
我 劝 天 公③ 重 抖 擞 ，

bù jū yì gé jiàng rén cái
不 拘 一 格 降④ 人 才 。

280

绘画／代锦睿

书包里的古诗词

【词句翻译】

①九州：中国的别称之一。分别是：冀州、兖州、青州、徐州、扬州、荆州、梁州、雍州和豫州。王昌龄《放歌行》："清乐动千门，皇风被九州"。生气：生气勃勃的局面。恃（shì）：依靠。②万马齐喑：比喻社会政局毫无生气。喑（yīn）：沉默，不说话。③天公：造物主。抖擞：振作，奋发。④降：降生，降临。

【全诗译文】

只有狂雷炸响般的巨大力量才能使中国大地发出勃勃生机，然而社会政局毫无生气终究是一种悲哀。我奉劝上天要重新振作精神，不要拘泥一定规格以降下更多的人才。

【作者简介】

龚自珍（1792－1841），字璱人，号定庵。汉族，仁和（今浙江杭州）人。晚年居住昆山羽琌山馆，又号羽琌山民。清代思想家、诗人、文学家和改良主义的先驱者。龚自珍曾任内阁中书、宗人府主事和礼部主事等官职。主张革除弊政，抵制外国侵略，曾全力支持林则徐禁除鸦片。48岁辞官南归，次年卒于江苏丹阳云阳书院。他的诗文主张"更法""改图"，揭露清统治者的腐朽，洋溢着爱国热情，被柳亚子誉为"三百年来第一流"。著有《定庵文集》，留存文章300余篇，诗词近800首，今人辑为《龚自珍全集》。著名诗作《己亥杂诗》共350首。多咏怀和讽喻之作。

【创作背景】

龚自珍的时代是一个风雨飘摇的时代，正是这样的时代，产生了这位近代史上的启蒙思想家。他意识到封建的闭关锁国政策行不通了，帝国主义的侵略更加暴露出封建主义衰朽没落的本质。他以其才华，起而议政"医国"，宣传变革，终因"动触时忌"，他于道光十九年己亥（1839）辞官南归，在途中写下三百一十五首《己亥杂诗》。这首诗是他在路过镇江时，应道士之请而写的祭神诗。

【思想主题】

这首诗以祈祷天神的口吻，呼唤着风雷般的变革，以打破清王朝束缚思想、扼杀人才造成的死气沉沉的局面，表达了作者解放人才，变革社会，振兴国家的愿望。

【写作特色】

　　整首诗中选用"九州""风雷""万马""天公"这样的具有壮伟特征的主观意象，是诗人用奇特的想象表现了他热烈的希望，他期待着杰出人才的涌现，期待着改革大势形成新的"风雷"、新的生机，一扫笼罩九州的沉闷和迟滞的局面，既揭露矛盾、批判现实，更憧憬未来、充满理想。它独辟奇境，别开生面，呼唤着变革，呼唤未来。寓意深刻，气势不凡。全诗以一种热情洋溢的战斗姿态，对清朝当政者以讽谏，表达了作者心中对国家未来命运前途的关切，和希望当政者能够广纳人才的渴望，具有很深刻的历史背景和很强的现实意义。

【阅读训练】

1. 给下列字词注释。

生气：　　　生气勃勃的局面。

万马齐喑：　　　比喻社会政局毫无生气。

天公：　　　造物主。

降：　　　降生，降临。

2. 找出诗中的成语。

　　　万马齐喑、不拘一格。

3. "九州生气恃风雷，万马齐喑究可哀。"一句从结构来说是 　开门见山　；从内容看是 　抒情诗　、　讽喻诗　。

4. 整首诗表达了作者怎样的思想感情？

　　　这首诗以祈祷天神的口吻，呼唤着风雷般的变革，以打破清王朝束缚思想、扼杀人才造成的死气沉沉的局面，表达了作者解放人才，变革社会，振兴国家的愿望。

5. 翻译诗句。

我劝天公重抖擞，不拘一格降人才。

　　　我奉劝上天要重新振作精神，不要拘泥一定规格以降下更多的人才。

【考试链接】

1. 对词语解释有误的一项是（ ___A___ ）。

A. 生气：不高兴 　　B. 抖擞：振作精神 　　C. 恃：依靠 　　D. 究：毕竟

2. 对词语理解有误的一项是（ ___B___ ）。

A. 九州：上古分天下为九州，后泛指中国。

B. 风雷：在诗中指自然界的疾风迅雷。

C. 万马齐喑：千万匹马都沉寂无声，比喻人们都沉默，不说话，不发表意见。

D. 不拘一格：打破常规，多种多样。

3. 对诗歌的理解有误的一项是（ ___D___ ）。

A. 诗歌第一句，以自然喻人事，中国如要生气蓬勃，须有令人震惊的、富于改革精神的思想言论出现。

B. 第二句表现出清王朝统治下的死气沉沉的黑暗局面。

C. 诗人借呼唤风雷来抒写自己的爱国之情、革新之志。

D. 诗歌的主旨是表现诗人的人才观，希望"天公"能重视人才的培养。

4. 请写出龚自珍《乙亥杂诗（浩荡离愁）》中用来比喻默默无闻为人们奉献的诗句并解释其意思。

_____落红不是无情物。化作春泥更护花。 我辞官归乡，有如从枝头上掉下来的落花，但它却不是无情之物，化成了春天的泥土，还能起着培育下一代的作用。_____

283

liù yuè èr shí qī rì wàng hú lóu zuì shū
六月二十七日①望湖楼醉书

sòng sū shì
[宋]苏 轼

hēi yún fān mò wèi zhē shān
黑 云 翻 墨② 未 遮 山 ，

bái yǔ tiào zhū luàn rù chuán
白 雨③ 跳 珠 乱 入 船 。

juǎn dì fēng lái hū chuī sàn
卷 地 风 来④ 忽 吹 散 ，

wàng hú lóu xià shuǐ rú tiān
望 湖 楼 下 水 如 天⑤ 。

284

绘画／董子扬

书包里的古诗词

【词句翻译】

①六月二十七日：指宋神宗熙宁五年（1072）六月二十七日。望湖楼：古建筑名，又叫看经楼。位于杭州西湖畔，五代时吴越王钱弘俶所建。醉书：饮酒醉时写下的作品。②翻墨：打翻的黑墨水，形容云层很黑。遮：遮盖，遮挡。③白雨：指夏日阵雨的特殊景观，因雨点大而猛，在湖光山色的衬托下，显得白而透明。跳珠：跳动的水珠（珍珠），用"跳珠"形容雨点，说明雨点大，杂乱无序。④卷地风来：指狂风席地卷来。又如，韩愈《双鸟》诗："春风卷地起，百鸟皆飘浮。"忽：突然。⑤水如天：形容湖面像天空一般开阔而且平静。

【全诗译文】

黑云翻滚如同打翻的墨砚与远山纠缠。一会儿我的小船突然多了一些珍珠乱串，那是暴虐的雨点。一阵狂风平地而来，将暴雨都吹散。当我逃到望湖楼上，喝酒聊天，看到的却是天蓝蓝，水蓝蓝。

【作者简介】

苏轼（1037—1101），字子瞻，又字和仲，号铁冠道人、东坡居士，世称苏东坡、苏仙。汉族，眉州眉山（今属四川省眉山市）人，祖籍河北栾城，北宋文学家、书法家、画家 嘉祐二年（1057年），苏轼进士及第。宋神宗时曾在凤翔、杭州、密州、徐州、湖州等地任职。元丰三年（1080年），因"乌台诗案"被贬为黄州团练副使。宋哲宗即位后，曾任翰林学士、侍读学士、礼部尚书等职，并出知杭州、颍州、扬州、定州等地，晚年因新党执政被贬惠州、儋州。宋徽宗时获大赦北还，途中于常州病逝。宋高宗时追赠太师，谥号"文忠" 苏轼是北宋中期的文坛领袖，在诗、词、散文、书、画等方面取得了很高的成就。其文纵横恣肆；其诗题材广阔，清新豪健，善用夸张比喻，独具风格，与黄庭坚并称"苏黄"；其词开豪放一派，与辛弃疾同是豪放派代表，并称"苏辛"；其散文著述宏富，豪放自如，与欧阳修并称"欧苏"，为"唐宋八大家"之一。苏轼亦善书，为"宋四家"之一；工于画，尤擅墨竹、怪石、枯木等。有《东坡七集》《东坡易传》《东坡乐府》等传世。

【创作背景】

宋神宗熙宁五年（1072），作者在杭州任通判。这年六月二十七日，他游览西湖，在船上看到奇妙的湖光山色，再到望湖楼上喝酒，写下这五首七言绝句。这是其中的第一首。

【思想主题】

抒发了诗人热爱自然、热爱生活，对景物的描写大开大合，更有一种豪放豁达的人生态度，时时处处以审美眼光看世界的博大胸襟。

【写作特色】

诗人苏轼先在船中，后在楼头，迅速捕捉住湖上急剧变化的自然景物：云翻、雨泻、风卷、天晴，写得有远有近，有动有静，有声有色，有景有情。读起来，你会油然产生一种身临其境的感觉——仿佛自己也在湖心经历了一场突然来去的阵雨，又来到望湖楼头观赏那水天一色的美丽风光。

【阅读训练】

1. 给下列字词注释。

望湖楼：__古建筑名，又叫看经楼。位于杭州西湖畔，五代时吴越王钱弘俶所建。__

翻墨：__打翻的黑墨水，形容云层很黑。__

跳珠：__跳动的水珠（珍珠），用"跳珠"形容雨点，说明雨点大，杂乱无序。__

卷地风：__指狂风席地卷来。__

2. 填空题。

(1)"遮"的读音是（__zhē__），音序是（__Z__），音节是（__zhē__），用部首查字法应查（__辶__）部，查（__十一__）画。"遮"在黑云翻墨未遮山里的意思是（__①__），①遮挡，遮住。②掩盖，掩蔽。③古同"庶"，众多。④古同"者"，这。用遮组词（__遮挡__）。

(2)《六月二十七日望湖楼醉书》这首诗的作者是（__宋__）代（__苏轼__），号（__东坡居士__），世称（__苏东坡__），与黄庭坚并称（__苏黄__）与辛弃疾并称（__苏辛__）。

3. 解释下列句意。

黑云翻墨未遮山，白雨跳珠乱入船。

　　黑云翻滚如同打翻的墨砚与远山纠缠。一会儿我的小船突然多了一些珍珠乱串，那是暴虐的雨点。

4. 试从该诗色彩角度简要赏析。

　　这首诗描绘了云的黑、山的青、雨的白、水的碧蓝，浓墨重彩的勾画出雨前、雨中、雨后的美景。

5. 这首诗融情于景，抒发了诗人怎样的情感？

　　抒发了诗人热爱自然、热爱生活，时时处处以审美眼光看世界的博大胸襟。

【考试链接】

1. 简述诗人是按照怎样的顺序描写乍雨还晴、风云变幻的西湖景象的。结合诗句具体说明。

　　按照时间顺序描写，首先写大雨前景象"黑云翻墨"，将乌云比喻成打翻的墨水，接着第二句写下雨时的景象，最后卷地风来忽吹散，望湖楼下水如天，写了雨后的景象。

2. 请说说"白雨跳珠乱入船"一句中"跳珠"的妙处。

　　此句采用了比拟的手法，将击打在船上的雨滴比喻成跳动的珠子，生动而又形象，将雨珠的动感描写的淋漓尽致。

3. 找出诗中的比喻句，说说用什么比喻什么。

　　黑云翻墨未遮山，白雨跳珠乱入船。乌云比作墨汁，雨点比作珍珠。"黑云翻墨"和"白雨跳珠"，两个形象的比喻，既写出天气骤然变化时的紧张气氛，也烘托了诗人舟中赏雨的喜悦心情。

287

cháng gē xíng
长 歌 行①

hàn yuè fǔ
汉乐府

qīng qīng yuán zhōng kuí
青 青 园 中 葵②，

zhāo lù dài rì xī
朝 露③ 待 日 晞 。

yáng chūn bù dé zé
阳 春④ 布 德 泽 ，

wàn wù shēng guāng huī
万 物 生 光 辉 。

cháng kǒng qiū jié zhì
常 恐 秋 节⑤ 至 ，

kūn huáng huā yè shuāi
焜 黄⑥ 华 叶 衰 。

bǎi chuān dōng dào hǎi
百 川⑦ 东 到 海 ，

hé shí fù xī guī
何 时 复 西 归 ？

shǎo zhuàng bù nǔ lì
少 壮⑧ 不 努 力 ，

lǎo dà tú shāng bēi
老 大⑨ 徒 伤 悲 。

288

书包里的古诗词

绘画/雷皓宇

【词句翻译】

①长歌行：汉乐府曲题。这首诗选自《乐府诗集》卷三十，属相和歌辞中的平调曲。②葵："葵"作为蔬菜名，指中国国古代重要蔬菜之一。《诗经·豳风·七月》："七月亨葵及菽。"李时珍《本草纲目》说"葵菜古人种为常食，今之种者颇鲜。有紫茎、白茎二种，以白茎为胜。大叶小花，花紫黄色，其最小者名鸭脚葵。其实大如指顶，皮薄而扁，实内子轻虚如榆荚仁。"此诗"青青园中葵"即指此。③朝露：清晨的露水。晞：天亮，引申为阳光照耀。④阳春：阳是温和。阳春是露水和阳光都充足的时候，露水和阳光都是植物所需要的，都是大自然的恩惠，即所谓的"德泽"。 布：布施，给予。 德泽：恩惠。⑤秋节：秋季。⑥焜黄：形容草木凋落枯黄的样子。 华（huā）：同"花"。 衰：一说读"cuī"，因为古时候没有"shuāi"这个音；一说读 shuāi，根据语文出版社出版的《古代汉语》，除了普通话的规范发音之外，任何其他的朗读法都是不可取的。⑦百川：大河流。⑧少壮：年轻力壮，指青少年时代。⑨老大：指年老了，老年。徒：白白地 。

【全诗译文】

园中的葵菜都郁郁葱葱，晶莹的朝露阳光下飞升。春天把希望洒满了大地，万物都呈现出一派繁荣。常恐那肃杀的秋天来到，树叶儿黄落百草也凋零。百川奔腾着东流到大海，何时才能重新返回西境？少年人如果不及时努力，到老来只能是悔恨一生。

【作者简介】

郭茂倩（1041－1099），字德粲（《宋诗纪事补遗》卷二四有载），北宋郓州须城（今山东东平）人（《宋史》卷二九七《郭劝传》），其先祖为太原曲阳人，高祖郭宁，因官始居郓州。为莱州通判郭劝之孙，太常博士郭源明之子。神宗元丰七年（1084年）时为河南府法曹参军（《苏魏公集》卷五九《郭君墓志铭》）。编有《乐府诗集》百卷传世，以解题考据精博，为学术界所重视。《木兰诗》与《孔雀东南飞》合称"乐府双璧"。

【创作背景】

乐府是自秦代以来设立的朝廷音乐机关。它除了将文人歌功颂德的诗配乐演唱外，还担负采集民歌的任务。汉武帝时得到大规模的扩建，从民间搜集了大量的诗歌作品，内容丰富，题材广泛。此诗是汉乐府诗的一首。长歌行是指"长声歌咏"为曲调的自由式歌行体。

【思想主题】

此诗从整体构思看，主要意思是说时节变换得很快，光阴一去不返，因而劝人要珍惜青年时代，发奋努力，使自己有所作为。由眼前青春美景想到人生易逝，鼓励青年人要珍惜时光，出言警策，催人奋起。

【写作特色】

全诗以景寄情，由情入理，将"少壮不努力，老大徒伤悲"的人生哲理，寄寓于朝露易干、秋来叶落、百川东去等鲜明形象中，借助朝露易晞、花叶秋落、流水东去不归来，发生了时光易逝、生命短暂的浩叹，鼓励人们紧紧抓住随时间飞逝的生命，奋发努力趁少壮年华有所作为。其情感基调是积极向上的。其主旨体现在结尾两句，但诗人的思想又不是简单的表述出来，而是从现实世界中撷取出富有美感的具体形象，寓教于审美之中。

【阅读训练】

1. 看拼音写词。

chàng gē	cháng gē xíng	dà hǎi	nǔ lì
（ 唱歌 ）	（ 长歌行 ）	（ 大海 ）	（ 努力 ）

shāng bēi	dōng biān	xī biān	shào nián
（ 伤悲 ）	（ 东边 ）	（ 西边 ）	（ 少年 ）

lǎo dà	lì qi	shāng rén	kě bēi
（ 老大 ）	（ 力气 ）	（ 商人 ）	（ 可悲 ）

dōng hǎi	hǎi shuǐ	xià hǎi	yòng lì
（ 东海 ）	（ 海水 ）	（ 下海 ）	（ 用力 ）

sì chuān	bǎi chuān
（ 四川 ）	（ 百川 ）

2. 填空。（背诵古诗）

题目： 长歌行 ，

 百川东到海 ，何时复 西 归 。 少壮 不努力 ， 老大 徒 伤悲 。

3. 先组词再造句：

努（ 努力 ） 不努力学习，在竞争中就会处于劣势。

海（ 海洋 ） 这是一片花的海洋，一眼望去漫无边际。

歌（ 歌唱 ） 青春如歌，歌唱生活的传奇。

力（ 动力 ） 他就像一个有无限动力的发动机一样，孜孜不倦地学习到深夜。

4. 学了这首古诗，你懂得了什么？

 要学会珍惜时间，时光一去不复返。一寸光阴一寸金，寸金难买寸光阴。

你还知道写时间的古诗吗？

5. 第二联中的"布"和最后一联中的"徒"，在诗中是什么意思？

 布是散布的意思；徒是空的意思。

【考试链接】

1. 诗人用"常恐秋节至"表达对"青春"稍纵即逝的珍惜，其中一个" 恐 "字，表现出人们对自然法则的无能为力。诗歌从对宇宙的探寻转入对 时间 的思考，最终得出"少壮不努力，老大徒伤悲"这一发聋振聩的结论。

2. 诗中写大自然中景物目的是什么？

 写自然界植物花草的荣枯变化，以托物起兴的方法，为过度到珍惜时光作铺垫。

3. 如何理解"百川东到海，何时复西归"一句？

 天下几百条河流都自西向东流向大海，什么时候看过有河水向西流回来的？寓意就是时间一去不复返。

4. 这首诗在说理方面有什么特点？

 借物言理，以园中青青的葵菜作比喻，由眼前青春美景想到人生易逝，鼓励青年人要珍惜时光，努力向上，牢记"一寸光阴一寸金，寸金难买寸光阴"的警训。

5. 诗人从眼前的景象中产生了怎样的联想？从而感悟出怎样的哲理？

 这首诗从"园中葵"说起，再用水流到海不复回打比方，说明光阴如流水，一去不再回，最后劝导人们，要珍惜青春年华，发愤努力，不要等老了再后悔。

滁州^①西涧

chú zhōu xī jiàn

[唐] 韦应物

独怜^②幽草涧边生，

上有黄鹂深树^③鸣。

春潮^④带雨晚来急，

野渡^⑤无人舟自横。

绘画/赖星璇

书包里的古诗词

【词句翻译】

①滁州：在今安徽滁州以西。西涧：在滁州城西，俗名称上马河。②独怜：唯独喜欢。幽草：幽谷里的小草。幽，一作"芳"。生：一作"行"。③深树：枝叶茂密的树。深，《才调集》作"远"。树，《全唐诗》注"有本作'处'"。④春潮：春天的潮汐。⑤野渡：郊野的渡口。横：指随意飘浮。

【全诗译文】

我喜爱生长在涧边的幽草，黄莺在幽深的树丛中啼鸣。春潮夹带着暮雨流的湍急，惟有无人的小船横向江心。

【作者简介】

韦应物（737—792），中国唐代诗人。汉族，长安（今陕西西安）人。文昌右相韦待价曾孙，出身京兆韦氏逍遥公房。今传有10卷本《韦江州集》、两卷本《韦苏州诗集》、10卷本《韦苏州集》。散文仅存一篇。因出任过苏州刺史，世称"韦苏州"。诗风恬淡高远，以善于写景和描写隐逸生活著称。

【创作背景】

一般认为《滁州西涧》这首诗是唐德宗建中二年（781年）韦应物任滁州刺史时所作。他时常独步郊外，滁州西涧便是他常光顾的地方。作者喜爱西涧清幽的景色，一天游览至滁州西涧（在滁州城西郊野），写下了这首诗情浓郁的小诗。

【思想主题】

作者任滁州刺史时，游览至滁州西涧，写下了这首诗情浓郁的小诗。此诗写的虽然是平常的景物，但经诗人的点染，却成了一幅意境幽深的有韵之画，还蕴含了诗人一种不在其位，不得其用的无奈与忧伤情怀，这首诗表达了作者对自己怀才不遇的不平以及对生活的热爱。

【写作特色】

诗人以情写景，借景述意，写自己喜爱和不喜爱的景物，说自己合意和不合意的事情，而胸襟恬淡，情怀忧伤，便自然地流露出来。

【阅读训练】

1. 诗中的"怜"的意思是 喜欢 ，"深"的意思是 茂盛 。
2. 诗的前两句"幽草涧边生"，是"近"景；"黄鹂深树鸣"是"远"景。

3. "春潮带雨晚来急，野渡无人舟自横"历来常被作为画题。请用现代散文的语言把这幅画面描述下来。不超过50字。

　　　因傍晚下了春雨，河面像潮水一样流得更急了，在那暮色苍茫的荒野渡口，已没有人渡河，只有小船独自横漂在河边上。

4. 一个"急"字显出　　天气变化迅速　　，一个"自"字又显出无人之境的悠闲。作者用　　春潮带雨晚来急　　，　　野渡无人舟自横　　表达了坚守节操的志向。

5. 这首诗在情与景的关系上有何特色？试略作分析。

　　　这首诗运用了寓情于景的手法。诗人独爱自甘寂寞的涧边幽草，无意居高媚时的黄鹂。郊野渡口一派水急舟横的悠闲景象，表露出诗人恬淡的胸襟以及不在其位、不得其用的无奈而忧伤的情怀。

【考试链接】

1. 在诗人笔下，幽草的寓意是什么？

　　　开篇幽草、黄莺并提，诗人用"独怜"的字眼寄意"幽草"，以"幽草"寓含诗人恬淡的胸怀，表露出诗人安贫守节，不高居媚时的胸襟。

2. 诗的第一句表明了作者对涧边草的什么情感？最能体现这一情感的是哪个字？

　　　表达了作者对涧边草的喜爱之情。体现情感的字是"怜"。

3. 后两句历来为人们称道，这两句描绘了哪些意象？这些意象又创设出一种怎样的意境？表达出作者什么样的感情。

　　　意象：春潮、雨、野渡、横。意境：诗人通过这些意象，创设出一种孤寂、闲适的意境。感情：作者自甘寂寞，恬淡闲适的胸襟。

4. 这首诗用了什么手法？表现出诗人怎样的情怀？

　　　这首诗运用了托物言志的手法，诗的前两句写自己独爱自甘寂寞的涧边幽草，却无意于黄莺，表现出诗人恬淡的胸襟；而野渡无人，水急舟横的景象里，蕴含着一种不得其位、不得其用的无奈而忧伤的情怀。

5. 最后一句中哪个动词用得极妙，又妙在哪里？

　　　"横"字，指小舟随意漂浮，雨中渡口扁舟闲横的画面，蕴含着诗人对隙间风景的喜爱，以及对自己不在其位，不得其用的无可奈何之忧伤。

小学必背古诗词

zǎo chūn chéng shuǐ bù zhāng shí bā yuán wài
早春呈① 水部张十八员外②

táng hán yù
[唐]韩 愈

tiān jiē xiǎo yǔ rùn rú sū
天街③ 小雨润如酥④ ，

cǎo sè yáo kàn jìn què wú
草色遥看近却无 。

zuì shì yì nián chūn hǎo chù
最是⑤ 一年春好处⑥ ，

jué shèng yān liǔ mǎn huáng dū
绝胜⑦ 烟柳满皇都⑧ 。

295

绘画/杨涵雅文

【词句翻译】

①呈：恭敬地送给。②水部张十八员外：指张籍（766—830 年）唐代诗人。在同族兄弟中排行第十八，曾任水部员外郎。③天街：京城街道。④润如酥：细腻如酥。酥：动物的油，这里形容春雨的细腻。⑤最是：正是。⑥处：时。⑦绝胜：远远胜过。⑧皇都：帝都，这里指长安。

【全诗译文】

京城大道上空丝雨纷纷，它像酥油般细密而滋润，远望草色依稀连成一片，近看时却显得稀疏零星。这是一年中最美的季节，远胜过绿柳满城的春末。

【作者简介】

韩愈（768—824），字退之，河南河阳（今河南省孟州市）人。自称"郡望昌黎"，世称"韩昌黎""昌黎先生"。唐代杰出的文学家、思想家、哲学家、政治家。贞元八年（792 年），韩愈登进士第，两任节度推官，累官监察御史。后因论事而被贬阳山，历都官员外郎、史馆修撰、中书舍人等职。元和十二年（817 年），出任宰相裴度的行军司马，参与讨平"淮西之乱"。其后又因谏迎佛骨一事被贬至潮州。晚年官至吏部侍郎，人称"韩吏部"。长庆四年（824 年），韩愈病逝，年五十七，追赠礼部尚书，谥号"文"，故称"韩文公"。元丰元年（1078 年），追封昌黎伯，并从祀孔庙。韩愈是唐代古文运动的倡导者，被后人尊为"唐宋八大家"之首，与柳宗元并称"韩柳"，有"文章巨公"和"百代文宗"之名。后人将其与柳宗元、欧阳修和苏轼合称"千古文章四大家"。他提出的"文道合一""气盛言宜""务去陈言""文从字顺"等散文的写作理论，对后人很有指导意义。著有《韩昌黎集》等。

【创作背景】

此诗作于唐穆宗长庆三年（823 年）早春。当时韩愈已经 56 岁，任吏部侍郎。虽然时间不长，但此时心情很好。此前不久，镇州（今河北正定）藩镇叛乱，韩愈奉命前往宣抚，说服叛军，平息了一场叛乱。穆宗非常高兴，把他从兵部侍郎任上调为吏部侍郎。在文学方面，他早已声名大振。同时在复兴儒学的事业中，他也卓有建树。因此，虽然年近花甲，却不因岁月如流而悲伤，而是兴味盎然地迎接春天。

【思想主题】

　　这首诗通过细致入微的观察，描写了长安初春小雨的优美景色，写景清丽，表达了对春天来临时生机蓬勃景象的敏感以及由此而引发的欣悦之情，以引逗好友走出家门，去感受早春的信息。

【写作特色】

　　诗人运用简朴的文字 ，就常见的"小雨"和"草色"，描绘出了早春的独特景色，诗的风格清新自然，简直是口语化的。看似平淡，实则是绝不平淡的。这首诗刻画细腻，造句优美，构思新颖，给人一种早春时节湿润、舒适和清新之美感，既咏早春，又能摄早春之魂，给人以无穷的美感趣味，甚至是绘画所不能及的。诗人没有彩笔，但他用诗的语言描绘出极难描摹的色彩，一种淡素的、似有却无的色彩。如果没有锐利深细的观察力和高超的诗笔，便不可能把早春的自然美提炼为艺术美。表达作者充满对春天的热爱和赞美之情。

【阅读训练】

1. 这首诗的体裁是＿＿<u>七言绝句</u>＿＿。这首诗将早春细雨下的景色与烟柳满街的景色作＿＿<u>对比</u>＿＿，突出了＿＿<u>早春郊野景色的美丽迷人</u>＿＿。

2. 这首诗中最能体现早春景色特点的诗句是哪一句？
　　<u>天街小雨润如酥，草色遥看近却无。</u>

3. 常言道"春雨贵如油"，诗人却写出了"天街小雨润如酥"的句子，高出常人一等，请你就其中一字谈谈其妙处。
　　<u>"酥"把小雨比作酥油滋润过似的，写出了小雨的细密以及给植物带来的润泽，作者欣喜之情溢于言表。</u>

4. 请用优美的语言描绘出"天街小雨润如酥，草色遥看近却无"所展示的画面。
　　<u>长安街上，绵绵细雨滋润着大地。远远望去，朦朦胧胧，仿佛有一片青青草色，走近了，却极淡极少、似有似无。</u>

5. 韩愈运用朴素的文字，描绘了早春如画的美景。诗中的一句"草色遥看近却无" 是作者经过细致的观察和体会才能发现的。请你用自己的话概括这首绝句耐人寻味的主旨。

　　早春比暮春风光更好。

【考试链接】

1. 对本诗赏析有误的一项是（ __B__ ）。

A. 这首诗是写给水部员外张籍的，他在兄弟辈中排行十八，故称"张十八"。

B. 这是一首律诗，它表达了作者对友人的思念之情。

C. 这首诗的风格清新自然，语言通俗易懂。

D. 这首诗的后两句写诗人对早春的喜爱和赞美。

2. "草色遥看近却无"这句诗写出了早春草色的什么特点？

　　写出了早春草色极淡极少、似有似无的特点。

3. 全诗表达了诗人怎样的思想感情？

　　表达了作者对早春景色的喜爱之情。

4. 这首诗用"草色遥看近却无"来描写早春，给人以无穷的美感和趣味。请把该句所呈现的景象描绘出来。

　　在细雨的滋润下，小草偷偷地钻出地面，远远望去，大地呈现出一片极淡极淡的青青之色；当你高兴地走近细看时，小草又似乎悄悄地躲了起来，让你看不清什么颜色了。

5. 请你谈一谈这首绝句所揭示的一般性道理。

　　一切美好的事物，最好的时节就是在它的萌生阶段，它正朝着极盛方向前进，给人以希望和盼头。

小学必背古诗词

sān qú dào zhōng
三 衢 道①中

sòng zēng jǐ
[宋]曾 几

méi zǐ huáng shí rì rì qíng
梅 子 黄 时② 日 日 晴 ，

xiǎo xī fàn jìn què shān xíng
小 溪 泛 尽③ 却 山 行④ 。

lù yīn bù jiǎn lái shí lù
绿 阴⑤ 不 减⑥ 来 时 路 ，

tiān dé huáng lí sì wǔ shēng
添 得 黄 鹂⑦ 四 五 声 。

299

绘画／孙伊然

【词句翻译】

①三衢（qú）道中：在去三衢州的道路上。三衢即衢州，今浙江省常山县，因境内有三衢山而得名。②梅子黄时：指五月，梅子成熟的季节。③小溪泛尽：乘小船走到小溪的尽头。小溪，小河沟。泛，乘船。尽，尽头。④却山行：再走山间小路。却，再的意思。⑤绿阴：苍绿的树阴。阴，树阴。⑥不减：并没有少多少，差不多。⑦黄鹂（lí）：黄莺。

【全诗译文】

梅子黄透了的时候，天天都是晴和的好天气，乘小舟沿着小溪而行，走到了小溪的尽头，再改走山路继续前行。山路上苍翠的树，与来的时候一样浓密，深林丛中传来几声黄鹂的欢鸣声，比来时更增添了些幽趣。

【作者简介】

曾几（1085—1166），字吉甫，自号茶山居士。南宋诗人。其先赣州（今江西赣县）人，徙居河南府（今河南洛阳）。历任江西、浙西提刑、秘书少监、礼部侍郎。曾几学识渊博，勤于政事。其诗的特点讲究用字炼句，作诗不用奇字、僻韵，风格活泼流动，咏物重神似。

【创作背景】

曾几是一位旅游爱好者。这首诗是他游浙江衢州三衢山时写的，抒写诗人对旅途风物的新鲜感受。

【思想主题】

作者将一次平平常常的行程，写得错落有致，平中见奇，不仅写出了初夏的宜人风光，而且诗人的愉悦情状也栩栩如生，让人领略到平的意趣。

【写作特色】

首句写出行时间，次句写出行路线，第三句写绿阴那美好的景象仍然不减登山时的浓郁，第四句写黄莺声，路边绿林中又增添了几声悦耳的黄莺的鸣叫声，为三衢山的道中增添了无穷的生机和意趣。全诗明快自然，极富有生活韵味。诗还有个特点，就是通过对比融入感情。诗将往年阴雨连绵的黄梅天与眼下的晴朗对比；将来时的绿树及山林的幽静与眼前的绿树与黄莺叫声对比，于是产生了起伏，引出了新意。全诗又全用景语，浑然天成，描绘了浙西山区初夏的秀丽景色；虽然没有铺写自己的感情，却在景物的描绘中揆入了自己愉快欢悦的心情。

【阅读训练】

1. 这是一首记游小诗，写初夏时节诗人在三衢山中旅行的情景。第一句写天时，第二句写____行程____，第三句和第四句介绍沿途景象。

2. 解释字词的意思。

小溪泛尽：____乘小船走到小溪的尽头。____

却山行：____再走山间小路。____

不减：____：并没有少多少，差不多。____

3. 找出诗中的一对反义词。

（____减____）—（____添____）

4. 用现代散文的语言描写"梅子黄时日日晴，小溪泛尽却山行"的诗意。

____梅子成熟的季节，天天都是晴天，我乘着小船到了溪水的尽头，然后再步行山路。____

5. 此诗写的是什么季节？从哪些意象可以推知？

____初夏。从梅子黄时，绿阴不减，黄鹂声可以推知。____

【考试链接】

1. 诗作写____夏天____（填写季节）时宁静的景色和诗人山行时____轻松愉快____的心情。

2. 这是一首纪行诗，写诗人行于三衢道中的见闻感受。请赏析"小溪泛尽却山行"一句。

____"梅子黄时"正是江南梅雨时节，难得有这样"日日晴"的好天气，因此诗人的心情自然也为之一爽，游兴愈浓。诗人乘轻舟泛溪而行，溪尽而兴不尽，于是舍舟登岸，山路步行。一个"却"字，道出了他高涨的游兴。____

3. 此诗写的是什么季节？从哪些意象可以推知？

____初夏。从梅子黄时，绿阴不减，黄鹂声可以推知。____

4. 此诗抒发了作者怎样的心情？试从景与情的关系角度对此诗作简要分析。

　　这首诗抒发了诗人山行时的愉悦欢快的心情。诗人是通过景物描写和自己的活动来表现出这种心情的。先说写景，首先是晴天，在黄梅雨季能有日日晴岂不喜出望外？其次是一路的绿阴。日日晴则必然骄阳当空，有了绿阴就凉爽得多，走起路来也轻松得多，此二可喜也。三是黄鹂四五声，鸟鸣山更幽的意境更使诗人感到高兴。诗人的泛尽却山行这一活动不但打破了一味写景的单调。还表现出诗人欢快的心情。

5. 有人评价这首诗"看似平淡无奇，读来却耐人寻味"。试以"绿阴不减来时路，添得黄鹂四五声"为例谈谈你的理解。

　　绿阴不减来时路，添得黄鹂四五声两句，描写了旅途中的新鲜感受：山路上，夹道绿阴，似乎和不久来时所见没有什么两样，但绿阴丛中。时而传来几声黄鹂的鸣啭，却是来时路上未曾听到过的。这不减与添得的对照，既暗示了往返期间季节的推移变化——已经从春天进入初夏。也细微地表达出旅人归途中的喜悦。本来，在山路上看到的绿阴繁翳，听见黄鹂鸣啭，可以说是极平常的事。如果单就这一点着笔，几乎没有什么动人的诗意美，但一旦在联想中织进了对来时路的回想和由此引起的对比映照，就为本来平常的景物平添了诗趣。

观书有感
guān shū yǒu gǎn

[宋] 朱 熹
sòng zhū xī

半 亩 方 塘① 一 鉴 开，
bàn mǔ fāng táng yí jiàn kāi

天 光 云 影 共 徘 徊②。
tiān guāng yún yǐng gòng pái huái

问 渠③ 那 得 清 如 许？
wèn qú nǎ dé qīng rú xǔ

为④ 有 源 头 活 水 来 。
wéi yǒu yuán tóu huó shuǐ lái

303

绘画／阎航岐

【词句翻译】

①方塘：又称半亩塘，在福建尤溪城南郑义斋馆舍（后为南溪书院）内。朱熹父亲朱松与郑交好，故尝有《蝶恋花·醉宿郑氏别墅》词云："清晓方塘开一境。落絮如飞，肯向春风定。"鉴：一说为古代用来盛水或冰的青铜大盆，一说为镜子，指像鉴（镜子）一样可以照人。②"天光云影共徘徊"一句：是说天的光和云的影子反映在塘水之中，不停地变动，犹如人在徘徊。徘徊，来回移动。③渠：它，第三人称代词，这里指方塘之水。那得：怎么会。那：同"哪"，怎么的意思。清：清澈。如许：如此，这样。④为：因为。源头活水：比喻知识是不断更新和发展的，从而不断积累，只有在人生的学习中不断地学习、运用和探索，才能使自己永保先进和活力，就像水源头一样。

【全诗译文】

半亩大的方形池塘像一面镜子一样展现在眼前，天空的光彩和浮云的影子都在镜子中一起移动。要问为什么那方塘的水会这样清澈呢？是因为有那永不枯竭的源头为它源源不断地输送活水啊。

【作者简介】

朱熹（1130—1200），字元晦，又字仲晦，号晦庵，晚称晦翁，谥文，世称朱文公。祖籍徽州府婺源县（今江西省婺源），出生于南剑州尤溪（今属福建省尤溪县）。宋朝著名的理学家、思想家、哲学家、教育家、诗人，闽学派的代表人物，儒学集大成者，世尊称为朱子。朱熹是唯一非孔子亲传弟子而享祀孔庙，位列大成殿十二哲者中，受儒教祭祀。朱熹是"二程"（程颢、程颐）的三传弟子李侗的学生，与二程合称"程朱学派"。朱熹的理学思想对元、明、清三朝影响很大，成为三朝的官方哲学，是中国教育史上继孔子后的又一人。朱熹十九岁考中进士，曾任江西南康、福建漳州知府、浙东巡抚，做官清正有为，振举书院建设。官拜焕章阁待制兼侍讲，为宋宁宗皇帝讲学。朱熹著述甚多，有《四书章句集注》《太极图说解》《通书解说》《周易读本》《楚辞集注》，后人辑有《朱子大全》《朱子集语象》等。其中《四书章句集注》成为钦定的教科书和科举考试的标准。

【创作背景】

庆元二年（1196年），为避权臣韩侂胄之祸，朱熹与门人黄干、蔡沈、黄钟来到新城福山（今黎川县社苹乡竹山村）双林寺侧的武夷堂讲学。在此期间，他往来于南城、南丰。在南城应利元吉、邓约礼之邀作《建昌军进士题名记》一文，文中对建昌人才辈出发出由衷赞美。又应南城县上塘蛤蟆窝村吴伦、吴常兄弟之邀，到该村讲学，为吴氏厅堂书写"荣木轩"，为读书亭书写"书楼"，并为吴氏兄弟创办的社仓撰写了《社仓记》，还在该村写下了《观书有感二首》。这是其中的一首。

【思想主题】

朱熹的《观书有感》一诗，通过描写"半亩方塘"里的水很深、很清，能够反映"天光云影"，表达了作者追求心情澄净、心胸开阔的思想感情。同时通过设问"那得清如许"，表达了诗人放开眼界、远处着眼、永不枯竭、永不陈腐、永不污浊的思想感情。

【写作特色】

这是一首有哲理性的小诗。借助池塘水清因有活水注入的现象，比喻要不断接受新事物，才能保持思想的活跃与进步。人们在读书后，时常有一种豁然开朗的感觉，诗中就是以象征的手法，将这种内心感觉化作可以感触的具体行象加以描绘，让读者自己去领略其中的奥妙。所谓"源头活水"，当指从书中不断汲取新的知识。

305

【阅读训练】

1. 上面的诗或写____写水____或写____写山____，但都借景写理，所以人们称这类诗为____哲理____诗。

2."半亩方塘一鉴开，天光云影共徘徊。问渠那得清如许，为有源头活水来。"一诗中的理是由塘而____水____，见____水____觉清，由清思源，自然天成。"鉴"的意思是____镜子____；"徘徊"的意思是____来回移动____。

3. "不识庐山真面目，只缘身在此山中"表达的意思是：____我之所以认不清庐山真正的面目，是因为我自身处在庐山之中____。

4. 根据意思，写出相对应的诗句。

问它（方塘）怎么会这样的清澈，因为有活水从源头不断地流来。

<u>　问渠那得清如许？为有源头活水来。　</u>

5. 你对诗句中的"活水"是怎样理解的？

<u>　"活水"可以理解为新知识，也可以理解为生活。　</u>

【考试链接】

1. 诗人朱熹，南宋（<u>　哲学　</u>）家、（<u>　思想　</u>）家，字元晦，婺源（今<u>　江西省婺源　</u>）人，所著《晦庵先生文集》一百卷，保存至今。"源头活水"在诗中比喻<u>　从书中不断汲取新的知识　</u>，诗人通过具体景物的描写，表达关于<u>　读书　</u>的心得体会。

2. 诗的一、二两句是怎样具体描绘"半亩方塘"的清澈明净的？

<u>　将方城比喻为明镜，用天光云影在水中的倒影表现塘水的清澈明净。　</u>

3. "问渠那得清如许，为有源头活水来"两句借水的清澈，诗人想说明什么道理？

<u>　只有不断汲取新的知识，才能提高自身的道德和文化修养。　</u>

4. 请你将第一、二句所展现的画面用形象生动的语言描绘出来。

<u>　半亩大的方形池塘像一面镜子被打开，天空的光彩和浮云的影子一齐映入水塘，不停地晃动，充满生机和活力。　</u>

5. 你从第三、四句诗中悟出了什么道理？

<u>　人要常常读书，多读书，作为知识的源头活水才能保持思想的清新活力。　</u>